故事劇本診療室

東默農

無論新手老手都想知道的70個寫作解方!

原點

Contents

Ch1 關於故事發想

Ch2 關於角色建立

Ch3 關於情節布局

Ch4 關於對白設計

Ch5 主題與主旨如何掌握

Ch6 作為編劇

Ch7 超實戰．劇本格式

1

chapter

關於故事發想

01 為什麼故事背景很豐富，卻仍寫不出來？

開始與許多人討論作品後，發現了一個現象，就是大家很樂於做人物設定和規劃各種世界觀、種族、過去歷史和傳說等等**故事背景**，但卻很少「講故事」。如果你也是因為閱讀許多故事後，開始有些奇思妙想，想動筆寫作的話，要小心避開這個陷阱。

是的，要寫一個故事，確實需要先做故事背景的設定，那為什麼會說，寫故事背景，容易使你寫不出故事呢？

因為你會自以為在寫故事。

故事背景為什麼會侷限自己？

以寫設定的方式滿足自己講故事的慾望，其實是一件很愉快的事。當我們開始創造出屬於自己的種族、職業、特別設定的人群與情境時，確實會在許多點子之中獲得樂趣，但這些東西常常會成為你筆記本中的一頁，電腦裡的一個文字檔，然後靜靜死去。

你常會發現，當你完成一個設定，甚至更多設定時，整個故事不但沒有動起來，反而停了下來，這與你的期待相反。你原本以為，當你有了更詳盡的世界觀、更豐富的參考資料和更長的角色自傳時，你的故事就會開始起飛，就像那些編劇書與傳說教的那樣：「角色自己動了起來。」

不用覺得氣餒，你並不是缺乏才華，只是搞錯重點了。能夠推動你的故事的，不是更豐富的故事背景資料，而是一**個正在面臨改變與困境的主角**。他追求目標與逃離困境的努力，才是真正帶動故事的原動力。

所以，你可能已設計了兩個特色鮮明的種族，他們彼此仇恨，但如果你沒有在這兩個種族中，各設計出一個**角色**，他們永遠無法開始戰鬥。是的，表面上是「種族」與「種族」的戰爭，其實是兩個「角色」為了爭奪某個東西、為了某個理由才開始了一場戰爭。

這個概念不只發生在幻想世界，在現實世界也是一樣。所以你看到的絕對不會是FBI大戰恐怖組織，而是帥哥特務大戰組織首腦。而你要派出的帥哥特務，除了他作為特務，理所當然要去消滅罪惡之外，最好還能給他一個「屬於他個人的理由」。

可能他家人的安全被邪惡威脅；可能他跟另一個特務是競爭對手，而這個任務的完成能讓他在對手面前得意好幾個月；可能他有一個過去的傷口，是這個組織的首腦造成的。觀眾永遠樂於看到「私怨」，不喜歡看到「工作」。你一定要讓整個故事「個人化」。《魔戒》是一個拯救世界的故事，但同時也是一個哈比人追求冒險理想的故事，一般哈比人都喜歡平靜生活，而這個愛冒險的哈比人，是個**特別的哈比人**。《阿凡達》雖然是地球人與外星人之間的戰爭，但同時也是一個地球人與外星人第一次親密接觸的過程，一般地球軍人都想殺外星人，而這個與外星人友好的地球軍人，是個**特別的地球軍人**。你的故事需要一個主角作為眼睛、作為雙腳來讓你所安排的世界被看見、被履行。

有時你的筆記本裡，記錄的是某種特別的概念，比如說：「一個道士和一個惡鬼，成為一同收妖的搭檔。」這是個有趣的概念，因為惡鬼原本應該是被道士收走的妖，為什麼會變成道士的搭檔？又為什麼要幫道士收妖？設定本身的矛盾帶有許多想像空間。

但這個巧妙的概念，常常也就這麼被塵封在筆記本裡，它有無限的可能，卻也沒有任何可能，因為它不是一個故事。直到你開始思考，這個道士是誰？他追求什麼？他可以從惡鬼身上獲得什麼？這對搭檔要面對的大魔王是什麼？這個故事想傳達什麼意涵？

完成故事背景前，你需要四樣東西

所以，要讓你的故事動起來，你需要四樣東西。

第一：一個主角。這個主角可能特殊可能平凡，但儘管他是一個平凡的上班族，他依然有某個特質、某種個性，就像和你一同上班的同事們，他們可能和你一樣「平凡」，但他們全都有屬於自己的「不凡」。

第二：一個主旨。你的故事必然屬於某個主旨，不管這個故事是屬於自我挑戰、自我犧牲、走出傷痛、歌頌美德，或是針對某個社會議題、某種人生經驗提出看法，你的那些奇思妙想需要一個主旨，好讓你能回答：「你的故事關於什麼？想表達什麼？你希望觀眾看完之後得到什麼？」之類的問題。不要小看這類問題，讀者和觀眾如果無法從你的故事中歸納出一個主旨，他們就會唾棄你的作品。

第三：屬於主角的內在問題或目標。這個問題會直接反映你的主旨，你所安排的整個故事與無盡的冒險，都是為了使主角解決這些內在問題而存在。重要的不是哈比人把魔戒丟下火山，重要的是他在這趟旅程，得到了什麼收穫和成長。

第四：屬於主角的外在困境或目標，而且就在眼前。「主角薪水很少」，這不是一個眼前的困境，而是一個長久的困境。「主角薪水很少，女兒生了重病急需一筆錢開刀」才是一個眼前的困境。你的故事將會從主角為了掙脫這個困境開始努力，一連串的事件逼著他面對內心的問題，最後以能夠呈現主旨的方式獲得了解決與成長。

將這四個零件收集完成，你將會發現你故事的引擎，開始啟動了。

02 為什麼只寫「概念」容易卡關？

如果要統計我在教學時最常提到的詞，應該就是「具體」了吧。

所有教學書中提到的詞，為了能夠涵蓋足夠多的作品，都是「去細節」的。例如「主角」兩字，基本上就去除了所有「人」的差異，只留下它在戲劇中的功能。例如「想要」兩字，也去除了所有事物的差異，只留下它與主角的關係（那是主角想要得到的）。

發想故事的本質，就是要把所有的概念，替換成具體的人事時地物。

所以你的角色本身，不該是個「概念」，不能只是「女強人」、「宅男」，而該是某種身分、職業、性格、價值觀、家庭背景的女強人。在故事的表面上，只會存在與故事最直接相關的特質，但在劇本之中，那些「沒直接寫出來的」，也會潛藏在其中。

例如要寫一個糾結在事業與愛情間的故事，首先就要把女強人這個概念變成具體的細節，什麼樣的事業？什麼樣的職位？CEO、醫生、編輯、全職母親、工人、小販，都可以是女強人。想往上爬的、已經站在巔峰、隱身在市井間的，都可以是女強人。

同樣是做工的女強人，她是拿大學文憑到工地的監工？還是從小就在工地長大，沒讀什麼書的工頭？她是為人海派花錢不手軟愛面子？還是沉默寡言把專業做到最好？她已婚未婚？多大年紀？有沒有孩子？二十歲沒結婚有孩子在工地工作是女強人，四十歲單身在工地工作也是女強人。這些女強人全都共享一個主題：「愛情與事業的糾結。」

我們常會覺得思緒卡住，想不到故事，是因為我們習慣性**逃避細節**。因為概念很大、很有想像空間，讓你覺得無所不能充滿希望，但當你落入細節，你就必須面對自己對題材、對角色的認識不足，也必須面對故事只能在有限的舞台上演出。

但創意永遠源自於限制，不要害怕限制，更不要反對限制。你之所以愛你眼前的人，並不是因為他有無限可能，而是因為他就是那個他，擁有固定的、受限特質的他。

所以多人都說故事是天馬行空，我每次都反對這句話。**因為故事一點都不是幻想，它是現實細節的有效組合**。你利用新鮮的組合讓觀眾驚奇，利用無奈的組合讓觀眾心碎，利用有意義的組合讓觀眾受到啟發。

若你對現實生活、對事實細節知道太少，就去做功課查資料，而且你該查的是「現實生活的資料」，而不是某部跟你題材一樣的戲。那是別的創作者「選好的素材」，你除了照搬照用，很難派上用場。你應該去接觸現實生活，活生生的人，看看他們說的話、做的事、過的每一天，用你的眼光選出屬於你的素材，才可能創造出屬於你的故事。

03 如何設定「角色」，好讓故事自動長出來？

編劇老手常分享一句話：「角色是故事的核心，角色夠豐滿，故事自然就完成了。」這句話是事實，但總有新人創作者一個勁地去幫角色做豐富的人物設定與角色小傳，卻發現故事完全推不動。到底，從角色出發的創作方式是什麼呢？

角色就是情節，情節就是角色

很多人都在爭論，到底角色比較重要，還是情節比較重要？其實兩者是同一件事。你會覺得奇怪，情節是指「發生的事」，角色是指「做事的人」，怎麼會一樣呢？難不成「C羅踢進致勝分」這個情節，C羅等於踢進致勝分，踢進致勝分等於C羅？

請原諒我們在討論文學概念時，無法像科學那麼嚴謹（但也足夠嚴謹了）。角色就是情節的意思是，在故事中發生的每個情節，都是為了塑造角色或改變角色而存在的。

C羅踢進致勝分這個情節之所以會被寫進故事中（而不是C羅愛上西班牙女孩，或是C羅吃早餐食物中毒），是因為要表現這個角色「成為英雄」或「實現夢想」的這個時刻，為了告訴我們，這個角色他「勝利」了。

但，怎麼樣的人踢進了致勝分，最具有意義呢？是覺得有踢沒踢都無所謂的人？覺得踢足球只是工作的人？還是把踢足球視為夢想，卻始終沒有機會好好表現的人？

相信大家都會選擇第三者。於是，為了表現出他是一個「把踢足球視為夢想，卻始終沒有機會好好表現的人」，我們必須再設計一段情節，好讓觀眾看到這件事。

所以你會發現，**每個情節都是為了角色（主角）而存在的**。這一段在告訴我們主角的性格，這一段在告訴我們主角的過去，這一段在告訴我們踢球對他有多重要，這一段在告訴我們他踢球遇上的困難，這一段在告訴我們他實現夢想了……

為了角色設計情節，為了情節設計角色

如果你只顧著設定角色，他離過三次婚、他支持多元成家、他喜歡狗、他溫柔體貼善解人意卻很悶騷、他的家裡藏有一把槍、他白天是警察晚上是世界第一的駭客……你雖然可能設計出了很酷的角色，但也只是「設計讀起來很酷」。

沒有安排相對應的情節來表現這些設計，其實等於沒有設定。

情節就是角色。我們必須藉由角色發生的事、做了的選擇、對事情的反應等等，來認識這個角色，編劇必須安排情節來讓觀眾理解角色。

這不是在說我們應該把角色小傳全部搬到情節中，角色的過去是「他之所以現在是這樣」的理由，但故事的重點是「現在」（故事主要的時間線），一味挖掘過去，是無法推展出當下的劇情的。

反過來說，一個你渴望寫出來的情節（英雄救美、壁咚、諜對諜……），都必須配合安排出適合的角色性格、動機設定，它才有可能出現在故事之中。

角色只能做符合他設定的事，如果一個情節不符合角色，要嘛你改動角色（牽一髮動全身，但為了關鍵情節不得不），要嘛你維持角色，換另一個符合角色的情節，要嘛你多安排一段情節，使角色新增加一個動機或設定，好讓情節可以合理。

例如，一個角色就是理智的人，他怎麼可能突然失控做出脫序的事？我們前面就多增加一小段戲，他可能喝醉了、他可能連續失眠了三天累到崩潰、他可能遇到一連串煩心的事正處在情緒邊緣、他可能因為時間壓力沒有辦法好好思考……

人可以做出任何事，只要你給他一個合理的過程與情境。軟弱溫順的人可以殺父母，無惡不做的歹徒可以拯救世界。

什麼是多餘的情節？

如果你寫了一個情節，但這個情節既沒有幫助我們認識角色更多，又沒有改變我們對角色的認識（他原本做不到，現在做得到了；他原本是好人，現在變壞了……），那這個情節就是沒用的、多餘的情節。

很多人在寫故事的時候會犯這個毛病，只想寫出很酷的情節，例如綁架、爆破、他獲得了超強的能力或美女暗戀他等，但這些事件發生的原因與角色無關，發生的過程與角色設定沒有關聯，發生的結果也沒有使角色產生轉變，沒有表現角色的特質……結果再多的情節，都是有寫等於沒寫，或寫了反而更糟（把角色越寫越崩）。

再強調一遍，**情節必須替角色量身打造**。角色之所以要經歷這些冒險，是因為這些冒險對他有意義，會表現出他某個特質，會促成他某個改變，使他學會某些事情。

如果沒有，那這個情節就是多餘的。

角色就是主旨，主旨就是角色

一個人可以有豐富的情史，又有驚人的創業經驗，還有數不盡的拯救世界的次數，更有複雜甚至有時矛盾的價值觀（例如喜歡小動物卻是肉食主義者），我們可以無止盡地豐富角色，但也因此延伸出無數可能的情節，我們該怎麼選擇哪些設定是必要的，哪些設定是可以避而不談的？

這與你故事的**主題**和**主旨**有關。

一個足球選手可以去做生意，可以捲入殺人事件，也可以踢世界盃，全看你故事的主題和主旨是什麼。如果這是一個足球故事，主旨在告訴我們努力可以超越天賦，堅持可以使夢想實現，就麻煩不要讓他去叢林裡與老虎對決（好吧，為了鍛練球技我可以）。

但如果這是一個商業勵志故事，主旨是不怕失敗、找回自信的人生，那被迫退役、對生意一竅不通的足球選手，如何在不被看好的環境中，開創新的事業找回生命的第二高峰，就成了好的選擇，麻煩不要讓他回去踢世界盃。

「努力可以超越天賦」這個主旨，替我們決定了主角的設定，必然是「熱愛足球，但沒有足球天分」這個方向；而「很有生意頭腦的運動員」，想必不會屬於「不怕失敗、找回自信」這類主旨。

你往哪個方向設定角色，故事就往哪邊長，情節和主旨就往哪邊跑。你很難設定一個「聰明過人」的主角，又要去談「勤能補拙」的主旨。

所以我們看到了這個**角色**、**主旨**、**情節**之間的互動關係，角色就是主旨就是情節，三者其實是一體三面的事。如果你選了賈伯斯作為你的主角，你能寫的情節和能傳達的主旨就會受他有限的特質限制。

在有限中創造無限

這個有限，其實正是我們創造無限的基礎。

編劇的創意，應該發揮在如何安排出色的情節和細節來刻劃角色，在固定的、有限的框架上，替故事增色。

同樣要塑造一個事業女強人，《穿著Prada的惡魔》、《攻敵必救》、《香奈兒》、《鐵娘子》都運用了不同的設定與細節，以不同的方式抓住觀眾的目光。

當我們選定賈伯斯這種特質的人作為主角時，難道我們只能讓他做事業嗎？如果讓他去談戀愛呢？他會愛上什麼樣的人？什麼樣的人與他談戀愛最有趣？他會談一場什麼樣的戀愛？最後通往什麼主旨？當生命中的不同面向產生矛盾時，他會做出什麼選擇？要安排什麼樣的情節，才能突顯出他的角色特質？

當你理解到角色、情節、主旨三者一體三面的事實時，你就可以理解為什麼一個角色的設定夠豐滿時，故事會自動長出來了。

04 如何有條理地面對故事卡關？

有時教學會碰到同學卡關，在自己的小圈圈出不來，講道理講不通，舉例也只能略懂略懂。後來發現用**列點**的方式來說明，同學很快就豁然開朗，跟大家分享兩個實例。

實例一：男女主角是否該在一起

同學問，最後不知道男女主角該不該在一起？以現實的情況來看，這兩人性格、價值觀充滿矛盾，硬要走到最後鐵定是分手，但戲劇應該要美滿結局啊，該怎麼設計呢？以下列點：

1 忽略價值觀落差，硬是讓他們在一起。結局圓滿，但觀眾覺得編劇亂來，缺乏說服力。

2讓他們最後分手。這是個有說服力的結局，這是一個表現「愛情無法跨越個性不合」的故事。

3讓他們好好談談，解決價值落差，美好結局。有說服力，而且是美滿結局，但沒什麼戲劇張力。

4給他們一個必須一起面對的事件，讓他們在事件中有機會溝通，於是在解決事件的同時，也解決了價值落差。這似乎是最完美的版本。

經過這樣列點後我們知道，4才是我們應該做的，現在只差這個事件要安排什麼，它不能是突然冒出來的，我們要從前面的故事找一些線索和元素，讓這個事件可以有前後呼應，如果前面沒有，那就回頭修改，塞一點線索。同學一下子從原本的猶豫不決，找到了自己可以努力的方向，也會發現原來最根本的問題不是「在不在一起」，而是「怎麼合理、精彩地在一起」。

實例二：為什麼我的角色不令人同情

同學寫了一個角色背景，覺得角色不可憐，不令人同情。但這個角色如果不令人同情，故事就無法成立。同學一下子卡住了，不知道自己該怎麼寫才能夠變可憐。
於是我又列點了，依照他寫的情節，可憐大概有幾種程度，由弱到強分別是：

1 我為對方付出，對方沒有回應（不知道對方有沒有接收到）。
2 我為對方付出，對方不領情（確定付出得不到回饋）。
3 我為對方付出，對方不領情，還去愛別人（得不到回饋，我要的回饋還跑去別的地方）。
4 我為對方付出，對方去愛別人，還回頭傷害我（不但得不到好的回饋，還得到差勁的回饋）。
5 我為對方付出我的所有，甚至不惜傷害自己。但對方去愛別人，還回頭傷害我。

同學一下子就明白，他寫的例子大約就落在1或2，而且知道可以增加什麼元素，好讓原來的故事更可憐一點。

在實例一中，是把各種選項列出來，看看哪些決定會帶來哪些結果，就能夠知道哪個決定更好，這其實就是我常說的「你寫寫看就知道了」。不用真的每個選項都寫幾萬字，只要條列所有可能的發展與結果，就不會在腦中一團亂，能夠做更務實的比較。

實例二稍微複雜一點，它是在看問題出在哪裡，可以怎麼運作。我們是先把**「要達到目標，能有哪些方式」**概念化，利用概念來梳理達成目標還可以怎麼做，先不要被具體的手段和角色困住。

我們先從概念上去思考「如果想要更可憐，還可以怎麼做」，等概念一路深入到最強烈的部分時，再回頭套到角色身上，看可以怎麼做到。

使用列點法的重點，首先是要**「確定你的問題」**，並從問題的型態來決定要列什麼答案。如果你的問題是「要從很多想到的可能性中選一個」，那可以用實例一的方式；如果你的問題是「不知道該怎麼辦」，那可以試試實例二的作法。

這有點類似當你忙到一團亂時，先把待辦事項一一列出，你看到了實際在忙什麼，焦慮感也就不會那麼重，也可以看著清單，進一步思考怎麼一一消去。

同理，當故事一團亂時，試著用列點的方式，一旦可能的選項全都一一列出，腦袋就會感覺變清晰了。

05 寫故事應該先想「情節」還是「角色」？

在編劇的術語中，有兩個詞叫「情節先行」和「角色先行」，很多人會以為這是在說寫故事應該「先想情節」還是「先想角色」，但這兩個詞的實際意思，是指「以什麼為主」。

什麼是情節先行？

情節先行，指的是編劇安排故事以**情節**為主。例如《水底情深》，它就是想講一個跨越種族的愛情故事，所以情節就定在那裡了，反正就是一個人，愛上一個野獸，但礙於一大堆原因不能在一起，但最後在一起了，阻礙他們的反派也慘死了，他們從此邁向幸福快樂的日子。

在整個故事中的角色，基本上只是完成這個情節的棋子，所以會看到「符號化」的痕跡極明顯，女主角就是邊緣人，無敵邊緣，又窮又啞又不美，但有一顆美麗善良的心。男主角就是個異族，無敵異族（都非人類了），但也有一顆美麗善良的心。而反派，就是集一切反派元素於一身，極權粗暴奸險種族歧視沒人性。

這種情節先行的概念，最常見於動作爽片或任何太過服務於類型的作品（如八點檔鄉土劇），所以熟悉的觀影者都會覺得這種類型的作品有點無聊，角色也千篇一律，反正就是熱血、高冷、傲嬌那幾種性格。

既然是情節先行，如果情節不是厲害到嚇死人，基本上就很難留下印象。但因為會看的觀眾就是打發時間喜歡享受這類故事的體驗，就算邊罵邊看也開心。可是這不是說情節先行是很俗濫的方法，像《水底情深》是入圍奧斯卡原創劇本獎的作品，就算是情節先行只要處理得夠好，仍然能有很高的水平。

什麼是角色先行？

角色先行，則是指故事是以**「紮實的角色」**為基礎，依著這個角色去開展情節。多數的「劇情片」是屬於這個類型，例如與《水底情深》在同一年角逐奧斯卡原創劇本獎的《意外》，無論母親、警長、警員，你都很難說出一個典型角色和他們相似（《水底情深》則明顯有人獸版《羅密歐與茱麗葉》的感覺）。這類角色大多複雜，難以界定是好人或壞人，就像真實的人生一樣。這種故事的寫法，原則上是先建構了角色，做了紮實的**角色小傳**，再利用角色相對性去碰撞，不斷去挑戰角色極限，讓角色「自己動起來」，最後性格決定命運，走向故事的終點。

台灣學院派的訓練，大多是鼓勵這種「角色先行」的創作法，優點是能幫助我們看到人性深處、社會及人心幽微的角落，缺點就是太不類型，容易缺乏商業性。例如《羅馬》就是超級角色先行的作品，基本上學院訓練出身的人都愛得要死，稱它為「完美的作品」（當然，不是只因為角色先行，還是有很多技術細節），但一般大眾只會覺得無聊到爆炸。

所以這兩者其實沒有誰對誰錯，走到極端，都超無聊，只是一種是俗氣的無聊，一種是高雅的無聊。要雅俗共賞，多數的作品其實都是混合的狀態，同時考量情節的娛樂性和角色的獨特性與真實性。

另外補充一點，無論是角色先行或情節先行，都沒有違反「角色、情節、主旨一體化」的基本概念，這是戲劇的基礎，沒有做到就是結構鬆散，沒有什麼可以辯護的。所以不管你是「先想到什麼」，重點是回頭處理它們的一體性。至於要角色先行還是情節先行，就看你是什麼體質的創作者了。

06 想了開頭和結尾，中間怎麼寫？

編劇新手常見的困擾，就是第一幕和第三幕容易想，但中間的「過渡」常常一片空白，不知道該寫什麼。

為什麼會不知道第二幕怎麼寫？

有這個現象很正常，因為第一幕是介紹角色和衝突，基本是帶出一個問題、拋出一個點子，而第三幕則是透過結局回應這個問題，說出你想傳達的主旨，或表現情感帶來的勝利，這些都會讓你有想法。

更直接地說，因為開頭和結尾，都是「你想說的東西」，所以容易覺得有想法，但中間是「該給觀眾看的部分」，不是你本來就想說的，自然就空白了。

第二幕的關鍵：類型決定故事的情節

第二幕的重點是「情節」，也就是娛樂觀眾的演出，關鍵在於你決定故事是什麼類型，就影響我們要安排什麼任務讓角色去執行。

例如你要寫一個父子關係的故事，兩人關係在開頭破裂了，我們都知道結尾他們要修復，但他們要經歷什麼冒險而修復呢？我們可以讓父親幫兒子追女友，或反過來讓兒子幫父親追回前妻，或讓父親想找新歡，卻遭兒子阻礙，這三者都是愛情類型的故事。

但我能不能讓父親被鬼抓走，兒子要將父親救回來？這就成了靈異故事。讓父親捲入命案被誤認為兇手，兒子必須查明真相，這就成了探案故事。讓父親去尋找傳說中的祕寶，而兒子要透過找到寶藏的過程找回父親，就是個冒險故事。

這些故事全都可以讓不和的父子修復關係，講父愛有多偉大，或是讓父親理解正確與兒子相處的方式等等。

賦予你的角色明確任務

所以要構思第二幕，首先你要決定故事的**類型**，接下來你要賦予角色**明確的任務**。

以父親替兒子追女友為例，追到女友有千百種方式，是替他送情書？是訓練兒子的幽默感？是幫助女友通過考試？同樣是追女友，因為你安排的任務不同，故事的走向就會不同。

再更進一步說，要完成這件任務，角色必須採取什麼**行動**？例如送情書，可以指導兒子寫、教兒子打扮和話術，讓他自己送；也可以安排他就是要放進指定的信箱，但想到達信箱，必須通過三個武術高手的關卡。

如果行動跑出了類型，有時故事就會走向該類型（變成了武打片）。但有時也會變成混合的類型，如果武打吃重，就變成有愛情元素的武打片（例如比武招親），如果愛情吃重，就變成有武打元素的愛情片（例如許多偶像劇），這些都與你作為創作者的選擇有關。

因此弄清楚你故事的定位，從類型、任務、行動去思考細節，並且為了促成這些娛樂，去調整故事的人設和衝突，然後扣合你要處理的主題，就可以形成你構思第二幕的路徑了。

07 什麼是「題材」，什麼是「類型」？怎麼搭最有趣？

許多人在創作時容易落入刻板印象，將題材與類型混為一談，偶像劇就一定要總裁祕書，寫醫生就一定要是醫療劇，但其實這兩件事只是「相關」，但並不是「必然」。更進一步說，能夠把這兩件事好好切分，我們才更能夠創作出獨一無二的作品。

題材與類型的定義

題材指的是你作品運用的主要元素，通常是圍繞著故事的主場域，或是主角的身分與能力。**類型**指的則是「常見的故事成功模式」，通常與主角追求的事物、採取的行動有關，並且有一些慣例的配方。

例如《艋舺》是一部黑道題材作品，運用艋舺這個當年以黑道聞名的場域，主角關心的，也是黑道世界的生存與兄弟情誼，這是一部題材是黑道，類型也是黑道的電影。

《極道主夫》同樣是黑道題材，但類型是搞笑漫畫，透過混合黑道與家務兩個反差的題材產生喜感，故事基本上圍繞在黑道的背景與習性，如何造成他主夫生活的困擾。

主角是黑道背景，就必然是黑道題材嗎？那也未必。以《深夜食堂》為例，我們可以在許多細節上，明顯感受到主角可能曾經混過幫派，但整個故事基本上與黑道無關，它的題材更接近「活在社會陰影處的人」，如跨性別者、A片男優、酒店公關、逃家的高中生等，是將「美食類型」結合「社會邊緣人題材」而形成的療癒故事。

類型中又會產生多元的亞類型

一個類型發展得越久、作品越多，也會因為重點的不同，而形成多元的亞類型。以美食類型來說，《中華一番》、《食戟之靈》、《將太的壽司》等，都是以美食競技為軸，強調食材、料理方式甚至餐廳經營，雖然也有「人的故事」，但令人驚喜的料理知識與創意才是重點。

但像《深夜食堂》這種類型，比起職業、料理的認識，更著重在客人的故事身上，美食雖然仍然重要，但更像是點綴，如果把豬肉雜燴湯的作法在裡面大書特書，反而顯得古怪了。因此美食類型底下，又可區分出「美食競賽」與「食客故事」兩種亞類型。

為什麼需要釐清題材和類型？

做這樣的討論和釐清有兩個重點，一個是幫助我們找到更恰當的對標作品，在溝通上也可以更聚焦。另一個則是幫助我們在創作上，去挖掘更多作品的可能性。

我們大腦的思考是有慣性的，說到要做美食類型，直覺跳出來，都是各種與食物相關的題材，但美食類型如果能混合更跨界的題材，就會產生更不一樣的特色作品。

例如《迷宮飯》，便是用地下城的題材，來做美食類型的作品。而《派對咖孔明》，則是利用三國題材和流行音樂題材，來做素人崛起的職人類型。

如果你是韓劇迷，每部愛情相關的作品你幾乎都可以視為偶像劇類型，但每部都有獨特的題材，擊劍也好、氣象廳也好、漁村生活也好，類型有點像我們說的「公式」，是戲劇的「同」，而題材給了這些公式不同的生命力，是戲劇的「異」。

題材與類型的混合

題材是可以混合的，類型也是，一個故事中可以同時存在宮廟與學校題材，也可以同時是愛情、探案加動作的類型。

雖然混得越兇，難度就會越高，但怎麼混、哪些能混、哪些混了很奇怪，沒有人可以說了算，就像豬血糕、鹹酥雞、粽子能不能做披薩？美不美味、有多少觀眾買單、能不能維持生活才是關鍵（再多人覺得吃納豆很噁心都無所謂，只要有足夠多的人支持就可以自在做自己唷）。

通常一個熱門題材（很多人熟知、寫過的題材），就會建議去尋找不相關的類型，而反過來如果題材相對冷門（不太有人關注），則會建議選擇比較熱門的類型。

例如三國是個熱門的題材，你如果做成了戰爭或戰鬥類型，被別人覺得沒新鮮感的可能性就很高（除非你像《火鳳燎原》那樣做翻案）；但如果你做成音樂、推理、美食、科幻類型，新鮮感就會相對強烈，形成所謂「市場上沒有看過的作品」。

如果你要處理一個少見的題材，例如山林保育、電信局、木雕窗花，就會建議搭配某個大眾偏好的類型，例如懸疑、愛情、俠盜、動作等等，才會維持對觀眾的吸引力。

希望這篇文章能幫助大家打破思考的慣性，找到屬於自己獨一無二的作品。

08 如何避免寫出令人無感又老梗的故事？

許多學員會遇到相似的困擾，就是他們試著從個人經驗或是真實故事出發，去設定角色和情節後，最後故事卻變得過度通俗常見，也就是大家常說的「老梗」或「土」。

這個世代創作故事的巨大挑戰

我們很幸運生在一個故事看不完的年代，創作發表變得更容易、經典範例多到不行，但這也成了我們的不幸。這代表我們競爭者極多，光是「把特殊的生命經驗寫出來」，並不足以面對這種全面性的競爭。

年齡較長的創作者，尤其容易面對這種問題，因為與你有相似生命經驗的人，可能在十幾二十年前就站在創作的位置上，說出了讓你有共鳴的生命故事，當年紅過了，你現在想再說，就變成了過時的跟風，想要擺脫土味，必定需要更多的「加工」。

更放大來說，太陽底下沒有新鮮事，我們也難免有這種感覺，打開電影電視，主角心理創傷好像一定與家庭環境有關，動不動就會看見酗酒、負債、家暴、霸凌，但這些確實就是造成問題的原因，就像無論哪個世代的人都要吃飯睡覺，都會追求娛樂、尊嚴、名聲，都會受挫敗、迷失自我……正因為是「真實的」，所以無法被創新，也不該被創新，因為這樣反而失去了與觀眾的共鳴。

造成故事土氣的原因

《哈利波特》的生命經驗真的創新嗎？《冰與火之歌》中，無論是被誣陷的忠臣、嫁去異族的公主、皇族間的奪權，說穿了也都相當老套？《愛的迫降》中，因為家庭因素無法做自己的男主角，還有因為血緣問題被孤立的女主角，如果光看這些，難道就不土氣？真正土氣的，不是生命經驗，不是人物的背景設定，而是故事本身的細節與題材。

四個解決故事土氣的方法

1 給角色不一樣的行動與冒險

試著替故事換個類型吧。今天如果你的人物是油麻菜籽，苦情貧窮長大的刻苦女子，就請不要再讓她做生活倫理劇，不要再讓她為了養家糊口努力。因為我們看過的每個油麻菜籽都在做這件事。

試著讓她參與不一樣的冒險，例如讓她上賭桌、讓她創業、讓她獲得魔法……哪怕她真的是為了養家糊口，都該讓她採取不同的行動。如果用想的很難想，就把 Netflix 打開，看看每一部片都在幹嘛，然後變成你故事的主軸試試。當油麻菜籽去販毒，當油麻菜籽去賽車，當油麻菜籽去當海女……

當然不是每一個組合都適用，但我們會從中打開我們的想像力。留意運用這個方式時**不要硬套**，要留意**合理性**與**在地化**。例如台灣的販毒方式必定不會與《絕命毒師》相同，而台灣如果沒有海女，可能可以試著替換成採茶或養蚵的職人劇路線，從中找到不土氣你又有興趣的可能性。

2 反過來，給題材放入新角色

有時換類型和題材會帶來很大的困擾，因為對你來說寫這個故事的最大優勢，是你對題材的理解。

例如前例中，養蚵婦配油麻菜籽可能是土氣的內容，但養蚵是你想寫的題材，那你可以試著尋找「很不像這個題材的主角」。放個都會女子來養蚵？放個恐水症的男子來養蚵？放個有潔癖的人來養蚵？

試著尋找另一個你也有興趣的類型、題材與人物，放進你原本打算做、卻顯得土氣的故事中。

留意，你一定會需要為你的故事**做田調**。所以重點是「你對這件事有興趣」，而不是「可是這樣安排會有我不懂的事」。如果你期待寫個百分之百不用額外查資料的故事，這個期待百分之九十九就是你故事很土的原因。

3尋找新的表現形式

《俗女養成記》中小嘉玲的故事線，基本上可說是台南版的《光陰的故事》，「懷舊」雖然是這部作品的重要元素，但如果只有這部分，那這個故事也非常土氣。

但編導找到了一個新的形式，將大嘉玲的故事與小嘉玲並列，讓大齡女子的都會困境，與幼齡女子的鄉村困境，再加上喜劇的表現手法，組合成了一個當代女子面面觀。

又例如《貧民百萬富翁》，主線故事其實也是一個土氣的故事，出身貧民窟的男女主角歷經多年分分合合，女主差點流落妓女戶、變成黑道的女人……但編劇將這個土氣故事與百萬問答挑戰結合在一起，成了一個有趣又精彩的故事。

4 專注在故事發展，土氣的部分輕輕說

透過前三種方式，替故事找到不土氣的發展，試著讓多數的戲份都專注劇情的推動發展，讓故事往「未知的未來」前進，而不要花太多篇幅去說明背景設定。

為什麼？因為**土氣的設定就是大家都熟悉的設定**。除了觀眾都很熟悉之外，也常會有一演出這些橋段，觀眾就冒出「又來了」心聲的情況。

所以能不演就不演，最好能把這些部分簡單帶過，甚至讓角色都意識到這件事，在必須交代背景時用簡單的台詞說明，例如：

女主：反正就是爸爸欠債，女兒被迫下海的老戲碼，沒什麼好說的。

簡單一句話，什麼都說完了，我們不需要花好多場景把她的童年和下海過程演一遍，因為那並不是重點。

土的部分就少演，新的部分就多演。讓觀眾花更多時間注意你提供的新鮮貨，自然就不會有人抱怨你的故事土氣了。

09 什麼是「高概念」？為何這樣的作品勝算高？

高概念（high-concept）就像能量和磁場，是經常被提起，聽起來很酷炫但眾說紛紜的東西，一如立體角色、故事層次這些用語。

高概念 VS 低概念

熱門商業大片，基本上都是高概念作品，很多人經常會把高概念、類型、賣點混為一談，我看過最扯的說法，是「高概念就是logline」，基本上都是似是而非。

一部高概念的作品，指的是「光看概念就能理解內容、看出賣點」的作品，它的故事概念性很高，於是叫高概念。高概念故事可以一句話說完，寫成logline一眼就明白故事賣點在哪裡，就像《雞不可失》的logline可能寫成「警察為了抓毒販，使出他們的終極手段：開間炸雞店」，我們一下子就被吸引住，而且就算看完全片，我們的理解也差不多，這就是一部高概念作品。

那什麼叫低概念故事？就是你需要解釋作品細節才能懂故事在說什麼，通常劇情片、藝術片都屬於低概念。例如我很喜歡的一部作品《單身動物園》，它的故事是在講一個覺得單身有罪的社會，單身太久的人會被送去一間飯店聯誼，萬一聯誼到最後你還是無法跟人速配，你就會被變成一隻動物（主角選的是龍蝦）。這故事到底在幹嘛？你不實際看作品，還真的無法理解（有時候看完也無法理解）。低概念的故事也可以寫出logline，只是光看 logline 也不太明白故事在說什麼，需要看到更多角色和情節的細節與發展才能理解。

消費者要花錢買你的作品，當然會怕買錯、怕錯誤期待，所以需要在看預告片時，就能了解進場會得到的體驗。一部高概念的作品，光憑概念就知道在賣什麼，特別能夠透過預告片讓你買單，而且進場也會符合期待（難不難看是另一回事）。低概念的故事很難行銷，還時不時會有觀眾錯誤期待跑進場最後失望而歸，因此在商業上，高概念的作品比較受到製作公司的喜愛。

所以其實高概念跟類型是很像的，都是一種「容易理解、分類、行銷」的作品屬性。你可以把類型理解成分類，而高概念就是一個分類底下很好懂的作品，就像貓科底下，一眼就能看出你是貓還是豹還是獅子（低概念就是長得像狗又像熊還有點像老鼠的貓）。

以超級英雄這個類型為例，看《鋼鐵人》會看到跟《雷神索爾》一樣的東西嗎？想必不會，一個賣你地球高科技，一個賣你神話其實是宇宙高科技，你不會認為進場看《蜘蛛人》跟《蝙蝠俠》的體驗會類似，雖然故事簡單說都是英雄救世界，但因為世界觀、角色的差異，它們都是高概念，但概念不大一樣。

概念容易懂就容易賣？

所以**高概念不是類型，不是賣點，但它包含類型和賣點**。一個沒有賣點又不符類型的概念，不管再怎麼高，通常成品的商業性都很慘。就像蔡明亮導演《不散》的logline：「一個電影放映員在一間老戲院放了一輩子的《龍門客棧》，而戲院明天就要倒閉了，我們將經歷他在戲院的最後一天。」從結果來看，這句話確實說完了全片的內容，看完得到的結論也就是這句話，但它不符類型也沒有賣點，商業性一塌糊塗（藝術性是另一回事）。

我常鼓勵大家說「簡單的故事」，是因為高概念的故事通常都很簡單，把故事說複雜了，通常概念就低了。**一個故事要好，在概念階段就要足夠亮眼、看得到賣點**。比起把心思放在把故事弄複雜，還不如把心力放在類型和賣點上。就像《外傷重症中心》，故事超簡單，就是一個醫術高明、只在乎患者生命不在乎錢的醫生，對抗只在乎錢、不在乎患者生命的醫院高層的故事，但類型明確、賣點到位，收視表現非常亮眼。

一定要寫高概念嗎？

有沒有英雄片不高概念的例子？有，韓劇《Moving 異能》就是這樣的例子。嚴格來說，《Moving 異能》算是一部低概念的作品，《小丑》也是，你很難對故事中會出現什麼元素產生預期，看預告片也感覺看不明白，片子要提供你的體驗，你在實際看過作品之前也很難了解。

從這兩個例子你會發現，一定要高概念才會賣座嗎？或說，高概念就一定賣座嗎？其實都不一定。

高概念的爛片一堆，低概念的熱門作品也不是少數。

但低概念的作品其實很難駕馭，而且通常特別吃劇本以外要素的表現（例如演員演技），所以高概念的勝算還是會比較高，在商業上會比較容易受青睞。

所以會建議初學者還是從高概念學起，學習尋找一個好的創意，並且好好了解如何發揮它，將這個創意發揮到極致，會是比較好的創作方向。

10 如何抓出「故事梗概」，定錨故事魅力？

我們知道一個好的故事，應該要聚焦、容易理解，可以清楚看出主角是誰，主事件是什麼，每個情節都圍繞著主角、主事件打轉，不會旁生枝節。

想像有台濃縮機，我們把故事丟進去。幾百萬字可能有幾十集，於是變成幾萬字的「分集大綱」；再濃縮，就變成幾千字的「故事大綱」；再濃縮，變成五百字內，業內通常就稱為「短綱」或「故事梗概」；濃縮到最後一百字內，甚至一句話，就會被稱為logline，或一句話短綱、一句話梗概。

無論怎麼濃縮，它應該都仍然是那個聚焦、容易理解的主角和主事件。

所以業界有句知名的話：好的故事應該要能一句話說完。而那句話，就是所謂的logline。

由上述我們知道，梗概和 logline 基本上只是字數的差異，所以我們在這篇文章就把它們當成同一個東西，來談談怎麼寫出好的梗概。

為什麼梗概這麼重要？

我們常開玩笑，租書店裡那麼多的言情小說，說穿了都是同一句話：霸道總裁愛上傻白甜祕書。哪怕其中幾本寫得特別出色，角色特別到位，對白特別精彩，但它的故事是什麼？霸道總裁愛上傻白甜祕書。

平庸的創意帶來平庸的故事，更糟的是，有人的故事連梗概都寫不出來，分不清誰是主角、主事件是什麼，那麼混亂的基礎自然也帶來混亂的故事，一個故事的好與壞，看梗概就能先看出百分之五十。

很多人會不死心，覺得「不看全文怎麼知道？」很抱歉，我真心知道。

在我這些年的教學經驗中，已經數不清有多少學員想交他們寫好的作品請我回饋，我通常都會友善的建議：先把它寫成大綱吧。

很多學員堅持不肯，非要給我全文，或說：老師，我試了很久，真的寫不出大綱來。但從來沒有例外，這些作品最終成果都不盡理想。

梗概、大綱或許看不出一部作品有多好，但絕對看得出一部作品糟在哪。

當你寫了幾萬字，完成一部作品後，才感覺「哪裡怪怪的」，最後檢查發現梗概就有問題，那你要重寫，根本是天崩地裂。若能在幾百字內就事先發現問題，你改上十幾次也不會太困難（當然煩是挺煩的）。

在業界，大家都習慣依照梗概、大綱、分場、劇本這樣的順序一步步完成故事，就是希望確保每次改寫不要傷筋動骨，可以用最少的成本取得最好的成果。

站在投資方和出版社的角度，每天面對海量的故事，如果每本都要讀幾萬字才知道故事是什麼，那是一件非常浪費時間又痛苦的事。有時送去的稿件梗概不吸引人，就可能直接被放棄了，根本沒機會輪到完整作品。

如何寫出好梗概？

梗概作為故事的濃縮與骨幹，理想上要達成兩個目標：

1 創造吸引力

我們很容易落入「解釋」的陷阱，把心思放在「怎麼把想說的故事說清楚」上，而忽略了更重要的目的：讓故事變得有魅力。

考慮到創作本身，我們應該想著怎麼讓故事更聚焦、更升級、更有亮點；考慮到提案，一個吸引人的梗概能為你的故事帶來更多機會。

如果你的故事寫成梗概沒有吸引力，要思考的不是「我的故事本來就這樣」，而是可以試著想想「可以怎麼讓它變得更好」。

更好不等於背叛你原本的故事，而是在你原本故事的基礎上再加分。

2 確立故事的主軸

故事的基本組成是：主角＋想要＋行動＋阻礙＋轉折＋結果。梗概特別聚焦在前四件事上，也就是主角和主事件（主要衝突）。

我們以《人在囧途》為例，它的 logline 可能寫成：

一位高傲冷漠的大老闆（主角），在春運前夕因飛機停飛，被迫和一名熱情憨傻的農工踏上漫長又荒謬的返家之旅（主事件）。

我們從這句話就能明確知道這部作品的主軸是什麼，而如果你去看了全片，也會發現整部片雖然有更多豐富的細節，包含了主角的家庭關係等，但都不會脫離這個主軸。

有時我們會把故事的主題和角色歷程也寫進梗概中，例如：

一位高傲冷漠的大老闆，在春運前夕因飛機停飛，被迫和一名熱情憨傻的農工踏上漫長又荒謬的返家之旅。在經歷路途中種種荒唐的人事物後，他意外發現荒唐的也許是他自以為勝利組的人生。

但這不見得是必要的，通常在提案中會有另一個欄位「創作概念」來說明主題，所以如果字數有限，可以在梗概上更專注於外在事件的說明。

相信看到這裡，很多人都會發現自己的 logline 寫錯了，最常見的錯誤，就是把 logline 寫成了標語。

例如很多人可能會把《人在冏途》的 logline 寫成類似：

天啊！回家怎麼這麼難！

你有多少年，沒有真正「回家」了？

你的春運，不可能比他的更冏！

回家難，找回真心更難。

這些寫法都是屬於宣傳文案，而不是故事梗概。

如同好的故事沒有標準範本，好的梗概也沒有標準格式，只要能做到上面的目標，你想怎麼寫都可以。但我們還是有兩個基本的模版可供參考。

梗概的兩大實用模版

1主角＋想要＋阻礙＋行動＋（代價）。

這就是上述《人在冏途》的例子，直接把故事的基本組成作為書寫的結構。

留意，「主角」不要只寫一個名字，因為名字本身並不具任何訊息，我們在這個階段其實不太在乎他叫王大吉還是林小華，請加上某個特質讓我們知道他與故事的關係。

「想要」是主角在劇中要完成的目標，它並不一定是主角的人生志向，就像《人在冏途》的例子，它可能是一個突發的狀況，一個主角必須解決的難題。

「阻礙」可能是具體的某個人事物，例如一個惡霸老闆；或是一個具有難度的任務，例如必須在時限內拆除炸彈。這個人與任務的難度有時是自帶的，對任何人來說都很難，有時則是與主角是誰有關，例如像《王者之聲》，一個口吃的王儲，必須進行一場激勵人心的合格演講。

「行動」可能是指任務本身，也可能是主角為了克服困難必須採取的下一步，例如

《雞不可失》，一群警探為了逮捕惡名昭彰的毒梟，決定孤注一擲……開一間炸雞店。

為了增加故事的緊迫感，有時我們會加上「代價」的說明，也就是主角如果沒有完成目標所必須承擔的風險。例如《控制》，丈夫必須解開失蹤作家妻子留下來的謎題，否則將會被當成殺妻兇手。

這些例子都不是這些作品實際的 logline，同一個故事可以有不同的 logline 寫法，重點還是回到怎麼寫能夠創造最大的吸引力與明確的故事主幹。

2 觸發事件發生後，主角必須在……（時限）之前達成……（目標）以避免……（代價）

這是另外一個實用的模版，相較於前一個版本比較關注主角，這個版本更關注「主事件」。

令人意外的是，有許多創作者發想故事都沒有「觸發事件」，而是陷在揭露角色設定與角色互動之中，讓整個故事缺乏主事件而變得流水帳。

這個模版的好處是，它提示創作者要有一個明確的觸發事件和主目標，讓整個故事有一個明確的軸線。

觸發事件指的是故事中的「有一天……」。主角原本過著某個日復一日的生活，直到「有一天」發生了某件事，帶他脫離了日常，開始了故事的冒險。

我們舉一個相對比較生活化的故事為例：《穿著 Prada 的惡魔》。

加入時尚雜誌《伸展台》後，不懂時尚的小安必須在刁鑽老闆米蘭達發怒前搞定她出的各種難題，否則她將再也無法在紐約生存下去。

你會發現這個故事如果用前一個模組，會比較難寫成 logline，而這個故事本身直覺上也沒有一個明顯的主事件，但透過這個語法的調整我們會意識到，「主事件」就是小安這隻小白兔來到時尚圈這個猛獸區本身。

這個模版的另一個好處，是它放入了兩個經常被創作者忽略、卻可以幫助故事更精彩的元素：**時限**與**代價**。這兩個元素可以讓主事件的衝突變得更強，故事變得更緊張。

試想，如果我將上面的例子改成：加入時尚雜誌《伸展台》後，不懂時尚的小安必須努力克服刁鑽老闆米蘭達出的各種難題。是不是緊迫感就少了許多？試著讓**時限盡可能短，代價盡可能大**，故事的張力就會更強。

可以練習找幾部自己喜歡的作品，電影、影集、小說、漫畫都可以，試著寫看看這些作品的梗概，一方面觀察高手的故事設計，一方面也嘗試一下不同的寫法，怎麼樣能更好地表現出作品的魅力。

11 想不出故事的結局怎麼辦？

常常冒出一個想法後，發現故事的**結局**不知該往哪裡去嗎？其實雖然故事百百種，但在千變萬化之中，主流商業故事大約只有四種**角色歷程**：成長、尋回、和解與失落。

主流商業故事的四種角色歷程

1 成長

主角透過整個故事的旅程，學習到了某種特質。努力、體貼、堅持、相信自己、愛、克服了心中的恐懼陰影……這類內在成長有時伴隨著外在的成長，變富有、變有名、受肯定、找到寶藏……但**內在成長**才是關鍵。空有外在的財富增長，沒有心靈的提升，在故事上會顯得空洞。例如《我只是個計程車司機》、《恐龍當家》都屬這個類型。

2 尋回

某種特質主角原本擁有，但因某個原因失去了，整個故事便是在談他如何將它尋回的過程。例如一名因病無法再歌唱的聲樂家，從此失去了對生命的熱情，在故事最後他重新點燃了對生命的熱情，再造新的人生。有些偵探故事或動作故事也是這種類型，角色原本受人尊重，或過著平靜的生活，因故失去了尊重或生活的平靜，他透過發現真兇、復仇，來找回尊重和生活的平靜。例如《捍衛任務》、《即刻救援》等等。

3 和解

兩種對立的價值，或是破裂的關係，在故事最後獲得了修復。例如愛情與麵包的對立、經濟與環保的對立，有時會利用一方勝出做結，但有時會用兩種價值的平衡來完成和解（不是誰比較重要，而是兩個都重要）。常見的親情決裂、疏遠也是這個類型，有時最大的和解是與自己和解。例如：《她其實沒那麼壞》、《玩具總動員》等等。

4 失落

角色帶著某種天真嚮往一路向前，卻在達到目標時發現事情不如他所想，甚至因此失去了他某個原本純真的本質。例如：《華爾街》、《後宮甄嬛傳》等。許多故事是兩種類型以上的混合，例如像《穿著Prada的惡魔》，是「成長＋失落」的組合，在多主角的故事中，他們可能各有各的類型，像《她其實沒那麼壞》中，對女魔頭來說是一個與過去、與自己「和解」的過程，但對訃聞記者而言，卻是一個「成長」的過程；《高年級實習生》對年輕人群體而言，是一個「成長」的故事，但對長輩班來說，是一個「尋回」生命熱情的故事。

角色歷程跟結局有什麼關係？

為什麼要談這些角色歷程？因為從角色歷程，我們就能看到故事的**起點**和**終點**，自然就能看見結局的模樣。

有時你有一個點子，但不知道它會是一個什麼樣的故事時，試著利用這些常見的歷程去思考、發展你的故事。你會發現有些點子、情境天生適合某個歷程，或是在轉換不同歷程的過程中，幫助你找到不同的故事線。

而當你有角色時，也可以思考，對這個角色而言，他在故事最終會進入哪個歷程，就能找到讓角色更符合故事的設定與人物關係。

例如當他被放進「和解」這個歷程時，你會知道他需要一個和解的對象，這個對象通常具有與他某種相反的特質與價值觀。如果他被放進「成長」的歷程，他要成長什麼？是你的角色最終會克服缺點嗎？這個故事是關於什麼的呢？例如這是一個關於勇氣的故事，那你沿著「勇氣」這個主題，就能發現角色「膽小」這個缺點，知道這是一個膽小鬼透過冒險變勇敢的故事。

理解這四個常見的角色歷程，甚至進一步去了解這四個歷程常見的故事走向，就能夠使你在建構故事的過程中，不再是憑空摸索，而是有一個較為清晰的輪廓。

12 如何不靠「靈感」，也有說不完的故事？

「靈感從何來」是創意工作者畢生的難題，「有了個開頭點子，卻無法往下寫到最後」也常是許多創作者面對的困境，但當我們將這個問題向有經驗的專業人士發問時，卻又會得到殘酷的答案：「職業編劇如果想依賴靈感，那就注定餓死了。」

所以，到底職業編劇是靠什麼，才不至於餓死呢？

一、理解與你故事相關的事

首先，千萬不要誤會，以為職業工作者就不會為了寫不出東西而感到痛苦，那你就錯了。幾乎每個編劇都會為了沒有想法而苦惱，但他們之所以能夠「不依靠靈感」，是因為他們比你多知道了一些事情。

他們比你清楚自己的渺小。編劇不是神，在很多時候我們都必須承認——我們知道的太少了。故事大師羅伯特．麥基說得好：「再有才華的人，也會因為無知而無法寫作。」你之所以不知道該怎麼寫、寫什麼，是因為你不習慣去做**資料蒐集**，只想依靠你自己的小腦袋。

你應該要習慣去閱讀各類書藉，或是上網搜尋，**去理解與你故事相關的事**。如果你沒讀過政治相關的東西，理解厚黑學是什麼，你又怎麼寫得出《冰與火之歌》與《紙牌屋》？如果你沒讀過商業相關的東西，理解外商企業的方方面面，你又怎麼寫得出《我的前半生》？

不要只讀你喜歡的東西，應該**讀些你的角色會喜歡的東西**。如果你的角色是個專業經理人，商業雜誌、公司財報、暢銷企管書他應該常接觸，茶葉、咖啡、名酒、名車、名錶、房地產、高爾夫，這些能與上流社會交流的事，可能也略懂略懂。好的編劇都知道自己的不足，所以都會在經營作品前做足功課，使他們擁有足夠多的素材可以創作。

二、清楚故事該有的模樣

再來，戲劇不是天馬行空，而是與觀眾的溝通。就像是辦婚禮，有一定的程序：如果婚禮進場的不是花童，而是兩個歐吉桑；如果不是岳父將新娘的手交給新郎，而是新郎將媽媽的手交給岳父；如果新娘全場都坐在場外送客，只有新郎站在台上揮手……這樣的程序安排，來賓應該只會感到莫名其妙吧。

只有興之所至是無法完成一個故事的。那些「沒經驗一寫就紅」的人，是因為故事的結構內化在他們的過去經驗中，他們深知一個故事應該長成什麼樣子，要先講什麼，再講什麼。如果你對故事該有的樣子不夠清楚，自然就不知道接下來該怎麼發展，只能等待什麼時候「感覺對了」，幫你再多個兩千字。但這兩千字能不能用？就要看緣分了。

反過來說，如果你夠清楚故事該有的模樣，當你有一個創意出現時，就會知道前面該要有什麼，後面該要有什麼。你會知道自己缺少了什麼，然後開始去尋找。知道問題，是發現答案的第一步，你不知道答案是什麼，常是因為連該問什麼問題都不知道。

三、理解影片是如何被完成的

劇本是影片的藍圖，但你有見過不理解生產流程和製作方法，就畫設計圖的產品設計師嗎？有不懂施工現場和不知材質價格的建築師？做為畫藍圖的人，你一定會理解產品為了什麼而設計，完成之後賣給誰，而這個誰又為什麼會喜歡？你也一定會理解這個產品在技術上有沒有可能被完成，還是只是純粹的幻想？

常有人問我，編劇需要畫分鏡嗎？編劇不用，但不代表你應該對分鏡保持無知。編劇不一定要懂攝影，但不代表你應該對畫面保持無感。編劇很多時候不需到現場跟拍（有時候需要），但不代表你可以對拍攝現場無視。編劇其實都需要懂一點導演、懂一點製片、懂一點表演、懂一點技術，因為彼此能夠理解，彼此能夠溝通，是合作的基礎。

當你能夠理解一個商品的影視銷售策略時，其實你也開始懂得思考你劇本的目標觀眾、賣點和如何溝通你的主旨，更知道製片在考慮什麼；當你學到導演與分鏡的技巧時，你也開始懂得思考動作的設計和畫面的鋪排，知道三角形該怎麼下；當你了解拍攝現場的運作和考量時，你才知道為什麼劇本不會長得像你所想像的那個模樣，知道怎麼和導演與製片溝通。

四、適時與人討論交流

最後，請離開你的書桌，約朋友喝杯咖啡，與他聊聊你想到的好點子。大多數的朋友都對編劇沒興趣，但對聽故事有興趣。找人討論不是要從對方身上得到什麼答案或建議，而是讓你理解觀眾的疑問，讓你習慣與人溝通，讓你的故事在人與人之間交流，而不是停留在你的腦子裡打轉。你會發現，你常會得到意外的收獲。

2

chapter

關於角色建立

01 如何用「場景」塑造角色？

角色塑造是編劇一門重要的功課。在發想設定階段，我們設計好的**角色**，必須安排相對應的**場景**、**情節**，才能讓觀眾得知角色的全貌。

有設計但沒有塑造，就像有畫設計圖但沒有蓋、或沒有照著圖去蓋房子一樣，是無法讓其他人知道你設計好的角色到底長什麼模樣的。許多新人常會爭辯說：「其實我原本的設計是……」但從劇情中看不出來，就等於不存在。

那問題來了，角色塑造該怎麼做，才能使角色鮮明、立體呢？

第一個重點：用「演」的，不要用「講」的。

很多人喜歡靠語言來塑造角色，給角色貼標籤，「大家都說他是一個很溫柔的人」、「你不是很喜歡做木工嗎？」、「他們兩個感情非常好……」。

安排一個角色，用講的來塑造另一個角色（或讓角色自說自話），是沒有說服力的。就好像你朋友整天說自己會飛，難道你就會相信嗎？當然不會，除非他飛給你看。所以要講一個人溫柔，就安排一個可以讓他展現溫柔的事件；要講一個人喜歡做木工，就讓我們看到他做木工的樣子；要說兩個人感情非常好，就讓我們看見他們感情好的場景。

一對情侶從來不牽手、不約會，卻總是不斷強調他們很相愛，你會覺得他們相愛還是相反？語言的可信度有限，身體的行為才是誠實的。**讓他們演，不要讓他們說。**

第二個重點：創造矛盾。

我們常說要讓角色立體，意思是要讓角色有複數面向。他有殘暴的一面，也有柔情的一面；愛對方，也恨對方；對愛人熱情，卻也殘忍；邪惡透頂，卻又有溫暖的一面。

在大多數時候，我們可以利用不同場景的對照，來呈現角色不同的面向。在上一個場景溫柔體貼，下個場景發現他其實謊言連篇。

但如果我們想更進一步，要在同一個場景中就呈現出角色的「不單純」，那我們就要依靠你設計一個情境，安排角色的行為，讓他前後不一、言行不一、表裡不一。

舉一個簡單的例子，《天才的禮物》的預告片開頭四十秒如何塑造這名天才兒童？它用第一個場景展現出女孩對上學的排斥，再用第二個場景在課堂上算出老師都不會的問題，展現了她的數學天才。有趣的是，編劇安排了一個小孩聽不懂的單字，使一個展現出不可思議智力的人，在對那個單字追根究柢時展現出了她其實還是孩子的一面。

天才的智力和對生活詞語的生澀，大人似的態度與追根究柢的孩子氣，再加上不相稱的年齡與智商，結合出了一個又一個不一致的結果，使這名孩子的面向變得豐富。

如果我們看到的是一個四十歲的數學天才，在數學課堂上，展現他高超的數學能力，那整個場景或許可以寫得很幽默活潑，但一定不會像這個場景這樣饒富趣味。

我們很常看到，一個角色嘴上在罵，身體卻因為擔心而給了對方一個緊緊的擁抱；臉上輕鬆說著笑話，手裡卻給了對方一刀；說自己是籃球高手，卻連球都不會運……這種「演」和「說」不一致的矛盾安排，能夠創造出比單一方向呈現更有張力的效果。

靈活運用場景，讓一加一大於二

所以場景情境的選擇很重要，沒有合適的場景，角色就沒有演出特性的機會；場景與場景之間的連結很重要，忽略場景與場景之間的互動性，就無法產生一加一大於二的化學效應；場景內的演與說、表與裡、前與後的矛盾，以及角色設定上不同面向間的矛盾很重要，因為沒有這些矛盾，角色就會顯得平板。

但要留意的是，**矛盾的同時必須要合理**。這個合理，正好是劇本中「不言可喻」的東西，展現出了某種角色的心態與性格。觀眾可以從矛盾之中去思考原因：「為什麼他明明不會打球，卻要說自己會打呢？逞強愛面子喜歡吹牛吧。」

這個過程可能極短（秒懂），也可能很長（變成懸念等待後續創造恍然大悟的效果），編劇便是透過操作這個過程來創造「有趣」、「耐人尋味」、「層次豐富」、「讀出內心戲」等效果。

而**不合理的矛盾**唯一能創造的效果，只有讓觀眾出戲和唾棄。一個會笑裡藏刀的角色，性格上就帶有某些瘋狂或城府，這些內在特質應該在每一個場景之中保持一致，而不是一下子很心機，一下子很幼稚，一下子很悲觀，一下子又很天真。角色變來變去，又沒有一個有說服力的理由，這是不被接受的。

不需要一步到位

我們藉由一個又一個場景，一層又一層揭開角色真實的面貌，讓我們看到他的成長、變化與潛力，使他變得立體而飽滿。

不要一開始就要求要在一個場景之內完成所有的角色塑造，要配合著戲的節奏，讓觀眾一邊融入劇情，隨著衝突一步一步推進，越來越理解角色的不同面向。

所以你在設計角色時，也要考量到是否有足夠多的篇幅可以讓你這樣一層又一層的塑造。這也是為什麼電視劇裡的主角，大多時候比電影更複雜，而電影的主角，又會比短片更複雜的原因。

而複雜的角色面向就必然代表好的故事嗎？並不一定。你看許多感動人心的泰國廣告短片，角色其實都還滿平面的。所以不要單看一個元素，而要看**角色**、**情節**、**主旨**之間互動產生的結果，才不會顧此失彼，見樹不見林。

02 如何區分角色的「想要」與「需要」？

「想要」和「需要」到底怎麼分？好萊塢教學中的這兩個詞，「want」和「need」，光是望文生義經常會讓大家覺得有點混淆，我做一點細部說明。

需要：主角如何才能獲得幸福？

「需要」（need）其實和「主旨」很像，因為一部劇的主旨，常常就是主角「最需要學會的事」。當主角滿足了需要，就會變成更好的人，擁有更好的生活，或更正確地認識這個世界。只是**「主旨」比較像是對觀眾而言的收穫，而「需要」是對主角而言的收穫。**

例如，主角最終找到了自信，了解到她有屬於自己的優點，就算她胖，也值得被愛，因此克服了難關，與情人相愛。對主角而言，「找到自信」、「了解到自己的優點」、「胖也值得被愛」，便是她的「需要」；對觀眾來說，「身材好壞不是被愛的重點，肯定自己才是」，便成了「主旨」。

所以如果你一下子找不到主旨，可以從主角的需要、主角透過學會什麼而成長，來挖掘故事的主軸；如果你想文以載道，就要讓主角的角色歷程、主角的需要與主旨結合，觀眾便會跟著主角的成長，學到你想傳達的主旨。

想要：主角在故事中的首要目標

「想要」（want），指的是主角「貫穿全劇」的目標，它可以是一個人（想交往的對象或想打倒的對手）、一個獎勵或榮譽（某某冠軍）、某個大案子（拿到就能升官）、某台電腦裡的資料（取得就能破壞恐怖分子的陰謀）等，總之它必須要是一個**具體目標**。這便是我常使用「任務」這個詞的原因，因為一個任務就包含了「目標和行動」，沒有具體目標，主角就無從行動，劇情自然就無法發展。

「想要」可以是個**概念**或**極大的目標**。例如「找到生活重心」或「征服世界」，但這樣太大太空泛了，沒辦法形成實際的行動，我們要一步步將它具體化。例如「征服世界」，就要具體成「登上帝國寶座」，而登上帝國寶座，又要再具體成「擊敗現任王儲」，擊敗現任王儲，又要再具體成「揭發王儲謀反的祕密」，而揭發謀反的祕密，又要再具體成「竊取王儲的密令，交給皇帝」。就這樣，一層接著一層，直到找到可以**讓主角行動的任務**為止。有了任務，故事便有了可以設計情節的要素。而這個任務，通常也就是我常提到的「單一任務」。

故事篇幅越長，通常就會有一個越大、越概念化的「想要」，好讓故事可以出現許多個任務，變成一個又一個篇章、單元。而短片、電影通常只會有「單一任務」，所以「想要」通常會相對具體一點。

所以你會發現主角的目標是有層次的，最大的、貫穿全劇的是「征服世界」，中等的是「擊敗王儲」（可能是某幾集的目標），更小的是「竊取密令」（可能是某集的目標），在每一幕、每個場景之中，又會有更小的目標，例如說服同伴入伙、引開守衛、逃過追擊，這便是「場景目標」。**但這所有的目標，都是由「同一個想要」細分而成的**。這「同一個想要」，便是創造全劇連貫性的原因。

「想要」和「需要」是故事的北極星

一**個人想要的東西，常常和需要不同**。一個人可能想透過減肥來獲得真愛，但真的瘦了，也永遠覺得自己不夠瘦，所以痛苦永遠無法解決，面對真愛也始終沒有勇氣。在這個故事中，她真正需要的，是理解胖也值得被愛，是擁有面對真愛的勇氣。所以她的「想要（減肥）」可以失敗，她可以減肥失敗、可以瘦了卻復胖，也可以成功瘦了但還是沒自信，才發現瘦不是答案。「想要」時好時壞，故事高低起伏，直到最終「需要」被滿足。

更進一步說，在長篇作品裡（如電視劇或漫畫），因為結局在很遠很遠之後，所以不可能等到最終才讓觀眾看到主旨，所以在設計上，「主旨」會變得有點像「核心精神」或「作品概念」，我們會把角色的需要切成許多小塊，變成每個篇章的小主旨，切合這個「核心精神」去做。

例如《哆啦A夢》，每集的劇情，都是大雄一開始想依賴道具解決問題，最終受到教訓。所以我們可以看到一個「核心精神」，就是「依賴道具解決問題，是不對的喔」。那什麼才是整個故事的「主旨」？哆啦A夢離開了大雄，大雄不再依賴道具，最終靠自己成為有為青年，與哆啦A夢重逢。「不靠道具，靠自己解決問題，才是答案」，便是全劇的主旨，角色、情節、主旨相互呼應。

所以在以「欺騙」為核心的故事，每個篇章最終必然存在欺騙，相信別人的人，過程雖然可能短暫開心，但最終欺騙才是真相；以「熱血」為核心的故事，每個篇章最終必然以熱血翻盤，過程中冷酷理性雖然短暫勝利，但熱血才會是答案。

所以，主角的「想要」和「需要」，是故事的兩個軸心，一個從故事外部幫助我們建立行動、發展情節，另一個從故事內部劃出角色的成長方向，兩者裡應外合，便是我們創造故事時，指引方位的北極星。

03 你對自己的角色太好了嗎？

我們總是習慣待在自己的舒適圈裡，因為在這個圈裡安全、平靜、沒有意外和麻煩，一切都是我們可以預期和掌握的。這或許是我們對生活的期待，但絕不是我們對戲劇的期待。如果你將你的角色放在舒適圈內，他或許會感謝你，但觀眾絕對會恨你。

為了故事精彩，你該讓角色成為「離水之魚」

戲劇要求的是冒險、衝突、挑戰、掙扎、變化，你的角色誕生，就是為了要讓你**折磨**的，而一種常見的折磨方式，就是把他帶離他的舒適圈，讓他做一條「離水之魚」。

例如：重外表不重內涵的嬌嬌女，跑進了哈佛大學（《金法尤物》）；童話公主跑進了現實世界（《曼哈頓奇緣》）；從未受過良好教育的單親媽媽，在法律事務所工作（《永不妥協》）。有人是自願進入新環境，有人是受時勢所逼，有人甚至是直接「穿越」。

藉由信念的交鋒，推動故事並激發出成長火花

離水之魚式的故事，通常會把角色帶到一個與他的舒適圈全然不同的世界，在那個新世界中，所有人的生活習慣、價值觀都與他背道而馳。

編劇通常利用這樣子的碰撞，製造喜劇感，或是兩種價值觀之間的交流。角色通常會在過程中學習、成長，並且用他原來的特質來解決新世界的難題。不是被新世界教化、征服，而是真正的互助。

李安曾說過，他的人生、戲劇與哲學，是圓融。世界沒有絕對的對與錯，也沒有絕對的優與劣，不同的團體之間一定各有優缺點，重點在於**如何互補與相互學習**。

你想說的故事，是和種族歧視有關的嗎？還是和貧富差距有關？這兩個團體之間，有沒有什麼可以交流成長，達成平衡的地方？

當我們將一個城市人丟到農村去時，這個城市人身上勢必帶有某種農民需要的東西，同時也有某種缺陷，是可以讓鄉下人補足的。

他一開始對於自己的「落難」感到委屈，對鄉下人投以歧視，但一些事件讓他被農村打動（或許是人情味、對土地的愛、與自然共存的哲學等等），他轉而利用自己的專長（或許是利用網路幫助賣出農產品），幫助農村的人脫離困境。

看出離水之魚故事的結構了嗎？甲乙雙方原本有矛盾，甲乙雙方開始交流，甲方先解決了乙方的問題，乙方回過頭來也解決了甲方的問題，最後甲乙雙方都得到了成長。

在設計這樣類型的故事時，要懂得先找出雙方可以**互補**的點，點找到了，角色與情節的設計就會有個明確的目標可以前進。

從故事概念到情節設計都適用

千萬不要因為最終他們會互補，而在過程中輕易放過了你的角色。人是不會輕易改變的，只有面對絕境，徹底明白自己錯了，狠狠放棄過去自己相信的事，才有可能接受原本自己不認同的事物。

不要太快把魚，放回水裡去。

離水之魚絕不只有開場能用，在故事過程中，也能時常運用這個技巧。去除角色原本擁有的優勢、移開他原本可以依靠的對象、給他不利的條件、讓事情不照原本的預期發展……活用事物的**兩面性**，讓他漸漸看見原以為不可動搖的事，背後的問題與缺點。

唯有讓他一次又一次面對考驗，才能讓他在過程中一點一點，動搖及改變。努力折磨角色吧，為了他更幸福的明天。

04 如何寫性格與自己不同的角色？

「你寫的每個角色都像你。」

「不然咧？我怎麼知道其他人會說什麼做什麼？」

這可能是很多故事創作者的困擾，我們又不會通靈，怎麼可能知道其他性格的人會怎麼想怎麼做？

想想我們的父母。想想我們熟悉的同事、朋友。他們的性格價值觀與我們並不相同，但我們仍然能想像遇到各種情況時，他們可能會做會說什麼。

這個超能力是怎麼來的呢？

一、人的需求大同小異

雖然表面上想要的東西各種各樣，但內在的需求其實差異不大。

利益、名聲、歸屬感、尊嚴、慾望……在描寫角色的外在狀態時，先決定他的**內在狀態**。他的性格，真的會想要這個東西嗎？例如引人關注，有人喜歡，有人不喜歡，喜歡的人是因為從中獲得尊嚴，不喜歡的人是因為感到焦慮。

想獲得好處，想逃避壞處，這是人的共同之處。他在那個當下，到底**想要什麼**？先有這個目標，再來決定他的策略。

二、性格決定策略，策略表現性格

同樣想要一個東西，有人用要的，有人用騙的，有人用撒嬌，有人用努力自己賺。他是樂觀的人，面對困境看見可能，他是悲觀的人，面對困境預見慘況。你替他設定的**性格**，會決定他面對情境時如何**反應**。或反過來說，你替他決定的**反應**，會使讀者從中理解他可能的**性格**。

三、思考你的目的

原理明白，但我們怎麼決定上面這些事呢？尤其是起步階段，你想怎麼安排都可以，自由命題最難寫，選項太多了。

那就回到你的故事，想想你的**目的**。

這個角色為什麼存在？幫助主角？阻礙主角？調節氣氛？突顯主題？推進故事？哪種設定更能達成你的目的？哪種設定更有趣？哪種設定你寫起來更輕鬆？

四、熟悉你的角色

你很難想像不熟的人的反應，但很能想像親人朋友的反應，差異就在**了解程度**。

你為什麼不了解你的角色？因為你沒有決定他是什麼人。你只給了他一個模糊的形容詞，溫柔、奸詐、高冷、傲嬌，但傲嬌角色有一百種，一個形容詞無法定義角色，無法讓你理解在一百種情境下，他分別會有什麼反應。

於是我們寫**角色小傳**。寫他的出身背景，寫他的初戀閨密，寫他的信仰嗜好，寫他的經歷病歷。

有些設定脫離你的生活經驗，就需要去做一點**田調**，才不會脫離現實。但小心，你取材的對象也只是「某個人」，一個警察無法代表所有警察，一個牧師無法代表所有牧師，一個兒時受虐或被劈腿的人，無法代表所有人。

在你了解對故事的作用前，寫這些東西只是無聊的填空，寫再多可能都不知道在做什麼，你的目的就是**理解你的角色**，理解了才能書寫。

但如果角色早就在你心中，深深烙印了強烈的形象，你熟悉他的一舉一動，那其實小傳寫不寫就不是重點了。

這一步做得夠好，角色就會「自己動起來」，甚至有脫離你掌握的可能。這很正常，因為你一開始設想大綱時，想得不夠細，想得不夠多。就像我們對家人朋友的慶生計畫，他們的反應也會出乎意料，但事後想想也覺得合情合理。

而你到底是要修改計畫隨他去，還是想辦法把他抓回來，讓他照著原本的慶生活動跑下去，誰對誰錯就要看情況了，這是另個話題就不展開。

把握這個原則，就像我們可以熟悉了解各種各樣的人，我們也可以書寫各種各樣的角色。這樣，應該知道為什麼很多作家，都會把自己的親人朋友仇人放進故事裡了吧（笑）。

05 如何讓角色「亮相」，表現角色特質？

很多人會獲得一種回饋叫「角色可以再刻劃得深入一點」，但具體到底該怎麼做？

給予角色具體行為，或呈現角色遭遇事件的反應

很多人寫故事會只顧著寫主情節，忘了讓角色先「亮相」。你希望讀者記住的重點，建議在角色初登場時就做到。無論他是社交障礙、與父母不合、還是對自己沒有自信，一登場就要表現出來。表現不是光用旁白說明，而是要給出**具體行為**，或是**讓他遇上能表現這個特質的事件**。

例如你想寫他社交障礙，開場卻是他在上課覺得很無聊，下了課一個人邊看小說邊走回家，那就無法呈現出他的特質。如果要上課，就讓他遇上分組討論，如果要回家，就讓他買車票偏偏售票機都壞了，總之，逼他與人對話，才可能呈現出他的社交障礙。

這種具體的呈現，就叫「刻劃」角色（或塑造角色）。

讓角色遭到質疑與反駁

那怎麼「深入」呢？最簡單的方式，就是**讓他遭到挑戰**。

例如他認為人都不能信任，我們就會安排有人主動對他釋出善意。別人都很不友善，你不信任可以理解，但如果面對友善的人，你仍有理由不信任，那就幫助我們更理解他不信任的原因。

先在刻劃時讓角色拋出他的信念與狀態，透過旁人進一步探問或質疑，讓角色呈現更深層的面貌。如前面提到的社交障礙，安排一個人去質疑他、關心他、試圖改變他：

「難道你打算一輩子都不跟人說話嗎？」

「難道是覺得我們很可怕嗎？」

「試試看，其實沒有你想像的難。」

透過主角直面這些問題，我們就能開始「深入」：

「你以為我不想嗎？」
「可怕的不是你們，是我……」
「你們根本不懂。」

有時要刻劃的是角色的某種信念，例如「人都是善良的」，一樣可以用質疑來深入角色：真的嗎？那為什麼會有背叛、傷害呢？現在有人刺你一刀，你還是這樣想嗎？質疑不見得是口語的，你可以利用事件實際考驗主角。當我們看到主角被人背叛，卻依然願意相信對方時，對主角的刻劃就更深入了。

如果你的主角輕易就轉變，簡單就被問倒，那說明「他其實根本不是你說的那樣」，你應該要回頭問問自己，你真的理解世界上，與你設定相似的人在想什麼嗎？請再做一些功課，深入思考，去理解為什麼主角會對自己的想法深信不疑。

評估篇幅做規劃

若篇幅短，通常這種呈現角色特質的只會做兩次，開頭亮相一次，高潮發揮一次。**次數越少，角色的刻劃就該選擇越強烈的事件**。這也是為什麼經常看到善良的主角，總要衝過卡車去救貓和小孩，因為為了救人將自己置於危險之中，對於善良與正義感的刻劃，比扶老太太過馬路有效太多了。

篇幅越短，能刻劃的點就越少，所以也要確認到底對故事而言，最需要觀眾認識的是哪個特質。

但有時故事篇幅較長，你不能一直讓主角衝到路上救人，我們就會考慮用不同特質、不同面向、不同程度的事件，在適合的劇情中表現。例如他跟陌生人是這樣，但面對熟悉的朋友呢？面對朋友這樣，那面對家人呢？公開場合是這樣，那私下呢？

除了變換面向，有時是做程度上的增強，他私底下對朋友說話不客氣，那面對老師？父母？總統？觀眾也會因為這樣，對角色在不同情況下的反應產生期待，他是會始終如一，還是有讓我們意外的一面？

在這樣一次又一次的刻劃呈現中，觀眾就會對角色有了深入完整的認識。

總結來說，**請明確認識到「角色刻劃是情節的一部分」**。你一定需要規劃適當的篇幅在這件事上，或在這個心理準備上去設計情節。通常會被說「需要更深入刻劃」，其實大多是「你根本沒刻劃角色特質」的意思，我們不能期待透過角色的造型設計，或是角色在情節中的某句話，就說服觀眾接受角色的特質。

06 如何創造「立體角色」，讓角色更真實？

「立體角色」是許多編劇教學、分析中都會提及的名詞，相對於立體角色的名詞，便是「平面角色」，但角色又不是摺紙積木，哪有什麼立不立體？許多人對於立體角色的概念常常捉摸不定，似懂非懂。其實要理解立體角色，要先理解什麼叫「角色面向」。

什麼是「角色面向」？

角色面向是指角色的「一組相關的特質」，例如一名硬漢，強壯、勇敢、衝動、愛玩賽車、籃球、男子氣概噴發……這種種相關的特質形成一個角色形象，便是一個角色面向。而溫柔、體貼、文藝氣息、會做菜、喜歡小動物……則會形成另一個角色面向。小氣、神經質、尖酸刻薄、怕事……又是另一個角色面向。

若角色所有的特質，都只待在同一個面向上，這種角色就叫「平面角色」。這種角色，幾乎都可以用一個詞來形容：「硬漢」、「草食男」、「吝嗇鬼」……這種角色便是這個名詞的化身，集所有這個名詞的刻板印象於一身。而當一個角色的特質無法「一言以蔽之」，是因為他是由兩個、三個甚至五個角色面向組成時，這個角色便是「立體角色」。

例如一個女強人，在工作上是個女暴君，強勢任性，人見人怕；她是個單親媽媽，在家被女兒騎在頭上，任女兒予取予求，她好聲好氣，卻被女兒欺負；在朋友面前，她只是條可憐蟲，總是喝個爛醉，有吐不完的苦水，動不動就掉眼淚。這個角色有三個面向，在工作上像皇帝、在家庭裡像奴隸、在朋友面前像個沒長大的孩子。

創造立體角色的關鍵在於創造「矛盾」

要形成一個立體角色，關鍵在於創造「矛盾」。一個立體角色身上，通常都會有矛盾的特質，硬漢身上的軟弱、懦夫身上的勇敢、生活白癡的智者、武功高強的女高中生（是的，小蘭其實是立體角色）。

通常比較有意思的角色，都是立體角色，身上都會有一兩個矛盾的特質。所以心中其實有團火的高冷男，比起單純的高冷男更有意思，柔情鐵漢，也比純粹的硬漢迷人。矛盾，其實便是設計有意思角色的基礎方式。

而同樣是立體角色，也會有立體程度的差異，像上述三個面向的女強人，就比柔情鐵漢更立體一些。所以單純使用「立體角色」和「平面角色」來區分，其實是過於簡單化了，用**角色面向的多寡**來討論，才能真正比較出細節差異。

一般而言，角色面向越多的角色，就會顯得更複雜、也更真實、更讓人印象深刻並且同情。因為人其實都是多面向的，我們時常在老闆面前當俗仔、在情人面前裝英雄、在父母面前耍任性、在朋友面前講義氣、在陌生人面前卻冷酷無比。

多種角色面向需要有合理性與邏輯

但角色面向越多，就越好嗎？那不一定。雖然我們可以靠堆砌十幾二十個角色面向來組成一個「超立體角色」，但我們必須要靠**合理性**來將這些角色面向綁在一起，否則這個角色就會失去說服力，變成一個莫名其妙的神經病。

如上述女強人的例子，我們可以找到一個合理性，知道她是因為過度溺愛女兒，加上單親身分的虧欠，想靠物質條件滿足女兒，於是在工作上她選擇強勢，因為她必須捍衛她的經濟力，可是家庭、工作兩方面給她的壓力使她喘不過氣，於是朋友成了她唯一的出口。這幾個面向環環相扣，互有因果。

角色面向的增加，必須依循著**邏輯**，這個邏輯本身幫助我們從不同角色面向之間，看見角色內在的情感。像我們便能從女強人的三個面向之間，看見她的無安全感、看見她的挫敗以及她的無奈。這些情緒使她走不出負向的循環，放不下工作，也無法好好與女兒建立關係，使她越無力，又只好越去在工作中尋找安全感。

有情感邏輯的立體角色，會比單純拼貼的立體角色更好看。例如小蘭作為一名武功高強的女高中生，雖然比單純柔弱的女高中生有趣，但背後支撐的，是「她是空手道社的」這種無關情感、純粹只是合理的邏輯，如果今天她學空手道是有情感上的理由（例如這是與新一愛的約定），那效果又會變得更好。但當你要組合七、八個角色面向時，難度就大幅上升了，不要說情感的邏輯，就連單純合理的邏輯都可能找不到了。而你為了去建立這些邏輯，勢必又要增加多餘的情節，結果故事就變得混亂、失焦。

角色面向會受限於情節長度與走向

角色面向的多寡，其實也受到情節長度、走向的束縛，這也是為什麼短片、以情節為重的娛樂片中的角色，多數都是平面角色。例如《野蠻遊戲：瘋狂叢林》的男主角，排除變身交換身分的部分，本質上他們都是平面角色。平面角色容易符號化，變得沒特色，也就不容易被觀眾記住、同情，也比較不迷人（你會發現故事中最迷人的角色是校花，因為她是當中唯一的立體角色，表面上風騷自我中心受歡迎，實際上善良又寂寞）。

而電視劇因為長度，所以更有空間去塑造角色面向豐富的角色，你看《絕命毒師》裡的華特，他為家人犧牲一切，到最後卻又好像是為了自己，好像是個好人，又有野心勃勃的一面，似乎很懦弱，又很果斷，但要說他邪惡？他又富有同情心，他看似草食男，骨子裡卻是肉食性。他角色面向的豐富性，使我們為他著迷。

平面角色也能有強大吸引力

有時平面角色也很有吸引力，如《宅男行不行》裡的謝爾頓，一個無敵偏執狂，讓人又愛又恨。他雖然隨著故事的增長而顯現出更多面向，但在他還是平面角色時，我們就已經愛上他了。所以有特色、寫得好的平面角色，有時更勝太過常見的立體角色。

做個簡單的總結，利用合理的矛盾，增加角色向度，是使角色更迷人的基本方式。故事中的主角，通常都是角色向度最多的人，而角色向度的組合，需要依靠邏輯（理由），這個邏輯如果是情感性的，效果就會更強烈。同時，別忘了角色、情節、主旨的統一性，這個豐富的面向，必定與故事的主旨是有關聯性的。

07 如何決定你的「主角」？

很多人在選故事主角時常舉棋不定，感覺A角色和B角色他都喜歡，不知道誰更適合當主角。其實主角的設計，通常符合一些原則，我們可依此找出「比較好用的主角」。

1 以你的目標觀眾決定

少年漫畫的主角是少年，少女漫畫的主角是少女，主角和觀眾一致，觀眾會有更多代入和認同感，而且主角關心的，自然也是觀眾關心的。除了設定得跟目標觀眾一樣，目標觀眾嚮往的（如媽媽們也嚮往少女的愛情、男孩嚮往超級英雄）、目標觀眾關心的（如媽媽們會關心小孩），也是可考慮的方向。

2 挑比較弱的那個

主角越難完成主線任務，故事的懸念就越強，不良少年必須考全校第一，書呆子必須打贏肌肉笨蛋，上面兩個主角如果顛倒，故事的樂趣就減少了。

3 挑價值觀與主旨相反的

故事主旨的展現，通常來自於主角價值觀的轉變，小氣的主角學會大方，自私的主角學會付出，懦弱的主角學會堅強，如果主角一開始就跟主旨一致，這個轉變通常會做不出來。

4 以外來者為主角

為了介紹世界觀方便，主角通常會是一個外來者，透過他提出問題，讓旁人向他介紹說明，幫助觀眾也一起認識世界觀。

5 挑特殊的視角當主角

如果你的故事很常見，有時會故意用特殊的視角來創造新意，例如宮鬥劇總是女主從婢女一路往上爬，有沒有可能以太監為主角？以御醫為主角？或是反其道而行，以皇上為主角？有時就會找到不同的故事可能性。

6 挑跟你最像的當主角

如果上面這些考慮都太囉嗦了，挑跟自己最像的角色當主角，也是一個不錯的選擇。因為你最熟悉你自己的價值觀和困境，可以最理解主角的問題，寫起來也會最有感覺。但就是要小心不要落入「我最棒」、「我都沒錯」的寫法，這樣的主角在故事中會很惹人厭，還是要客觀去評價故事中角色的言行，才能貼近觀眾的感受。

如果你有兩個角色都很喜歡，建議你先專心以一個角色為主角，把故事寫完之後，再去寫另一個角色為主角的故事。

例如像《在地下城尋求邂逅是否搞錯了什麼》，主角就符合少年、弱勢、外來者這些標準，但之後作者也以女主劍姬為主角，另外開了一篇《劍姬神聖譚》，成為同一世界觀的另一個視角，有屬於自己的故事。

以上這些選擇方式都是基本原則，當然也會遇到特例，所以還是回歸**故事的需求**來考慮。

還是那句話，**主角**、**情節**、**主旨**是一體三面，在考慮主角時，試著從其他兩個部分尋找答案，故事寫起來才會順手。

08 為何要為主角設定「獨特能力」？

在《週末熱炒店的編劇課》書中，有提到一個設定角色的基本原則：有能力的就沒意願，有意願的就沒能力。這是幫助我們很快建立**衝突**的技巧。

但要留意一個盲區：作為主角，他一定要有某種能力。

為什麼？因為這是他作為主角的原因。如果主角沒有「特殊之處」，那憑什麼路人做不到，只有主角做得到呢？

這個能力不見得是技能，也可以是某種強烈的品德與價值觀。以《魷魚遊戲》、《詐欺遊戲》為例，主角本身並沒有特殊的技能，但都是以「願意幫助弱勢」、「願意信任他人」的特質，在故事當中獨樹一格，也成了他們最終獲勝的原因。但我們也常聽到，不要讓主角的特質只有「善良」，因為善良幾乎不能算是一種「特質」，只有善良的主角，往往等於無趣。

是什麼造成了這種兩極的情況呢？最主要的原因是**故事類型**與**世界觀**。

你會發現以「善良」為主角核心特質的故事，大多是與黑暗、心機、詐欺有關的作品，正因為其他角色都「無法善良」、「無法信任別人」，主角的善良才能成立。

從這裡我們可以得到一個設定主角能力的小技巧：試著從**反面**尋找。

在《週末熱炒店的編劇課》書中，曾提到一個「建立邪教」的故事，請問主角的能力是什麼？是科學。這是與「迷信」相反的存在。

在《絕命毒師》這個毒梟故事中，主角的能力是什麼？是化學知識（學問）。這是與「黑道」相反的存在。

在《黑色五葉草》中，想要成為魔法帝的主角，能力是什麼？是反魔法。

在《間諜家家酒》這個建立家庭的故事中，主角的能力是什麼？是間諜、偽裝，配合一個看穿偽裝的讀心術女兒真的是天才絕配。

這不是標準答案，但這是一種尋找答案的方式。

因為看到一個任務，我們直覺上都會聯想到必備的能力，邪教就該要話術，黑道就該要暴力，魔法就該有魔力，家庭就該能互信。但如果就這樣安排了直覺想到的，那故事自然就少了驚喜。

從反面去思考，就會幫助我們看見不同的可能性。因為反面不等於「弱」，而是「在另一個方向上擅長」。

內向的人不是「不外向」，而是他們可能對細節更敏感，或比起人，對其他事物更感興趣；瘦弱的人或許不擅長武力，但他可能更擅長運用他有限的力量，就像窮人可能更擅長省錢一樣；哪怕是自卑，都可能成為一種力量，正因為自卑，所以願意學習，正因為自卑，所以不怕挫折（輸了也正常），正因為自卑，所以預先做了許多準備。

所以主角的「沒能力」，極可能恰好正是他的能力。也正是因為他擁有的，不是大家直覺應該具備的，也才使他的能力獨一無二。

而這個能力，是需要作為編劇的你去挖掘的。

在《高年級實習生》中，使男主角獨特的，並不是「老」，而是細膩的觀察、體貼。如果他僅僅只是老，絕不可能在年輕人的公司立足。

當你開始留意這個「反面」後，你會發現不只是角色，就連情節很多時候，都存在這種「反面」的設計。當所有人都覺得應該做的時候，主角選擇不做，或反著做，反而成了解答。

傷害你的人，傷害回去是大家都會想到的，但如果是放任對方傷害，或是選擇愛回去，會發生什麼事呢？

有時你就會找到意外的解答。

試著常去探索刻板印象與直覺的反面，會幫助你的編劇思路變得更寬廣。

09 如何設定角色的「缺陷」，讓故事有張力？

角色的成長，是撐起一部戲的關鍵。而角色要成長，勢必要有**不足之處**。好萊塢的編劇圈內，歸納出了這些不足之處，整理出四個類型，總稱為「FLBW」，分別是：

F（Fear）恐懼

生活中充滿恐懼，因為恐懼，我們會去努力做些什麼，我們會去違背自己的真心。恐懼死亡、恐懼失業、恐懼失去重要的人等等，這些是比較普遍的恐懼；有些恐懼比較個人，恐懼鳥類、恐懼登高、恐懼有兩個圓圈的東西。恐懼五花八門，角色在故事中的角色歷程便是克服他的恐懼。

L（Limit）極限

我們內心中常會有許多想法和需求，之所以無法如願以償，原因便在我們有極限。

我們的經濟有極限、時間有極限、能力有極限。運動員無法破紀錄、無法兼顧家庭與事業、想送女友名貴的禮物卻沒有足夠的錢……這些都可以構成故事，角色歷程著重在他們如何克服自己的極限，甚至不惜挑戰法律的邊緣。某種不良的習慣也可以視為一種極限，因為你想做（如戒煙），卻做不到。

B（Block）阻擋

有時這個障礙不是自身內在的，而是外界的阻撓。

想升官對手卻是董事長的女婿（這與能力無關吧）、趕開會卻遇上塞車、因為種族歧視而造成的生活困擾、想安靜念書室友卻在開趴……這些阻擋有些大、有些小，要構成角色歷程，通常需要的是一個難以跨越的阻擋，花一百二十分鐘去跨越才會有意思。如果只是和室友溝通一下，恐怕頂多是個三分鐘短劇（當然你還是可以拉長，室友不甩你，你一怒之下扯爛他的音響線，從此開始了你與室友的大戰……）。

W（Wound）傷口

這個傷口是指內在的傷痛，過去的陰影。

因為遭到舊愛拋棄，而不敢再碰感情，相信這樣的情節，大家都不陌生吧？每個人或多或少都會有屬於自己的傷口，但這個傷口往往便是阻礙我們獲得美好人生的關鍵。一部走出過去陰霾的作品，光是想像便覺得勵志感人。

FLBW可以用來安排你的**角色設計**，也可以用來設計你的**情節**。我們在生活中的奮鬥常常不會只受到一種因素干擾，角色身上也許會有一個主要的FLBW作為他的角色歷程（如走出情傷），但在他奮鬥的過程中，可能面對著其他方面的FLBW（工作上的阻擋、時間的極限、對失業的恐懼……），導致他在多重壓力的夾殺下，近乎崩潰，也逼使他不得不採取改變。

正苦惱著怎麼發展你的故事嗎？利用FLBW四個面向去思考旋轉一下吧！

10 怎樣才算「好的角色」？

我們在討論立體角色時，講到雖然在大原則下，立體角色比平面角色吸引人，但有時平面角色也可以很迷人。這便延伸了一個問題：那到底平面角色該如何寫好？或更進一步說，如何把每個角色都寫好？

其實一般我們會認為一個角色**寫得好**，基本上有四種情況：這個角色夠**討喜**；這個角色夠**鮮明**；這個角色夠**生動**；這個角色夠**深刻**。

討喜角色

什麼叫討喜？討喜就是**惹人愛**、**容易使人喜歡**。

有些角色天生有優勢，在設定上就比較令人同情、同理。這種角色大多身上有缺點，但都是小奸小惡小問題，如迷糊、小氣、太執著、軟弱、愛說謊、說大話等等，這些小毛病其實很常見，也因此特別令人覺得親切。

但這裡有一條界線，如果一個角色做的事沒有「善的自覺」，通常就會變成一個惹人厭的角色。例如一個公主病、EQ低、能力差又什麼都怪別人的角色，就是一種標準惹人厭的角色，我們不但不會同情她，當她得意時，觀眾反而還會不爽。

「善的自覺」裡的「善」，並非傳統價值的是非善惡，而是故事世界觀的善惡。例如黑幫故事、戰爭故事中，殺人這個惡行，可能在世界觀中被認為是英雄，所以沒有「善的自覺」，指的可能是不願上場作戰、問題一堆、要隊友擦屁股還覺得理所當然的人。

重點是最後一句「理所當然」，會猶豫殺人對不對的，是有自覺但做不到，而「理所當然」便是毫無自覺。

討喜還有另一種類型，是引人發笑的角色。但這種角色大多身上也帶有缺點（不然不容易做笑果），所以和上面的原則相近。因此一個完美正直的帥哥，和一個傲嬌（愛面子）幼稚的帥哥那個比較討喜？相信是後者。

鮮明角色

什麼叫鮮明？鮮明就是**特別**、**特徵明顯**。特別有絕對的與相對的區別，這兩者同時存在，角色就會格外鮮明。

絕對的特別指的是這個角色本身很特殊，有一個明顯的辨識點（記憶點），可能是出身背景或經歷（如《決勝女王》中的女主角），也可能是特殊的狀態（如他沒有舌頭）。

相對的特別是指與劇中其他角色的區別。一個角色沒有舌頭，令我們印象深刻，但如果整部戲大家都沒舌頭，或沒舌頭的人不只一個，那就沒什麼特別了。

角色要鮮明，布局很重要。不要讓你劇中的角色有重複的特質，甚至要讓他們大多帶有相反的特質，這是布局的基礎，這樣他們便會彼此襯托，使特徵更明顯。不同的陣營對角色重複度的接受度較大，但在同一陣營中角色特質重疊，就會彼此吃掉，變得無法分別。

生動角色

什麼叫生動？生動就是**有獨特的細節**。

塑造角色需要動作與對白，如果每個「流氓」都做一樣的事，說類似的話，就不會有生動的感覺。像《天才的禮物》中，小女孩身為天才兒童，不僅僅是數學能力好（較常見），還能和大人談論世界局勢，更有趣的是，她還缺牙。

這些小小的，但相當符合角色特徵的細節，便是一個角色生動的關鍵。如果你塑造角色的手法都是從其他作品抄來的，那角色就容易流於死板。

深刻角色

什麼叫深刻？深刻就是角色的**真實度**夠強烈，不只帶我們看見我們平常看得到的部分，還帶我們看到平常看不到的部分。

這個部分便是**立體角色**獨有的元素，因為**往往當深刻性完成時，角色面向就增加了**。例如一個職場上的女強人母老虎，在平面角色的狀態下，她可以討喜（個性強勢卻有不得不令人佩服的能力），可以鮮明（在男性商場獨樹一格），可以生動（辦公室內有個鏢靶，她在開會時會一邊盤問部屬，一邊將飛鏢射過部屬的頭，命中紅心），但要做到深刻（不得不展現女強人的無奈、女強人的私生活面），角色就從原本的平面變得立體了。

討喜、鮮明、生動、深刻四個方向，能做到越多，角色就會顯得越好、越活、越受歡迎。下回你要安排角色時，或許可以想想，該增加什麼設計，來增進角色的魅力。

11 如何用「角色小傳」定義角色，把角色想清楚？

角色小傳是個有趣存在，很多創作教學都會提到它，但十本教學可能有十種教法。對於沒有學過創作的人來說，它讓人感覺很陌生，因為它「不會寫進作品裡」。是的，角色小傳是**寫給作者自己看的**，所以甚至有很多人根本不寫角色小傳，畢竟角色長什麼樣子我們知道就好，何必把它寫下來呢？

但如果它不必要，又為什麼這麼多人重視它？它對創作的幫助是什麼？

這篇文章整理解答了一些關於角色小傳的常見問題。

什麼是角色小傳？

角色小傳其實就是寫成背景故事的角色設定集。

從角色出生那一刻，一路寫到故事發生前一秒的所有過程，都算是角色小傳。

小傳沒有限定的格式，愛怎麼寫就怎麼寫，想寫什麼就寫什麼，可以寫得比故事本身還長，也可以只寫一兩頁。有些人會把很長很完整的版本稱為「角色傳記」，而只寫個五百字內的角色介紹稱為「角色小傳」，但也有很多人覺得兩個是一樣的東西。

有人會用第三人稱寫成介紹，有人則會把它以第一人稱的方式寫成角色的自傳。因為沒有限定形式，所以你想寫成日記、寫成訪談、寫成新聞報導都沒有人在乎。記得，小傳基本上是寫給自己看的，所以你覺得適合就好。

為什麼要寫角色小傳？

為什麼要寫角色小傳？最大的原因有兩個：

a 幫助你把角色「想清楚」。

b 幫助你記得。

很多人都以為自己理解自己的角色，但其實大多只有一些模糊的標籤，例如硬漢、高冷帥哥、熱血笨蛋、溫柔媽媽等。

但同樣是溫柔媽媽，她是囉嗦愛擔心的那種，還是默默守護孩子的那種？她會不會其實是家事白癡，或她是職業婦女？若她有一份工作，做會計的、做清潔的、做工地的、做董事長的，會是同一種溫柔媽媽嗎？

沒有把角色想清楚，最終寫出來的角色就會充滿刻板印象、前後不一，而且很容易寫到後來，發現每個角色其實都大同小異，都很像作者自己。故事也會因為角色的刻板，變得呆板公式化，缺乏新意。

創作的時間很長，一部作品可能要花半年甚至三、五年才能完成，而我們腦中的角色形象往往是很浮動的，隨著你多追了兩部劇、看了幾本漫畫和小說，甚至一個新朋友或一則新聞都可能使你產生新的想法，如果不用角色小傳這樣的形式寫下來，很容易就會扭曲或遺忘。

這種情況在影視作品會更嚴重，一方面是因為影視作品是許多人共同合作的工作成果，導演、製作人與編劇之間，如果沒有具體的內容做溝通，常常會出現認知上的巨大偏誤。同樣一個「不負責任」，有人可能想像成多情的浪子，有人則想像成頹廢的大叔，甚至俏皮的小惡魔。

這種溝通落差甚至會出現在一同工作的編劇組內，影視工作的編劇組常由多人組成，而且成員可能會變動。為了使組內對作品和角色有一致的理解，有些編劇組會有所謂的「聖經」，也就是關於故事與角色的各種定調，角色小傳便是其中一個重要內容。

另一方面，影視劇本從完稿到開播，往往會有兩、三年的間隔，若是反應很好，製作方打算製作續集，或有時小說出版幾年後，突然有了影視改編的機會，如果沒有角色小傳，想要憑作品本身回憶起關於角色的各種細節和所做的背景功課，其實很不容易。

通常越長的作品、越重要的角色，會越需要角色小傳。畢竟如果你只是想寫個幾千字的小短篇，上面提到的問題都不容易發生，但若你想寫一本八萬字以上的小說，那事先做小傳的撰寫，對作品品質的提升效果就會變得明顯。

技術上來說，角色小傳不是「非寫不可」，但它不但有「避免犯錯」的防守效果，更有「幫助構思故事」的積極攻擊效果，因此會建議沒有嘗試過的人可以試著寫看看，會更理解它對作品的實際幫助。

如何寫出「有用」的角色小傳？

但角色的一生這麼長，難道我們非要寫下他是哪間國小畢業，交過幾個女朋友嗎？這倒不必。

確實，角色小傳有八成甚至九成以上，都不會真正出現在作品中。它會對角色產生影響，但這個影響是間接的。例如你設定他是頂尖大學第一名畢業，跟他高中沒畢業就出國在海外靠自己工作討生活，兩種設定所表現出的談吐應對、價值觀、具備的知識和處理事情的方式都不相同，卻不見得會在作品中提及求學經歷或在海外工作發生的事。

常見一種比較沒有效率的角色小傳寫法，是使用自由書寫的概念，想到什麼寫什麼，依照自己的喜好，隨意填上各種角色的背景。有些教學書甚至會提供清單，要你去思考角色的星座、政治傾向、對食物的喜好等細節，若你真的按表操課去填，卻不知道為何而填，往往就會陷入「填什麼好像都沒差，不知道填了要幹嘛」的窘境。

我比較喜歡「以終為始」的工作方式，也就是**我先知道角色需要哪些設定，然後找適合的背景故事來支持它**。

以上面頂尖大學第一名畢業和海外求生為例，我通常是先決定把角色設定成「菁英、做事一絲不苟、會照規則理論做事」，才會選擇第一名這個背景。但若是決定設定成「有街頭智慧、做事彈性、很會與人交朋友」，我可能就會選擇海外求生做背景。

你可能會想：這不是刻板印象嗎？高材生就不能很有街頭智慧、很會交朋友？

是的，就是利用**刻板印象**。這種刻板印象的運用，可以幫助我們很快找到角色的形象，並且在溝通上取得共識。當這些資訊真的在故事中被提到時，它也會「立即有用」，不會需要多做解釋。

你當然可以設定一個看似混街頭的，卻意外是個頂大高材生，這樣設定的目的，就是為了創造「反差感」和「更多故事」。不要為了設定而設定，而要知道你設定的**目的**。

我通常會先考慮的設定有幾個：

a **角色的身分**：例如性別、年齡、職業、性向等，偏向可以標籤化的特質。

b **角色的性格特徵**：角色的記憶點，讓觀眾容易記住「他是怎麼樣的人」的部分，我們常見的硬漢、高冷、溫柔媽媽就是這個部分，有點像角色的外殼。

c **角色的價值觀**：常跟上面的性格特徵搞混，這裡指的是他對人事物的看法，他重視的東西，例如他很在乎家人、很渴望被認同等等。

d **角色的條件**：也就是他的強項與弱項，例如會畫畫、吃特別多、跑特別慢等等。

e **角色的課題**：當角色完成人生課題，就能獲得更好的人生，但他始終沒有完成，甚至沒有察覺。這一點與故事的主題相互扣合，是其他設定的重要參考點。

這些設定怎麼設比較好，是另一個延伸的話題，這裡就不細談，而角色小傳其實就是把這些設定合理化的過程，讓我們知道角色為什麼會形成這樣的性格、價值觀與條件，為什麼會形成這個課題，課題對他的人生有什麼影響。

這樣寫的小傳就是更「有用」，你有明確的**目的**，知道建構的背景對故事是有意義的，也會知道設定什麼更合適。在這個基礎下，你可以寫一些延伸的想法和設定來豐富角色，但不怕寫太多無關的背景，浪費太多時間。

每個角色的小傳可以用不同的方式來寫，並且有不同的細節。例如我寫過的中篇推理小說《刑》，主角先當法警，因為冤案殺了無辜的人，於是考警察特考轉當警察，後面破案有功成為刑警，退休時已是刑警大隊長。故事開始時，他已經退休幾年，在進行私刑正義，還有一個讀高中的兒子。如果沒有拉一個明確的年表，我會常常搞不清楚「當年」他到底是刑警、派出所警員還是法警。

當你有計畫寫一個比較長的系列故事，或是生命經歷比較豐富的主要角色時，年表能對你有所幫助。但如果你每個角色都拉一個年表，可能就只是在為難自己了。

寫角色小傳的副作用

因為不用考慮吸引觀眾，也沒有什麼對錯的問題，小傳往往「比較好想」，因此有些人也會沉迷於寫角色小傳，就像沉迷於田調一樣，都是常使創作進度受阻礙的原因。

寫角色小傳，一定要「放得下」，不要把所有小傳中的設定，都試著寫進故事裡。

我有遇過許多認真的學員，都替角色寫了很豐富的傳記，但結果他們的故事全都變成了「角色導覽」，每個篇章都只是為了找個理由，把角色之前發生什麼說一遍，而不是一個引人入勝的事件。

所以一定要記得，故事是**現在進行式**，是主角遇到了一個事件，解決與成長的過程，而不是在不斷揭露角色的過往。寫角色小傳是為了幫助故事更好，而不是讓角色小傳成了故事本身。

另外，要提醒小傳中盡量不要只有**形容詞概述**，例如：他每天都認真工作，深受同事信任。建議在這樣的概述後，舉一兩個「實際例子」，例如：有次別組同事出了包，雖然與他的績效無關，但他仍然放下手邊的工作，熬夜幫同事解決難題。像這樣具體的例子，能幫助角色形象變得更鮮明。

什麼時候寫角色小傳？

很多人會誤以為，我們必須把所有角色的小傳都寫得很完備了，才可以開始動手寫故事。**但事實上，小傳沒有寫完的一天**。我們應該把它當成寫故事的工具，而不是一個非要完成不可的功課。

故事分為三大部分：角色、情節和主題，而真正被觀看的，其實是**情節**。我們透過情節認識角色，透過情節理解主題。

在創作上，並沒有誰先誰後的SOP，很多時候我們都是情節寫著寫著，才想清楚主題，情節卡關了，才回頭考慮角色。

每個人習慣不同，我喜歡優先思考情節。對我來說情節是大方向，角色則是細節。我會先有一個期待、勾人的情節方向，而為了讓這個大方向合理，開始去深入角色。

所以我會寫一寫大綱來推情節，然後開始寫小傳來想角色，角色想出雛型後，因為考慮到課題，而開始想主題，有了暫定的主題後就會知道情節應該怎麼推，再推看看夠不夠吸引人，是要補角色還是換主題……

就這樣，大綱和小傳換著寫，直到大綱成形，接著要做分場需要更多細節了，又是分場和小傳換著寫，劇本的情況也一樣。有時小傳就可以提供故事本身需要的靈感，有時則是因為故事的推進，必須回頭修改小傳。

習慣這樣工作，自然就不太會有「卡關了只能到處看片求靈感」，或是「角色跟情節靈肉分離」、「故事改來改去角色精神分裂」等問題。

所有問題，答案都在**角色**身上。學會更有效地運用角色小傳，你的創作效率和品質，都會獲得飛躍的提升。

12 角色行為不符人設I 如何做人設？

很意外地，這是熱門問題，大家好像都很為角色崩壞所苦，但這個問題就像「怎麼讓情節不要不自然」一樣，多數有經驗的創作者都會想回答：「不符人設，就不要讓角色去做啊！」、「不自然，就讓它自然啊！」

為了保持技術含量，我試著分析造成問題的常見狀況，提供幾個解方給大家參考。

重點一：忘了先做人設

角色行為不符人設，可能是因為你根本沒有做人設。你可能會覺得荒謬，但這是真的，很多人面對角色都是一個「形象」，他是個萬人迷帥哥，她是個女高中生，個性善良有點天真，她是一朵高嶺上的花。

這些全都不叫人設，或說這僅是人設最開始、最淺薄的部分。

我們是怎樣認識一個人？相信不會只有形象，我們常說「那個人看起來……沒想到……」形象只是表面，**真正能定義角色的，是他的內在**。

但內在是什麼呢？是性格嗎？我通常不建議只用一個性格形容詞做人設，因為理由相同，性格只是很表面的描述。一個善良的人，會不會偷東西？一個天真的人，會不會思考未來？一個高冷的人，會不會有開心與驚恐的時刻？一個關於性格的形容詞，往往只是一個整體的概述，因為他有ABCDEF一大堆細節，給我們留下了一個印象，那還是形象，不是這個「人」。

聽起來，我們需要更多細節，但重點不是所有行為的細節，關於他的吃喝拉撒所有習慣，因為你無法在故事中展現它們，展現了也沒有意義。

關於人設、角色小傳，能談的東西太多，能安排、有效的東西也很多，有些編劇書會開出長長的清單，要你回答關於角色的許多問題，為了不要流於繁瑣，我提供比較關鍵的幾件事，讓大家比較能把握定義角色的方法。

1 核心價值（信念）

這是在定義一個人最重要的內在，我們可以有很多外在的定義，例如性別、身分、職業、社經地位等等，但兩個同樣貧困的單親媽媽，是什麼關鍵區別了她們？

是他們的**核心價值（信念）**，他們相信的事。

人的所有性格、行為，都受這個核心價值影響，他認為生命有沒有價值？他認為世界是良善或是醜惡？他覺得正義是必要還是荒謬？

核心價值是**他看待周遭事物與自身的態度**。因為覺得人與人之間沒有真感情，跟對自己沒有自信，外在表現都可以是「孤僻」，但這就是兩種不同的角色。

角色一切行為，都源自這個核心價值，它是根本的「因」，造成了後續所有的「果」。

2在乎的事與排序

有些角色在乎家庭，有些角色在乎事業，有些角色在乎自己的外貌。**一個人在乎的事，影響他的行為與決定**。

在乎的事跟核心價值一體兩面，是因為他價值觀如此，所以他在乎這些事。有些人愛錢如癡，原因是因為他相信錢就是愛，你因為愛一個東西才願意花錢，而擁有錢的人就被大家擁戴，他相信錢是情感、尊嚴的根源，他渴望錢，本質是渴望愛。

在乎的東西可以很多，就像我們在乎工作成就，也在乎家人，這兩者是不矛盾的。兩個都在乎，跟只在乎工作不在乎家人，是兩種不同的角色。

都在乎的話，就試著替它們排序，對這個角色來說，家人與工作矛盾了，他會選家人還是工作？現實情況，我們當然知道無法二分，因為工作的收入也影響照顧家人的義務，沒去到畢業典禮雖然遺憾，但丟了工作可能影響生存。這就考慮事件的設計了，我們現在就最單純的討論，在這個角色心中真正的排序是什麼？他真正在乎的是沒有薪水無法養家，還是在乎自己這輩子是否一事無成？

3 感情狀態

感情粗分約四種，親情友情愛情志業，他每個環節的感情狀態如何？

人通常需要一個生活重心和依托，所以常常家庭不美滿的，會往友情和愛情去尋求，反過來家庭美滿的人，可能對外界的渴求就不高。

人的時間是有限的，你無聊、寂寞時，會找誰排解？若大多數時間都和情人膩在一起，自然跟朋友、家人相處就減少，若鍾情於工作與興趣，同樣地也會排擠其他時間。

有人會平衡，有人會取捨，這與他們的核心價值、在乎的事有關。感情狀態是他現在的「成果」，渴望不見得獲得，擁有不見得在乎。有人渴望愛情，但目前還沒找到對象，或對象一個換過一個；有人擁有愛情，但他最大的缺憾是家人。

感情狀態可以幫助我們理解他的動力，同時感情狀態是他的「私人面向」，可以幫助我們看到他上班上學以外的樣貌。

4優缺點和喜惡

這就沒那麼核心了，但設定這個可以幫助我們更好地認識角色。因為前三點雖然影響很大，但大多數都需要時間揭開，就像我們認識一個人，不太可能一開始就認識他的核心，第一時間了解的，大多都是優缺點和喜惡。

一個好的角色大多都是**優缺點並存**的，好人有缺點，爛人有優點，再加上他喜歡、偏好的事物，以及反感、恐懼的事物，可以幫助角色建立起很好的記憶點。

這些優缺點和喜惡，跟前三點都是相互影響的。它們是前三點的延伸，但也可能回頭形成前三點。

例如一個人口才好，他可能就會認為口才是最重要的（1核心價值〔信念〕），也最在乎他口才上的展現（2在乎的事與排序），進而也影響他的關係（3感情狀態），同時也因為時常表現，更增強了他的口才（4優缺點和喜惡），形成了一個循環，一個他人生的穩定樣貌。

透過這四點，你的角色才算是有一個比較完整的「人設」，這些並不是全部，但卻是四個最容易讓我們定義角色的出發點，配合上形象，這個角色的樣貌就會很明確。你心中很清楚知道他是誰，自然就不容易走偏。

13 角色行為不符人設II 角色與情節靈肉分離怎麼辦？

會犯下角色不符人設的問題，常起因於創作者在發想角色與發想情節時，是分開進行的。但這兩件事本質上是一體的，讀者觀眾是透過情節認識角色，你讓情節脫離角色，角色又要配合你的情節去行動，自然就不符人設了。

接下來就接續上篇的重點一，接著談改善的重點二和重點三。

重點二：行為與人設的關聯

先定義名詞，**行為**、**行動**與**情節**，這是三個很常被混用的詞。在本篇文章中，**行為**指的是角色的言行舉止與習慣，例如挖鼻孔、化妝去倒垃圾、習慣順手牽羊等等，行為是角色的日常，是人設的延伸。

一個會當眾挖鼻孔的人，跟不會的人，他們的核心價值與在乎的事會是不同的。應該可以明顯感覺到，前者比後者更不在乎別人的眼光，或是不在乎衛生習慣。

我們可以透過替角色安排一些「獨特行為」，來表現你替角色安排的人設。獨特行為指的不是特立獨行，而是「看到這行為就會對**人設**產生聯想」。通常我們去倒個垃圾，是不會特地化妝的，但如果角色化了，這個獨特就會產生聯想。

是他特別重視自己的形象？還是倒垃圾時有機會遇到她心儀的對象？同一個行為，在不同的情境底下，會產生不同的聯想。

留意上面這兩個聯想，是不是也和**核心價值**、**在乎的事**、**感情狀態**、**喜惡**有關？這些都是觀眾看到角色在情境底下有什麼行為，會自然對人設產生的聯想，作為設計者，要對這件事敏感，知道角色的各種行為，或是「沒有行為」，會對人設造成什麼暗示（例如有鳥屎掉到他頭上，他卻沒有反應）。

行動是角色「企圖完成一件事的方法」，通常會「暫時離開角色的日常生活」。你可以把行動理解成比較大的行為，裡面包含了**企圖**和**改變現況**，進而產生故事線（有「想要」與最後的結果）。

例如想追求一個女生，「在後面偷偷跟蹤」跟「去司令台上大聲告白」，就是不同的行動。這些都不是角色的「日常」，都包含了一個企圖，一個要改變的現況。

是什麼使角色採取了不同的行動？自然還是**人設**。觀眾一樣會從角色的行動去判斷他是誰，進而對他有一個人設的理解。

而**情節**，就是角色從行動到結果的一連串過程。故事開始在角色的想要，想要產生行動，最後產生結果，這就是情節，所以行動是情節的其中一部分。

你可以簡單把它們的關係理解成：**情節（車子）**含括**行動（輪胎）**含括**行為（輪軸）**。而影響這一切的源頭，就是**人設**。

所以說故事通常都是這樣的：先給觀眾看角色的行為，讓我們認識角色。就像《魷魚遊戲》一開頭，我們先看到主角怎麼對待他的母親，人前人後的差異，還有他與女兒相處的方式，我們就抓到了他的人設。

然後我們會給角色一個目標，讓他去產生行動，就像我們會看到他缺錢，他做了什麼？進而更理解他的人設。

這個拿到錢的行動，導致了後續的結果，逼使角色必須採取更多行動，情節就展開推動。角色會在行動過程的場景中，流露更多行為，幫助我們不斷理解「他是什麼人」。

重點三：從人設來發展情節

有了上面的理解，你就會知道，人設與情節之間，是一個雞生蛋蛋生雞的關係。

因為他是這樣的人，所以他會做這樣的事，造成各種結果，影響他的信念、感情狀態，這些信念和狀態，又再帶著他採取下個行動，下個結果，產生下個影響……

這就是為什麼所有的故事教學，都強調**角色開始的狀態和結局的狀態很重要，因為故事就是這兩個點中間連成的線**。他是一個懦弱的人，最後他學會了勇敢，情節就是你所設計的，讓他可以從懦弱走向勇敢的過程。

這是不是代表角色設定一定優先於情節？不一定。就像數學X＋Y＝Z，你一定要先決定X跟Y，才決定Z嗎？不需要，你也可以先知道Z跟Y，反過來推出X。

所以你如果比較擅長先想情節，或是你有個情節非常想寫，但你就要想想，要怎麼設定你的人物，好讓他在他的人設之下，走上你期待的情節。

在這裡可能會有人發現一個矛盾，如果懦弱的人，就做懦弱的事，那他應該就會保持懦弱，怎麼可能走向勇敢呢？這就是「角色驅動」與「情節驅動」兩種情節的差別，翻成白話就是「這件事是角色自己想做的」與「這件事是角色被逼著面對的」的差別。

如同前面提出的疑問，懦弱是角色的日常，那他永遠不會變勇敢。所以故事的開頭，一定是編劇丟了一個脫離他日常的事件給他，一個轉學生，一場意外，一次機會，一段巧遇……

角色會依照人設，對這個事件做反應，產生相對應的行動，無論他是面對也好逃走也好，都是依循他的人設。

通常情節在衝擊的，就是角色的**信念**、**在乎**和**感情狀態**，所以你人設設什麼，角色通常就會遭遇什麼。例如他最在乎尊嚴，同時缺乏愛情。你就會給他一個愛的誘惑，同時考驗他的尊嚴，逼他在愛與尊嚴之間做抉擇。

你先有角色，就給他一條最難的賽道（情節）；你先有賽道，就給他一台最具挑戰性的車。

你如果說他最在乎的是金錢，卻拿尊嚴來誘惑他，觀眾就會覺得不夠味。你如果說他最在乎的是尊嚴，卻輕易捨棄尊嚴，觀眾就會覺得不合理。你如果設定他擅長唱歌，那就要給他可以歌唱的舞台，或給他失去歌聲的考驗。

我們上一篇談人設時，提到了四種設定，這四種彼此影響卻很可能彼此矛盾，就像尊嚴與愛情、胖虎與歌星，能充分創造**人設矛盾**的情節，能帶給角色更深層考驗的情節，才會是好的情節。

觀眾不想看一台跑平地超快的車，在平地上征服群雄。觀眾更好奇一台不擅長山路的車，怎麼能在山路上稱霸。

能完成後者的賽車手，才會是被公認的高手。

14 角色行為不符人設III 為了情節需要，必須違反人設怎麼辦？

經過了前兩篇的討論，我們都開始理解為什麼老手回答這題的答案是：「就不要讓角色做。」因為角色能做什麼、不能做什麼，在你決定他的人設時，就已經決定了。你硬要寫不符人設的行為，能怪誰呢？

但在實務上，我們一定會遇到取捨的兩難：若是讓角色完全照著人設走，就做不出理想的戲劇效果，或走不到預期的重要情節。例如我們常會對著影片嘀咕，「啊是不會報警喔？」編劇心中一定在吶喊：「報警了就演不下去啦！」

所以我們這篇要討論的，就是如何「合理地違反人設」。

重點四：給予外在限制或影響

人生之中，充滿了「明明可以這樣做」，但偏偏就是做不到的時刻，人不會隨時隨地都準備充分，也不會每個時刻都腦袋清楚。

但我們不能把這件事當藉口，必須在作品之中提供線索。以前面的打電話報警為例，其實只需要讓角色手機沒電，或出門忘了帶手機就好了，就是補一兩句台詞的事，不要想得太複雜。

限制可能來自上述這種情境，也可能來自某個人，威逼、脅迫、傷害，讓角色無法照著自己的價值判斷，甚至無法照著原本的身體能力行動。我們也可能狀況不佳，例如長期熬夜、壓力、生病、喝醉，導致性格與行為失控。

只要觀眾能清楚認知到：「角色不像他，是有原因的。」其實就可以簡單解決了。

你可能會想說：就這麼簡單？是的，就這麼簡單，但大家都常常喜歡「硬來」，忘了做合理的鋪排，只顧把角色當傀儡操作，就會落入這種悶境。

說故事需要耐心，做這些鋪排就是耐心的一部分。

重點五：裝傻

另一個特效藥的大絕，就是直接讓角色在故事中回應觀眾的質疑。

A：「你怎麼會做這種事，一點都不像你。」

B：「我也不知道。」

就這麼簡單？就這麼簡單。我們在解某個故事中的 bug 和合理性時，常常想得太難太複雜，做了太多不必要的交代，或是增加太多的額外設定，但其實很多時候你想達到的效果，都有更簡單的解法。

你可能會說，這樣不是很硬拗、很取巧嗎？是也不是。原則上，如果你的故事情節，是確實依著角色的人設安排的，那麼上面兩招本來就是「應急」用的，不是經常搬出來瞎搞的奧步。

但如果你的情節根本與角色無關，只是照著習慣和套路硬做，當然容易讓人反感。

重點六：擴充人設

除了應急的特效藥，我們在實務上還會遇到一些情況，就是「一開始沒想這麼多」。

很多人在看了這些人設的要求後，會很擔心自己沒想清楚，結果造成不知道該如何下筆，以為好像要預先把完結篇都想好了，才能決定角色的人設，其實是沒有必要的。

人設是可以擴充的，就像我們總是有機會「知道朋友的另一面」一樣，你可能原本設定中，完全沒想好主角有沒有兄弟姊妹，於是在故事前半他看起來就是個獨生子。故事後半，他可以突然冒出一個妹妹嗎？當然可以。

只要不違反之前做過的設定，我們隨時都能依需求增加角色的人設。但你一定要有正確的認知，雖然讀者觀眾「這個時候才知道」角色有妹妹，但這角色應該「一直」有妹妹才對。

你新增的人設會影響角色原本的人設，要從這個的角度去思考到底有沒有矛盾。例如如果主角一開始是個厭女症，突然冒出了一個妹妹，一定會產生「那他怎麼與妹妹相處」這類的聯想，你就要想辦法圓這件事。

有時擴充人設不見得要讓他「本來就這樣」，例如你原本安排他放假在家都閒著沒事，地上都是泡麵碗（一種宅咖形象），你當時根本沒想那麼多，後來需要他「喜歡做菜」，你可能會遇上「那他怎麼一直吃泡麵」這類的麻煩。但其實你只需要讓他有個契機，開始接觸做菜，產生了新興趣就好。

我們的人生會揭露、會新增，也會轉變，有時我們需要角色變成另一個狀態，變成熟、變墮落、變封閉，那就要安排對應的事件，讓角色在事件的影響下轉變。

這種轉變是長久的，等於角色從此是另一個人設了，故事進入下一個階段。角色的轉變也不一定是單向的，也可以來來回回，黑化又變悔改，悔改了又黑化，只要你的事件安排合理，角色可以變成任何樣子。

要留意的是，故事不宜「重複」，所以第二次黑化必然與第一次不同，故事才會前進。以井上雄彥的《浪人劍客》來說，故事中的武藏對於「天下無雙」的煩惱，可以說是來來回回，一下想通一下又迷惘，但其實每個階段都有所不同。

這個故事很特別的地方是它相當「真」，大多數在故事中，角色的頓悟與成長是永久性的，你想通了，就再也不為這件事煩惱了（這也符合故事不重複的特質），但這其實跟真實情況不同，我們人其實常常掉進相似的煩惱與盲點中，有時感覺想通了，但一陣子後又被打回原形，需要一次又一次的敲打才會真正轉變。

這種狀態很難用戲劇表現，但《浪人劍客》操作得很出色，而且作者很擅長用「擴充」的技法，不斷回頭加入過往的記憶，使我們對現在線上的主角產生了新的認識。

最後介紹一個擴充人設的技巧，就是「說謊」，這也是個變更舊有設定的好用技巧。

「我那時說謊了。」

這句話一出現，原本的設定就不算數了。當然為了合理，說謊的這個行為本身必須符合人設，有一個好的說謊理由。通常處理得好，甚至還會在情感上加分。

3

chapter

關於情節布局

01 「情節」究竟是什麼？

我們常說一部作品情節緊湊，或說這作品沒什麼情節，到底「情節」是什麼？

故事的情節分兩種：**外在情節**與**內在情節**。

外在情節是指具體故事的一路發展變化，主角遇上了一個麻煩，採取了一個行動，帶來一些影響，他又採取了下一個行動，引來了更大的麻煩……

情節就是一個又一個**事件**。在主角追逐他的「想要」的過程中，情況不斷轉變，他原本以為是要說服老師，卻發現真正的幕後黑手是校長，但正當他要揭發這件事時，卻遭到了朋友的背叛。

沒有變化，就沒有情節

故事中的**場景**基本上有兩種：一種在告訴我們「情況是什麼」，另一種在告訴我們

「情況改變了」。

如果多數場景都只是在表現「情況是什麼」，例如只是不斷在說角色是什麼人、什麼個性、什麼心情、他與其他人的關係、他的處境等，那我們就會感覺劇情沒有推進。例如：這個場景用破裂鏡子中的倒影，表現他的煩悶與找不到自我，下個場景看到他與母親冷戰的早餐，再下個場景他一個人在街上遊蕩，再下個場景他看著金魚缸發呆。

雖然這些場景都有Fu，但沒有**情節**。

有些故事大綱洋洋灑灑寫了兩千字，但其中有一千五百字都在交代主角的狀態，那這樣的大綱就沒有情節，因為雖然我們看到了很多資訊，對主角了解得很深入，但其實故事完全沒有**變化**。

要創造情節，我們需要「情況改變了」的事件

他與媽媽冷戰，突然，媽媽開口說話了，說她在考慮要主角搬出去住。主角在街上閒晃，不知道該怎麼辦，突然他看到一個徵人啟事，決定前往應徵，在應徵的現場，他意外發現了一個媽媽的祕密，他做了一個決定，他不搬家，他要媽媽搬家……

這段文字中，情況不斷變化，於是我們看到劇情不斷推進，形成一個又一個**情節**。

「情況是什麼」和「情況改變了」這兩種場景都是必要的。如果只有「情況是什麼」，劇情會顯得空洞沉悶，只有意境和氛圍，如果只有「情況改變了」，我們就沒有機會認識角色、了解角色的想法、與其他人的關係等，就會跟不上不斷變化的情節。

我們創造情節，是為了改變主角的「內在」

編劇之所以要創造情節，讓主角遭遇一個又一個變化，目的是為了改變主角的「內在」，也就是改變主角的想法、價值甚至性格。

我們一生之中，可以一個工作換過一個工作，一個女友換過一個女友，但我們還是一模一樣。這些外在的變化如果沒有對我們的內在留下痕跡、產生改變，我們就會覺得沒有意義。

同樣，劇情之所以重要，是因為這些故事情節都會影響角色的內在，使他相信某件事、渴望某件事、放棄某件事、學會某件事。這個隨著**外在情節**改變的角色內在，就是角色的**內在情節**。

我們表面上是在經營外在情節，但事實上，我們是在經營內在情節。如果只是不斷給予各種刺激冒險，但對於角色沒有任何影響，那作品本身就會顯得乏善可陳。

02 如何從無到有生出情節？

雖然知道故事開始前該有完整的架構，但有時像超長篇的連載故事，大略知道最終目標，但中間每個階段的事件安排卻完全沒有頭緒，該怎麼解決？或者更進一步說，像電影、單本小說這樣結構比較明確，但實在想不到過程中該發生什麼事，該怎麼辦呢？

這時多數人都會習慣去看點別的東西，追追劇，翻翻漫畫，希望可以得到一些靈感。但這種方式其實有兩個弊病：

第一是浪費太多時間，美其名是在找靈感，但其實只是在偷懶，整部影集五、六季都追完了，還是什麼也想不出來。

第二是東抓一點西抓一點的情況下，常常把不適合的點子硬放進故事裡，結果故事成了拼裝大雜燴，人物角色性格斷裂，故事感覺也不太連貫。

那到底該怎麼尋找靈感，才能夠避免這些問題呢？

回頭檢視你的角色

戲劇是衝突，衝突是**角色**的「想要」加「阻礙」。再加上角色性格的連貫與合理性，以及角色在故事中會活動的場域其實是有限的（小學生的日常不會跑去夜總會），所以當你回頭檢視你的角色時，你會找到比較可行的答案。

我們需要了解我們大腦的運作，本身就是需要線索和刺激，才會產生想法，但混亂的刺激創造出來的想法往往都無法被利用，所以確定我們思考的方向、問對問題是很重要的。

而一個故事最基礎的三個元素，便是**角色**、**情節**、**主旨**。**主旨**是你希望在這個階段故事中完成的目標（使角色成長、感情變好、學會某種事情、了解某個真相等等）。**情節**是這個階段故事要說得精彩，必須要經歷的步驟，也就是鋪陳、啟動（觸發）、發展、高潮、尾聲，以及起起落落的故事結構。

上面這兩點，基本上是不太會變動的，所以它們很適合作為座標，讓你明確知道要做什麼事。「因為要使他們感情變差，所以前面要先是好的」、「這裡需要一個絕望的時刻」、「這裡要有一個初步的小勝利」……你會找到許許多多小任務，故事便在解這些任務的過程中漸漸成形。

而角色，是我們可以發揮變數最大的部分。因為什麼事能做、什麼地方能去、會產生什麼反應，都必須藉由角色來篩選過濾。但我們卻又可以利用額外增加的背景設定，來使這個篩選產生變化。

例如一對患難之交的好兄弟，你花了一些力氣讓觀眾知道他們的關係有多鐵，但當故事主旨、情節需要他們反目成仇時，你該怎麼辦？

從角色的過去或內在著手，引發新爆點

我們通常會往他們的**過去**或**內在**加料。

他們很鐵，但其實一直有一個心結沒解開，於是接下來的事件，便會點爆這個心結，讓它重新浮上檯面。這是在**過去**加料。他們雖然很鐵，但在價值觀上有一件事兩人意見相左，例如一個人主張報仇，一個人主張原諒，或是一個人希望功成名就，一個人希望平淡生活。於是接下來的事件便會將這個矛盾點爆，產生新的衝突，並且漸漸擴大到使兩人反目。這便是在**內在**加料。

這些加料的部分，要與角色原有的性格相符，才會顯得有說服力。而為了增強說服力，又可能需要再增加一些設定，所以過去與內在相輔相成，漸漸使角色設定變得更豐

富，而為了能將這些設定展現出來，**情節**也在這個過程中漸漸成形。

故事越到後期，角色就越難再用這種手法來處理，因為你原本沒有想得非常清楚的角色，隨著你的不斷加料，已經變得非常清楚了。這時又該怎麼辦呢？

為故事注入新角色，拓展各種可能性

我們可以藉由新角色的登場，來擴張角色的可能性。

在原始的故事線中，整體角色關係會限制住整個故事的**場域**。例如一群大學生，場域可能就在學校、打工、出遊地點之間打轉，能發生的事件也會受限在這些場域內。

但當你加入了沒念大學直接創業的高中同學、在完全不同生活領域的親戚等角色時，故事場域便會被打開新的可能性。例如像上面提到小學生不會出現在夜總會，但如果因為情節主旨需要，他非去不可呢？就新增一個帶有夜總會屬性的角色即可。

這個場域不只是地點，也包含時間。當故事都在角色的「現在」打轉時，一個與角色過去有關的角色，也會開啟一塊新戰場，使故事產生新的可能性。

理論上來說，藉由新角色的登場，故事是可以無限延伸的。但過度延伸的故事，會偏離原本的故事屬性，使它成了另一個故事。所以新角色的登場，必然要和原本故事線中角色的想要與阻礙有關，我們之所以要去角色的「過去」冒險，是為了與「現在」的故事產生關係。

那該怎麼建立關係呢？自然就回到**衝突**這件事上。新的元素是為了增加或減少角色的想要或阻礙，角色正面臨大學情人的感情危機，這時高中的舊情人出現了，他既可能是角色寂寞心靈的解藥，也將會是角色與現在大學情人間的毒藥，於是故事繼續開展，但並沒有偏離原本的主線。

擴展的另一個問題，是故事的**重複性**。如果你安排了一個高中情人，問題解決後，又來了一個國中情人、小學情人、兒時隔壁王叔叔……那故事便會因為重複性而受到傷害。因此我們必須要變化新生情節的結構，可以用大概念來檢查，這一段叫「情敵出現」，下一段叫「工作危機」，再下一段叫「朋友變情人」……以這樣的方式檢查，就不會陷入「蛤可是這個是國中那個是高中、這個是朋友那個是陌生人」的誤區。

所以下次故事受阻時，記得問問**角色**。舊角色會不會有新衝突？有沒有新角色出現的空間？角色的大目標能不能產生新的小目標（從成為航海王暫時變成招募新夥伴）？角色的日常生活中，有沒有一些場域是你還沒探索過的？

藉由不斷創造角色的可能性，靈感便會源源不斷冒出來。

03 情節複雜才是好故事？

這是常見的初學者迷思，大家總覺得所謂「好的故事」，就是情節複雜的故事，但你可能會很意外，其實事實跟你想的完全相反。

好的故事應該「情節簡單，關係複雜」。

大家一定聽過一個指導原則：好的故事可以一句話說完。既然可以一句話說完，怎麼可能複雜呢？

而且這個原則與長短篇作品無關。以《火影忍者》為例，這是關於吊車尾的鳴人，如何成為火影（全村領袖）的故事。從故事發展過程來看，它也非常簡單，鳴人從一開始的問題生，一路下忍、中忍往上考，面對一次比一次大的任務挑戰，最後打敗大魔王成為英雄。影史最佳影片《刺激1995》，入獄的主角漸漸適應獄中生活，在獄中追求自由，最終重獲自由。

所謂「燒腦片」的情節依然簡單，《佈局》夠燒腦了吧？但任它峰迴路轉，故事仍然簡單：一個主角試圖向律師證明自己清白的故事。就算是人物數量爆表，初看超難進入狀況的《冰與火之歌：權力遊戲》，第一季梳理一下情節也不難發現，其實也就是兩條簡單的故事線：崛起的龍后與殞落的史塔克家族。從第一季展開一路到終章，雖然因為人物關係複雜而開展，但最後收束在哪裡？仍然是龍后與史塔克家族。流放在外的「吊車尾」，最終以英雄之姿回歸，說起來跟《火影忍者》居然有點像。「簡單」是單純、方向明確，「複雜」則是多重、不明確。

什麼叫「關係複雜」？意思就是角色之間，有兩種以上的狀態與關係。回到《火影忍者》的例子，鳴人的力量來源是誰？是九尾狐，牠是過去滅村的怪物，更是殺害他父親的兇手。牠是他的夥伴，卻也是他的敵人。鳴人最後對決的魔頭是誰？是佐助，是他一路的宿敵與摯友，他是最終反派，卻也是他的夥伴。這叫關係複雜。

愛情故事就是尋找真愛的故事，如果真愛剛好就是適合愛的那個，那就是一個情節簡單關係也簡單的故事。好人就是好人，壞人就是壞人，朋友都很善良，敵人都很邪惡，正義都有力量，惡黨都很弱小，善有善報，邪不勝正，這一切就會變得過度簡單。

所以故事中你愛的總是不愛你，愛你的偏偏你又不愛，你們相愛，偏偏你們有仇。當太子的永遠德不配位，適合當皇帝的永遠不夠正統。最能幫你的，道德問題一堆，最有資格幫你的，偏偏又是最想害你的。

情節簡單，讓我們進入狀況，關係複雜，讓故事充滿懸念。不正是因為隊友都是弱雞，我們才會好奇主角能怎麼贏嗎？不正是因為被迫要和仇人相愛，我們才會好奇主角怎麼獲得幸福嗎？不正是因為力量充滿禁忌，我們才會好奇主角下場會去向何處？

世界上最簡單的關係，就是數學，一加一等於二，永遠不變。但「情節」若是XYZ三次五次西格瑪開根號，我們一看就怯步了。

所以在設計故事時，給我們一個簡單的情節，一個人要復仇，那就是一刀刺下去的事。但要給我們一些複雜的關係，這些人他無法得罪，有他的至親愛人恩人，是社會上的名流貴族正義使者，甚至自己被殺的父親，居然才是當年做壞事的那個人，讓他這刀沒辦法就這麼刺下去，他該怎麼做呢？

其實你會發現，一切的編劇技法幾乎都從此而來：弱勢主角、反諷、兩難、角色層次、主角的祕密……都是為了使關係變複雜，讓原本簡單的情節，可以變得多彩多樣。所以不要追求複雜的情節，要把「情節簡單，關係複雜」放在心上。

04 如何十七分鐘走到故事主梗？

我常提到十七分鐘的「Lock」階段，故事會在此時進入故事主梗，主角也會捲入主事件。

十七分鐘，換算成中文劇本，大約只有九至十一頁，如果以一場戲兩分鐘來算，十七分鐘也只有九場左右。很多人對於怎麼在這麼短的時間，這麼少的場數就進入主事件大惑不解，常常重點都還沒講到，已經來到了三十頁。

到底問題出在哪裡呢？

一、開場時間不對

故事開頭要介紹主角的日常生活，但不要太久。

通常故事理想的開頭，應該儘可能貼近觸發事件，也就是「主角脫離日常」的時刻。

如果今天中午他要被開除，故事開始在今天早上最好。如果不行，前一天晚上，如果不行，前一天早上。為儘快發生「想辦法」，但該交代的都集中起來，畢竟故事是你安排的，何必從三個月前說起？就昨天吧。

時間壓縮了，你也不會不自覺寫太多廢戲。這不是在說開頭不能是三個月前，只是利用這樣的安排，讓你思考怎麼做更有效率的鋪陳。

二、場景設計缺乏效率

試著讓一個場景都發揮兩個以上的功能，同時交代世界觀、塑造角色、說明背景，不要光是寫「他是個上班族」的場景，要寫「他是個工作能力強但很難相處的上班族」的場景。

就在觸發事件的前一天，主管把主角叫進辦公室，說有同事遞了辭呈，原因是不想跟主角一起工作。主角將工作成果遞給主管，反過來嫌離職同事能力低落，自己已經連同對方落後的進度一起完成了。

在這場景中，處理了他與主管的關係，他的工作能力、他的性格還有他與同事的人際關係。

為表現良好被誇獎，交代的資訊相同，但效率就大打折扣。如果你寫一場他對同事態度很差，再寫一場主管勸他對同事好一點，再寫一場他因

三、精簡你的場景

試著不要每個場景都「話說從頭」：寫看電影就從電影進場寫起，寫開會就從遞名片握手寫起，寫吃飯就從點菜寫起，不要這樣。

問問你自己，這個場景的重點是什麼？如果是電影看到一半他們牽手了，直接從牽手的前一刻進場景，正看著、手交握、兩人笑，場景就結束了。

相似的概念，場景也不要「硬要說完」：A與B吵架，甩頭離開，B氣不過拿鞋子丟他，A被打中，奔回來與B開打，同學們趕緊將他們拉開，教官來了，兩人被抓去教務處罰半蹲。

你可能只需要寫到「A被打中，奔回來一拳揮向B」就可以停了。下一場，我們看兩人在教務處外半蹲，中間發生什麼事可想而知。

晚進場，早出場。儘量精簡你的場景。

當然不是說不能「話說從頭」。你可能是因為節奏或氛圍需求，要做前面的鋪陳，

或是覺得「大家打成一團」是好看的場面，所以寫到打成一團，只跳過教官來了那一段，也都是可行的。

寫劇本沒有標準答案，但你所寫的每一行，都有你的考量。

四、初稿放膽寫，修改用心調

以上三個原則，剛開始就逼自己做到，可能會很痛苦。在初稿階段對故事還沒有把握，可以先想怎麼寫就怎麼寫，等初稿寫完了再回頭修。

但修二稿時，千萬不要被自己的初稿限制，也不要感覺「刪了可惜」。

試著把篇幅放在心上，將你的觸發事件大膽往前移，問問自己，如果只有十場，該怎麼來到觸發的這一場呢？你可能會有全然不同的答案。

05 如何用角色的「行動」推進故事？

故事線是由「主角＋想要＋行動＋阻礙＋轉折＋結果」組合而成，但很多人對於**行動**是什麼不太理解，到底怎麼設計一個行動，幫助我們說出一個精彩的故事呢？

一、行動是「想要」的具體手段

戲劇是衝突，衝突是「想要」加「阻礙」。但角色光是「想」，會遇到阻礙嗎？不會，想像不犯法，想像永遠不會失敗，光想不做，就不會有人妨礙你，但自然也不會有故事產生。所以角色不能光想，他還必須要「做」。**這個為了實現「想要」而去採取的行為，就是行動**。

所以想要和行動是一體兩面的，你有時會先想到行動（去搶銀行），才回頭設定想要（替角色找個搶銀行的理由），有時會先有想要（替女兒籌醫藥費），才去設定行動（加入詐騙集團騙倒惡質財團）。無論如何，行動與想要是一體兩面的。

二、行動通常會讓角色脫離日常

戲劇是關於人的改變，行動作為「一部戲的主軸」，它最好能改變主角的原來生活，所以行動通常不會是「主角本來就會做的事」。

例如一個早餐店老闆，你安排他想要蓋一棟房子，而行動是「認真工作好好存錢」，那結論是什麼？通常是：

A他存到了，蓋好了，好開心。

B他沒存到，沒蓋成，好難過。

你會發現故事到最後，無論是A或B，主角都頂多是「開心了」或「難過了」，不太有機會成長或轉變，因為他只是日復一日持續著原本的生活而已。**故事的主旨，不是透過主角「示範」，而是透過主角「轉變」來傳達的。**

你可以讓主角自己領悟而轉變，也可以讓主角受配角感動而轉變，但無論如何，如果你不把主角帶離他原本的生活，轉變很難發生。就像我們的日常生活一樣，我們總會有事要忙，但忙完慶祝一下，失敗了難過一下，你會覺得那是一段「值得一提的故事」嗎？不會，你只覺得那是日常。

所以回到早餐店的例子，雖然「好好工作存錢」，確實是「買房子」的具體手段，但那只是日常而已，不是戲。

行動最好是「主角平常不會做的事」。可以是一個冒險，也可以是一個挑戰，例如「嘗試開發新菜單」、「嘗試開發網路生意」、「嘗試參加全國早餐店大賽」。

我都試著舉生活化一點的行動，以免你以為行動一定要生生死死轟轟烈烈。但無論這個行動是生活化或戲劇化，都應該要帶主角去嘗試新事物，因為有嘗試，才有機會犯錯，才有機會挑戰原有的價值觀，進而創造啟發。

三、行動應該要挑戰主角的價值觀

這就延伸到故事的內涵了，每個故事都有它想傳達的精神，如果行動只是在「表現主角很厲害」，那也不會帶來成長和改變。**我們要有機會透過行動，使主角在過程中被挑戰**。

所以開發新菜單也好，做網路生意也好，我常問學員的一件事就是：「主角成功了，能帶來什麼啟發？」

開發新菜單如果成功，成功到能讓主角買到原本買不到的房子，主角會不會從此熱愛開發新菜單？同理，網路生意大成功，主角會不會從此熱愛網路生意？參加比賽靠作弊勝利，買房買車，會不會從此覺得作弊好棒棒？

所以行動成功，就會帶來對手段的肯定，成為故事傳達的精神。如果主角原本就相信這個精神，原本就熱愛創新，那就沒有轉變，而且行動本身就有點像「主角本來就會做的事，只是他還沒做而已」。

為了創造轉變，當我們知道行動結果會帶來的啟發，我們就會**反向設定主角的價值觀**。例如主角就是守舊、遵循傳統、不信任網路的人，在買房的渴望之下，在舊觀念無法成功的無奈之下，不得不嘗試新的可能性，並意外帶來了驚喜，進而影響了他原有的價值觀。

我們從這裡也可以找到故事的「對立信念」和「主旨信念」，挖掘出故事的議題：原來早餐店老闆的買房記，可以拿來談創新價值啊！這就是「發現原來故事在談什麼」的意思。

四、行動必須要能夠被「阻礙」

很多學員在安排故事的阻礙時，都會安排成「讓人不開心的事」：例如被酸言酸語、家人不支持等，但這些不是阻礙。

阻礙是指「使行動無法完成的事」。例如老闆要做網路生意，卻對網路一竅不通，看書學習覺得是天書，花錢找人又被騙，這些都是阻礙。

但如果只是妻子不支持，朋友嘲笑，只要主角不理他們，就可以繼續做自己想做的事，這些事就不算阻礙。

除非你把這個不支持，轉變成對行動的妨礙，例如妻子一開始不支持，主角試著嘗試，卻一再受挫花光了存款，這時妻子說：「你再弄網路，我們就離婚。」妻子就成為阻礙了。

當然這個例子跟上面談的「創新價值」是有矛盾的。這個例子是透過主角最後成功，轉變了妻子的觀念（而不是主角轉變），來談「堅持嘗試的重要」；但這個例子依然有嘗試新的事物，也有對立面的安排。

如果要符合上面談的「創新價值」，阻礙設計應該會安排在主角身上。例如他因為守舊，雖然把網站丟上了網路，但經營方式一成不變，所以網路事業一直無法成功，最後他終於接受了網路的價值與邏輯，改變了自己進而成功。

所以阻礙可以來自現實、來自自身能力與觀念、來自社會壓力、來自他人，無論如何，**阻礙一定要「衝著行動去」**。可能直接妨礙行動，逼行動中止，才算是阻礙。

阻礙通常代表著故事的**反面力量**，它可以是對立信念也可以是主旨信念，但一定很直接、很有力，不會「只是讓人不爽」。

也因此，當你設計行動時，也可以從阻礙面來思考，你的行動可以被阻礙嗎？如果主角只要埋頭做事，沒有人能阻止他，那這個行動可能就有問題，因為無法創造情節。

五、行動決定了情節和場面

行動遇上阻礙的地方，就是戲劇發生的地方。所以你可能要思考一下，你的戲想要長成什麼樣。

例如很多人的行動都是：「主角去學某個新技能。」這符合以上標準，是新的嘗試、有可能挑戰價值觀、可被阻礙。但問題是，這部戲的情節，就是「主角學習的過程」，這個戲，你覺得好看嗎？是你想寫的嗎？

例如你寫主角去學吉他、找新工作，那情節就是學習的過程，還有找工作的過程，但除了抱著吉他苦練，還有不斷面試投履歷，你還能讓主角做什麼演出？從「行動會遇上什麼阻礙」去思考，想想劇情會有哪些場面發生。你會更能判斷戲的長相，我沒有說學吉他、找工作不可行，如果你能從這些行動中，創造出好看的細節和戲，那就是你的功力，沒有人能否定。

如果是電影或更長的作品，行動本身會決定作品的**類型**。例如你讓他去學吉他可能是個音樂勵志電影，而學少林功夫可能就成了動作電影了。所以在選擇行動時，要考慮到與你原本想創作的類型關聯性在哪，才不會設定之後又來煩惱「怎麼跟當初想的不一樣」。

六、行動是主角自發的，不是遇到的

很多人寫行動，都在寫「主角遇到什麼事」。例如主角很想當明星，有一天他遇到星探，在星探的指示下，他成功變成了明星。又或是主角覺得人生無趣，有一天他遇到了新朋友，新朋友給了他人生樂趣，改變了他憂鬱的想法。

這些都是「遇到」的，不是主角「自發」的。戲劇可以發生在「遇到」之後，一個機遇、一個機會；但遇到之後，主角應該要有一個「自發」的行動。

就像「師父帶進門，修行在個人」，星探、新朋友開了一扇門，主角必須憑著自己的意志，去產生出實現目標的行動。

例如星探找上他，卻沒給他機會，他自己爭取，想辦法自我表現，雖然弄得一團糟，但也讓星探有機會幫他一把，兩人合力取得成功。例如主角遇到新朋友，受到一些影響，為了這個新朋友，主角決定去做些什麼，原本是想幫新朋友，最後意外發現自己最有收獲。

像這樣，**化被動為主動**。所以不是「你原來想的不行」，而是「缺少了某些東西」。這是編劇必須「有意識去修改」的，也是編劇技藝的所在。

06 如何設計「兩難情境」，為故事創造懸念？

說到戲劇要精彩，老經驗都說要創造「兩難」。那這兩難情境，應該要如何設計呢？

人生每個選擇都有評斷標準

人生隨時都在選擇。點什麼飲料、去哪裡玩、幾點出門、該說什麼。選擇是為了兩件事，一個是追求快樂（想要的），一個是逃離痛苦（不想要的）。餓了就想吃，寂寞就想有人陪，想賺更多錢便去兼差或創業。

每個選擇，都會帶來相對應的代價，勇敢告白，萬一被拒絕，可能會丟臉，或是見面尷尬無法當朋友。出去旅遊，花光存款，可能就無法買PS5。點了A餐，就吃不下也很想吃的B餐。

每個人心中都有一個天秤，一個計算機，時時在衡量不同選擇所帶來的好處與壞處。甚至連衡量本身也是一種選擇，有人覺得想很多很麻煩，所以他選擇跟著感覺走，寧可承擔風險，也不想想得太遠。計算機的標準很多，但基本上不脫幾件事，金錢、勞力、時間、安全（安全感）、尊嚴、未來（理想、可能性）、情感、道德。有人為了安全感而犧牲可能性，有人為了可能性犧牲勞力，有人為了金錢犧牲時間，有人為了情感可以犧牲尊嚴。

一個角色取捨事情的傾向，便是一個角色的價值觀。同樣是金錢，可能A覺得比命還重要，但B卻覺得不值一提。

認識角色的價值觀

所以我們要設計兩難，首先必須認識我們角色的**價值觀**，尋找在他的價值觀中，有哪兩件放在天秤上「等重」的事。這個角色痛恨花錢，偏偏談了戀愛，約會不得不花錢，是要花錢求愛，還是守財到底？兩難。這個角色渴望成功，偏偏阻擋在他面前的對手，是他昔日的恩人。是要忘恩負義追求成功，還是為了報恩放棄渴求？**兩難，指的是「選這個也對，選那個也對」**。

兩難的重點是「平衡」

新人最常犯的失誤，便是讓「角色的選擇太明顯」。例如寫愛情劇，男一所向無敵，男二差強人意，請問女主角會選誰？當然是男一，毫無懸念，沒有兩難。

所以兩難的重點是什麼？是**平衡**。

我們應該放大「錯誤選項」對角色的吸引力，操控角色心中的天秤，使他左右為難。男一因為有主場優勢（觀眾理所當然認為男一會和女主角在一起），所以如果你寫了一個八十分的男一，請務必寫一個一百分的男二，才有辦法平衡這個天秤。再拿上面痛恨花錢的例子來說，如果這是一部愛情片，那兩人相愛就有主場優勢，所以如果你有一個一百分的愛人，請務必讓角色愛錢有一百二十分。

所以你發現了嗎？**兩難的關鍵不是「你期待的結果」，而是那個結果的「對手」**。為什麼我們會說一部戲的反派越強，故事會越精彩？因為角色越有機會陷入兩難。這個「反派」不一定是人，也可以是一個誘惑、一個陷阱。我想救出我的愛人，就必須深入虎穴，虎穴對主角越致命，兩難就越強；我想保守我的道德，就必須面對誘惑，這個誘惑對主角越有吸引力，兩難就越強。

為何新人常在這方面犯錯？

這樣聽起來好像理所當然，但為什麼總是會有人犯錯呢？因為當我們把這些原則，和故事想表達的意涵或結果擺在一起時，發現居然是矛盾的。

我想讓女主角和男一在一起，就不自覺一直寫女主和男一的戲，男二就是來插花的，一點都不想加強他，萬一觀眾都愛男二不愛男一怎麼辦？我想講夢想的價值，就不自覺一直歌頌夢想，對現實不屑一顧，萬一太強調現實，現實戲份那麼重，觀眾被說服了，怎麼辦？

於是無數新人寫不出精彩的故事，都是敗在這樣的擔憂之中。附帶一提，無數照著業主要求把產品、理念寫得又大又亮的故事都很難看，也是因為這個原因。

但，如果連你都無法說服自己「夢想確實可以克服現實」，那你又憑什麼創作一個關於夢想的故事呢？你對夢想根本就沒有信念。如果男一輕易就可以被男二打敗，你又為何堅持讓他當男一，認為他才是女主心中獨一無二的愛呢？正因為你願意**放大阻礙**，搬出對手最強的武器，並且不斷深入去思考、研究，你才能在現實如此可怕的情況下，找到堅持夢想的價值。你也才能證明，在女主角心中，無論未來出現再強勁的對手，男一永遠都會是那個「對的人」。

如果我們創作，憑的僅僅只是自己的一廂情願，而不是帶領觀眾去思考、去看見更深層的真相，那我們的故事就無法撼動觀眾。

你要懂得「替壞蛋說話」

所以你要懂得「替壞蛋說話」。如果你要寫角色清廉，就給他一個非貪汙不可的理由。如果你要寫角色勇敢，就給他一個非逃走不可的理由。如果你要寫角色有大愛，就給他一個非自私不可的理由。

當德蕾莎修女面對痲瘋病人時，你應該加強德蕾莎修女的無私、痲瘋病人的可憐，還是她的脆弱、牽掛與猶豫？

如果你選了前者，很抱歉，你可能要回頭重看這篇文章。因為你強化前者，解救病人就成了理所當然，但當你強化後者，兩難就出現了。你完全不用擔心「蛤？這樣不是醜化她了嗎？」，因為劇情最終她還是完成了偉大的事。一個完美的人做了偉大的事比較動人，還是一個渺小脆弱的人做了偉大的事比較動人？

所以不要小心翼翼地維護你的角色和主旨，要露出他們的弱點，要讓他們不斷犯錯，但在最終的高潮時，讓他們做出正確的選擇。

07 故事如何「鋪陳」才不會無聊？

「如果不先做鋪陳，把戲直接進到衝突，那事後想再交代背景資訊時，怎麼做才不會瑣碎無聊？」

這個問題從最開始，便對**鋪陳**這件事有著誤解。

為什麼會覺得「做鋪陳」和「把戲直接進到衝突」是互相矛盾的呢？正是這樣的想像，使多數新手在創作故事時，總是讓鋪陳的段落乏善可陳。

鋪陳時帶進戲劇精髓——衝突

戲劇是衝突，有衝突才有戲。真正的問題，不是「我們可不可以不鋪陳」，而是「我們如何將衝突放入鋪陳之中」。

在理想的情況下，故事的衝突是不會停下來的。從故事的最開始便發生，一路接連不斷，直到結局。所以結局也有一個特別的術語，叫「衝突解除」，衝突一解除，戲就結束了。

鋪陳絕對不是寫一個無聊的場景，辦公室的日常，主角和同事閒聊，把所有資訊都交代完畢後，故事才開始上演。如果你想用這個場景交代主角的性格、目標、家庭背景，就該讓它在**衝突**中自然發生。

例如，主角是個喜歡多管閒事的單親媽媽，工作能力強，總是把一分鐘當三分鐘用。場景開始時，就從她試圖處理某個客戶的不滿寫起，她俐落解決了客戶的問題，同事卻突然殺出來——妳為什麼要動我的客戶？主角笑笑，事情不是圓滿結束了嗎？客戶很滿意，讓你自己做也不見得比較好。同事敢怒不敢言，看著主角一邊講電話一邊指揮其他人工作，突然，主角叫了一聲不妙——她又忘了去接孩子了。下一場，她已經將孩子接回家，孩子生她悶氣，每次都這樣忙到忘了時間，她試圖討饒，好不容易就要逗樂孩子時——手機卻又響起。

看到了嗎？這兩個場景是鋪陳，但裡面有沒有衝突？在短短可能不到五分鐘的時間，你就已經交代完角色的性格、人際、家庭、能力……這才是一個理想的鋪陳，結構緊密，資訊豐富，衝突不斷。

多數新手寫戲，用的都是很鬆散的結構，寫了一大堆台詞，表達了什麼？「她多管閒事」。如果你安排一個場景，把人事時地物全組合在一起，只說了這樣一件事，那這個結構就是鬆的。但如果你像上述的範例那樣，選擇最有效率的人事時地物組合在一起，一個場景可以說五、六件事。

鋪陳時注意資訊量的安排

在初學時如果覺得這實在太難，可以先用**條列式**的方式寫出你希望在場景中完成的任務，再試著安排可以同時解決兩件以上任務的場景。記得，戲是衝突，所以你安排的場景必然要是某個帶有衝突的情境，某個「想要」面對「阻礙」時採取的「行動」。

不用急著一口氣把所有事情交代完。鋪陳有個很重要的關鍵，就是「只交代下一個衝突發生時所需要知道的資訊」就足夠了（通常是角色想幹嘛？他為什麼要？）。把你的資訊盡可能切碎，分批放進故事之中。先學會這個概念，之後我們談伏筆時，再講更多關於提前鋪陳的要訣。

如果一開始不知道怎麼安排，就先把你的**故事主線**拉出來。為了鋪陳而設計的場景，必然會與故事主線有關，由故事主線向前延伸尋找可能性，會比較容易找到答案。我自己的習慣，都會先列出故事每個階段要完成什麼事（情節推動到哪裡），然後再註記出哪些資訊應該要在哪個場景被交代。等要設計場景時，就會條列出事先安排好的任務，再依照角色當下的狀態合理性、會做的事、可能發生的事去建立場景。

所幸，多數好看的電影都具備有這種本事，所以你不會缺乏範例可循。電視劇通常會採用比較鬆散的結構，但即使在較鬆的結構下，依然會把鋪陳做在衝突裡。如果你看到一部作品的鋪陳幾乎沒有衝突——放棄那部作品吧，它注定難看的。世上的作品那樣多，我們為什麼要將就呢？

08 如何製造有吸引力的「衝突」？

衝突就是戲，戲就是衝突，而衝突就是「想要＋阻礙」。但光是理解了定義，似乎還無法運用自如，這篇文章就來深入討論**衝突**這個議題。

為什麼「衝突」對觀眾有吸引力？

首先，我們要先理解，衝突之所以對觀眾有吸引力，是因為觀眾想看角色如何面對阻礙，以及角色行動之後的結果。而且阻礙越慢被解決，衝突就持續得越久，觀眾的注意力就會被抓住越久。

因此我們在寫戲時，千萬不要只寫到「阻礙發生」就結束了。我們很常見一種故事，開頭花了十分鐘介紹角色生活、人物關係，等到角色終於遇上阻礙時，問題不到一分鐘就解決，故事就結束了。這樣的故事是很無趣的，因為你花了太多時間鋪陳太多東西，但實際是「戲」的部分卻太少，雷聲大，雨點小。

所以我們應該**儘早讓故事進入衝突**，**讓角色提早面臨阻礙**。你在鋪陳角色時，就要在阻礙之中鋪陳，藉由角色面對阻礙、克服阻礙的方式，來表現角色的特徵、性格與困境。不要讓角色一帆風順，不要讓角色輕易解決問題。

你需要放大「阻礙」的難度

你可能會問，但是我想寫的角色，是一個很厲害的角色，如果連問題都解決不了，怎麼表現角色的能力呢？

你應該要由**旁觀者**的角度，**放大阻礙的難度**，**延遲問題的解決**。仔細留意多數故事中「高手」的登場，登場之前，通常都會有一些放大阻礙的過程。例如《武道狂之詩》，開場在一場上百人的鄉民械鬥中，一方請來隻身便能殺退三十名官差的鬼刀陳，人人聞之色變，但隨後出現的青城派小師弟燕小六，卻一招便擊敗了鬼刀陳。整個過程，突顯出「青城派中最弱小的，也遠比江湖中最可怕的更強」這個驚人的事實。

如此不可一世的青城派，卻又被武當派輕易滅門，故事走到這，武當派掌門無敵於天下的想法，深深植入讀者心中。關鍵在於，故事的主角其實便是青城派那名燕小六，但如果一開始故事就從武當派殺進青城派談起，還會有這種張力嗎？自然大打折扣。

這是角色塑造中的「墊腳石」技巧，我們先藉由其他人的視角去抬高主角要打敗的人（鬼刀陳），延後主角出手的時間，來達到表現主角厲害的效果。反過來，藉由主角的視角來抬高被打倒的人（青城派的掌門及其他師兄），當反派擊倒這些人時，自然也放大了主角面對反派的難度。所以問題不是不能被解決，而是你怎麼利用問題出現的過程，來強化衝突的力量和戲的強度。

總體來說，衝突就是「想要＋阻礙」，因此衝突的強度也建立在想要和阻礙的強度。**想要越大，阻礙越強，衝突就越強，戲劇張力就越高。**

「想要」與「阻礙」之間需取得平衡

想要和阻礙之間也需要某種平衡，因為想要太強阻礙太小，問題就變得太容易解決，而想要太弱阻礙太大時，角色又會變得容易放棄。不管哪個情況，都無法延長衝突的時間，也就無法創造有戲的空間。

因此，對於衝突安排的練習，自然便是落在想要和阻礙的建立上。給角色安排一個動機，例如想升官，再為角色安排一個阻礙，讓他面臨挑戰。藉由角色的設定來強化需要升官的動機，以及阻礙對於他的難度。

同樣的阻礙，對不同角色的意義是不同的。如《王者之聲》中，口吃的主角要成為國王的挑戰是公眾演說，但對其他王儲而言，公眾演說根本不算挑戰，甚至可能是種享受。所以衝突設定的練習，其實也是角色設定的練習。

從「阻礙」開始練習寫衝突

想練習衝突，建議從「阻礙」著手。去尋找人生中各式各樣的不順遂，與情人分手、借出去的錢要不回來、名落孫山、生兒子生不出來……以此為基礎，回頭建立「想要」，藉由角色的設定，來使這些生活中大家都會遇到的種種鳥事，變成對角色而言最殘酷的事。他非考上大學不可，否則……偏偏他沒考上。然後角色必須面對這個最糟的困境，試圖去找到新的出路。

一個衝突之所以空洞，似乎只是流水帳的「衰小」，是因為這些阻礙本身不是為角色**量身打造**的。就像上述《王者之聲》的例子，一個口吃的王儲，如何克服自身弱點，成功完成一場公眾演說，遠比他兒子出車禍在醫院昏迷不醒有意義。

不是說兒子不重要，而是這個降臨在他頭上的不幸，並沒有為他提供成長改變的可能性。他會悲傷、會痛苦，但當悲傷過去，他依然不是一個稱職的國王，依然沒有克服自己的弱點，依然是失去兒子前的他。

找到「阻礙」對角色的意義

人生不如戲的地方，是因為人生充滿了**無意義**的衝突與不幸。如果我們能從生命之中，尋找到不幸對於我們的**意義**，那這不幸便有價值。這其實也是我們在戲劇中創造的，我們為角色所安排的每一次不幸，每一份阻礙，都應該是他成長的基石，都將會在故事的最終帶來收穫。

如果做不到這一點，那衝突本身就會顯得為衝突而衝突，沒有任何意義和必要性。而要做到這點，就要從**角色**下手，為角色量身打造能促使他改變的衝突，或是替角色安排一些特質，使你想寫的衝突變得對他有意義。

歸納一下衝突的幾個重點：1儘早進入衝突，在衝突中鋪陳。2放大想要和阻礙，便能放大衝突。3衝突要為角色量身打造，促使角色成長。4試圖從阻礙出發，再藉由角色設計來強化衝突。5儘可以延長衝突，不要太早讓阻礙解決。

用「時間」製造衝突

大多數時候，提到衝突，大家就會想到爭吵、鬥毆等有形衝突。但事實上，生活當中衝突無所不在，而其中一個常見的衝突元素，便是「時間」。然而，時間要怎麼變成一種衝突？

主要有兩個層面：「特定時間」與「有限時間」。

1 特定時間

「特定時間」是指某個具有特殊意義的日期。好比說情人節、聖誕節、過年等，這個時間也可以是個人化或事件性的，好比說生日、大考、宣布升官的日子等。

日常生活當中雞毛蒜皮的小事，往往因為在特定的時間發生，因此變得格外具有衝突性。例如吃壞肚子這種小事發生在日常生活中幾乎無關緊要，但如果是發生在聯考當天，那可就事情大條。這就是「特定時間」的魔力，如果你希望替你的故事增加衝突性，找一個合適的時間發揮，效果會非常好。

2 有限時間

「有限時間」在許多警匪片中常被運用。炸彈再五分鐘就要引爆、如果沒在兩天內找到某個關鍵人物，人質就會被殺死……這些事件雖然大條，但如果不限時間，就會感覺事情重要，但沒什麼緊張的衝突感。所以英雄在救美的過程中遇到兇險稀鬆平常，還必須在限定時間內破關才有意思。

09 為什麼寫故事要先知道「結局」？

許多創作者經常產生了一個不錯的點子，卻不知道怎麼發展下去。我常會問他們：「那最後呢？故事最後怎麼了？」得到的答案往往是：「還沒想到」或「到時候再想」。

事實上，這是一個不太好的習慣，會這麼說的人，大多數都對「靈感」抱持著良好的想像，認為船到橋頭自然直，時間到了角色或神明會告訴他答案。

但我的建議是：**你需要先知道你的結局**。

這句話的意思不是說，你應該明確的知道結局發生在哪，台詞是什麼，他們做了什麼事。這些你可以很模糊，不確定，但你應該要知道一個**方向**。

結局，是你故事的指南針

不同的結局，會使你的故事產生不同的意義。像《色戒》，兩個政治立場不同的人相愛了，最後兩人都走向滅亡，這個結局使愛不再是一種救贖，而成了一種詛咒。在《黑暗騎士》中，光明騎士最終墮落，而黑暗騎士維護了正義，同時把功勞歸給光明騎士，這個結局成就了蝙蝠俠這個角色與導演的世界觀：蝙蝠俠是城市陰影下的英雄，但城市更需要一個見得了光，可以被崇拜的偶像。

我們總是以**結局**來定義一個故事、一個角色，進而產生出一種思想與哲理。這是你說故事的指南針，你要帶著它去尋找你的故事。

如果你的故事最終是真愛無敵，你會需要一個真愛無敵的結局，一個用愛突破的困境。如果你的角色是一匹孤獨的狼，你想讓他在孤獨中打滾，或是給他一絲溫暖的微光？這是你的選擇。

你其實很清楚一個結局對或不對，因為當故事結局的方向出現時，身為故事的主人，你會了解到這個結局你喜不喜歡。

結局決定的同時，也決定了故事過程和角色

有了結局的方向，回頭去看你的故事，你會發現一切都清楚了起來。為了這個結局，你需要角色歷程，所以你知道開場應該要把主角放在哪個位置上。然後折磨他，讓

他與阻礙發生衝突，把衝突放大，最後高潮解決。

這就是說故事的過程，所以，你要先知道你的**結局**。

有時點子會自己長大，這是必然的，你也不必抑制它。你不需要在每次點子產生時，就急著去尋找結局，替它下一個定義。

但當你的點子停下來了，原地打轉像隻無頭蒼蠅或癱在地上像具死屍時，請提醒你自己——啊，我需要一個結局了。

10 「伏筆」怎麼埋，不破梗又能創造驚喜？

「伏筆」是編劇技巧中的神祕魔法，提到這兩個字，不自覺就會有種高大上的感覺，顯得編劇加倍聰明。

而伏筆埋設的好壞，也直接影響高潮的效果。伏筆太明顯，高潮無法創造驚喜，伏筆太細微，又容易讓人錯過。究竟，破不破梗之間，伏筆到底該怎麼拿捏，怎麼埋設才會適合呢？這篇文章主要討論埋設伏筆的兩個重要原則：埋的「位置」與「方法」。

埋設伏筆的位置

伏筆應該埋在哪裡？以電影為例，答案是**「第一幕」**。這不是鐵律，但卻是個通則，大多數的伏筆，都會埋設在影片開始的三十分鐘內。埋在這個位置有兩個好處：

1 夠遠

伏筆會破梗，很多時候是因為距離高潮的位置太近了。這就好像你在生日前一天才開始準備驚喜，你的一舉一動幾乎都會讓人猜到你想做什麼，光是問「明天有空嗎？」就足夠破梗了。

但如果你提早半年就開始準備，就算你直接問「想要什麼生日禮物？」，對方也不會當真放在心上。

2 觀眾還沒進入狀況

故事的第一幕有許多鋪陳的戲，這個時候觀眾還沒真正弄清楚主要的故事線是什麼，不清楚什麼東西重要，什麼東西不重要。因此你埋設的伏筆對觀眾而言意義不明，自然可以偽裝成任何東西。

這件事可不能我說了算，讓我們回憶一些電影中的伏筆。

《佈局》那個結局驚天動地的翻轉，線索在哪裡？第一幕第一場戲，兩個人開口說的前幾句話。

《報告老師！怪怪怪怪物！》結局中，男主角放過的那唯一一位同學，是在哪裡登場的？第一幕。後面他幾乎就消失蹤影了，但我們仍舊對他印象深刻。

《我和我的冠軍女兒》最後高潮，促成女主角重新振作的關鍵回憶在哪裡？第一幕。

《獵殺星期一》最後的翻轉，在第一幕一家人聚餐的時候就已經吐露了線索。

當劇情中最主要的故事線、角色目標浮現後，你鋪陳什麼都會顯得刻意，但如果你及早完成鋪陳，伏筆便會消失在觀眾眼前。你可能會說：「但我沒那麼厲害，沒辦法這麼早就預知該下什麼伏筆。」放心，多數編劇的智商都沒有高你太多，你大可以等到已經要寫到接近最後高潮時，再來煩惱伏筆這件事。

因為**劇本是改出來的**，所有你在劇本中看到的精細意象安排、前後呼應、環環相扣，並不是編劇天縱英才，一氣呵成寫下的。大多數時候，我們都是寫著寫著，突然意識到前面應該增加什麼東西，我們才回頭補上的。

所以如果你真的很想創造一個令人驚喜的高潮，就大膽把主角推入絕境吧。讓他最不想、最不能夠發生的事發生，然後給他掰一個近乎「機械神」（無鋪陳的解決方式）的解套法，最後再回頭替這個解套法做一些合理的鋪陳和伏筆設計。聽起來很作弊對吧？**編劇和觀眾的角力本來就是不公平的**。觀眾只能在不斷推動的劇情中前進，但編劇不但可以停下來想，還可以回頭修改，甚至還能改動原本寫好的情節和角色。要是你明明擁有這種優勢卻不用，那真是太可惜了。

那如果不是電影呢？長篇漫畫或電視劇應該埋在哪？基本上還是把握「**夠遠**」和「**還沒進入狀況**」兩個原則，你可以把伏筆埋在新事件最開頭的鋪陳中，來達到類似效果。

埋設伏筆的方法

接下來，我們來談談伏筆埋設的方法。

1藏在「某段劇情」中

要藏一個東西，最重要的是什麼？你要有個掩蔽物。你沒辦法在空無一物的房間裡藏任何東西，同樣，你要藏伏筆，當然需要藏在「某段劇情」當中。所以把握這個原則，儘量不要「開個新場景」來埋伏筆。你應該將伏筆埋在「有明顯劇情主線」的位置，觀眾會被主戲衝突吸引，而忽略伏筆的重要性。

如《佈局》的伏筆，便藏在律師帶來的危急消息中；《報告老師！怪怪怪怪物！》則藏在展現主角性格和處境的場景裡；《我和我的冠軍女兒》是藏在父親訓練女兒的過程。這些地方都有明顯的主線劇情，使伏筆明明大剌剌出現在觀眾眼前，但觀眾都沒有意識到它的功能。

2 藏在角色的「疑似動機」中

當然還是有萬不得已必須要「另開新場景」的情況，這時的隱藏，靠的是角色的「疑似動機」。如《紅雀》中，女主角進入美國特務的房間內，摸走了一個特務用過的玻璃杯。在這個當下，觀眾都覺得「女主角好像打算利用這個杯子對特務做什麼事」，但事後這個杯子卻是被用在全然不同的用途上，因此創造了驚喜。

「疑似動機」指的是一種誤導，利用角色當下的情境，使觀眾產生「角色當下的行為好像是針對A」的感覺，但實際上這個行為是針對B（例如主線劇情是要挽回女友的心，所以買花好像是要送女友，但結果居然是送媽媽）。透過這種模式，雖然行為本身的功能很容易被猜測（買花還能用來幹嘛？），但因為對象不同，所以也會產生驚喜的效果。

11 如何設計劇本高潮I 如何安排主角解決「危機」？

在課堂上談到三幕戲與短劇的起承轉合時，同學最傷腦筋，也常是作業中最弱的部分，便是「轉」這個階段，也就是**故事高潮設計**。

故事的高潮常是一個故事成敗的關鍵，因為它同時肩負了一部戲的主旨傳達，以及一部戲的戲劇張力。高潮設計得好，戲就成了一半，高潮設計失敗，戲基本上幾乎無可挽回。

高潮不是故事轉折

首先我們必須釐清，很多人因為「轉」這個字的字面意思，誤會了這個高潮階段應該要做的事，因此常在這個地方設計成故事轉折，角色原本的生活在這裡改變了，走向新的方向。但那其實只是一個「啟動點」，而不是高潮。

我們的生活可以改變，國中升高中、高中升大學、換工作、換伴侶……一個轉變如果不會帶來衝突與挑戰，那就不構成故事。而如果一個衝突挑戰不會構成「成長」，某種內在的轉變，那也不構成故事。

試想，如果有一個人他總是對工作不滿意，每個月都換工作，那他的每次轉換工作，對他有造成衝突和挑戰嗎？沒有，那只是他的日常。

如果有一個人做一份工作二十年，忠心耿耿，卻遭到裁員，他有家人要養，馬上必須要有收入，這有沒有造成衝突和挑戰？有，但如果他辛辛苦苦寄出履歷，一天趕五場面試，對人低聲下氣委曲求全，然後他找到了工作，他放心了，然後如他前一份工作一樣，日復一日工作。這是一個故事嗎？或許勉強算是，但你會感覺到這個故事沒有故事感，好像欠一味。這個故事有啟動點，但沒有高潮。

高潮不是巨大殘酷事件

高潮常與巨大殘酷事件混為一談，常伴隨著車禍、死亡、殘廢、失憶、世界毀滅等恐怖事件，但如果這個殘酷事件與故事主軸無關，那也無法構成高潮。

試想，如果有個故事是這樣的：一個年輕人如何夢想成為編劇，他接受了種種考驗，不斷被退稿、嘲笑，甚至連他的家人和情人都離他而去，突然有一天在他準備寄出稿件的時候，他出了車禍，失去了他的雙腿，他在醫院接受治療時，有好心人將他在車禍現場的稿件寄出，作品獲得了大獎肯定。

這個故事看起來如何？裡面有殘酷的考驗、悲慘的結果、巨大的事件以及最後的獎賞，似乎什麼都有了，但你是不是覺得這個故事哪裡怪怪的？你的心裡是不是忍不住想問：他失去雙腿的慘劇，和他最後獲得大獎有什麼關係？這個故事是想要告訴我們，如果你夠慘，你就能夠成為編劇嗎？

我們再看另一個故事：離七點還有十五分鐘，男孩開始打包垃圾準備出門。他一定要七點準時趕上垃圾車，因為他知道，他喜歡的女孩，也會七點準時在那裡出現。他已經做了決定，今天他要約女孩去喝咖啡。但就在他準備出門之時，公司老闆打來電話、隔壁歐巴桑閒話家常、街邊惡犬的突襲咬破了垃圾袋、他為女孩精心準備的花束在慌亂中被折斷……眼看時間一分一秒流逝，前往垃圾車出現地點僅短短不到一百公尺，但他卻似乎永遠到不了。終於，一身狼狽的他趕到路口，垃圾車早已遠去，路口空無一人，已經是七點十分了。男孩非常沮喪，一抬頭，卻發現女孩正在對面街口，看著垃圾車遠去的方向喘著氣。她與男孩四目相接，原本焦急失望的神情，轉為欣喜。他們都錯過了垃圾車，但沒有錯過彼此。

這個故事沒有任何巨大殘酷事件，甚至可說是全然的日常，但是不是比前一個故事更像一個完整的故事？到底是什麼差異，決定了高潮設計的好壞與成敗？

高潮源自主角內在的改變

高潮的本質，是主角成長的契機。沒有內在成長或啟示的事件，無法構成高潮。失去工作的例子中，角色雖然面對了一個很大的困境，但這個困境沒有為他帶來成長，他在第一間公司上班，和在第二間公司上班，並沒有任何區分。我們替主角設計困境的核心目標，是為了使他獲得一些什麼，無論這個獲得是正向或負向的，主角必須有**內在的改變**。

在這個原則下，我們來討論高潮的三個類型。

高潮類型一：危機／解決

如果你的故事前進方式是主角為了追求目標面臨某種挑戰，那麼高潮便是**「危機／解決」**。在這個結構中，「危機」代表主角最糟的時刻，在這個時候主角看似不可能達成他的目標了。在倒垃圾的案例中，主角有一個清晰的目標，七點準時倒垃圾（為了愛），而「危機」便是他趕不上垃圾車、見不到喜歡女生的時刻。而「解決」便是透過一個**意外**的方式，使主角的「想要」在看似絕望的情況下，翻轉獲得實現。

要怎麼實現這個翻轉呢？通常有四種手法：

1 誤解

主角因為某種「誤解」，使他以為他會永遠失去他的目標。例如主角有一個愛人，因為一個一直以來的問題爭吵，第二天愛人突然不見了，主角到處找她，卻苦尋不著，他以為前一天的爭吵使他永遠失去她了，他覺得很後悔，並發誓會痛改前非，到最後發現原來愛人是為了替他慶生，給他驚喜，他們和解，並且感情更加深厚。

主角藉由誤以為的失去，發覺了愛人對自己的重要性，這是這個例子中角色獲得的成長。

2 愛屋及烏法

第二個手法我稱為「愛屋及烏法」，因為目標A，所以我要完成目標B。就像倒垃圾的例子，主角真正的目標是喜歡的女生（目標A），所以他要準時七點去倒垃圾（目標B）。在整個故事中，主角都在為了目標B而奮鬥，並且在最後看似對目標B絕望。但在此時，目標A回來了，主角雖然沒有達成目標B，但依然得到了目標A。

再舉一個例子：一個功課不好的男孩，喜歡上了班上第一名的女孩，所以他決定要用功念書，下次段考考個好成績，然後和女孩告白。男孩努力了好久，中間發生了好多阻礙，書讀不進去、朋友一直找他玩、他被迫放棄最愛看的卡通……結果考試成績出來，他的分數仍然滿江紅。他從沒這麼努力過，卻仍然失敗了。就在他難過的時候，第一名女孩坐到他旁邊說：「我從沒看過像你這麼用功的人，你哪裡不懂，我教你好不好？」

發現了嗎？這個故事的結構和倒垃圾的很像，目標B都失敗了，真正的目標卻實現了。

3 啟發

第三個手法是「啟發」。主角使用各種方式想要達成目標，但總是不得其法，直到最後一刻藉由某個線索，才驚覺出真正的解法。像我在課堂上很常播放的範例影片泰國廣告《豆芽菜》：在絕望時刻，母親看到屋頂漏水，因而想出了定時幫豆芽菜澆水的方法。這個手法的難度比較高，但效果也比較好。

這個手法需要三個環節：**不大眾的知識、誤導的過程、可連結的線索**。如果最後的解法是大家都知道的事，那就失去了意外感，也會突顯角色追求過程的愚蠢，連常識都沒有。因此這個部分通常是某個專業的知識細節，尤其是有刻板印象存在的領域，例如：教育、愛情、某種常見看似簡單的職業，但實際上有講究的細節，例如農業。

例如我們一直以為有好的外貌與口才，懂泡妞的話術，才是得到愛情的關鍵。這是刻板印象，並不是事實，但透過誤導的過程，我們要刻意放大這個刻板印象，說服觀眾：「嗯，外貌和話術真的好重要。」然後讓主角一路追求話術失敗後，因為真心而獲勝。或反過來，真心也是刻板印象，主角一路晒真心卻受挫，最後因話術取勝。

真正設計的難點，是可連結線索的安排。在上述愛情的例子中，這個讓主角想通的關鍵，往往是某人的一番話，於是整部戲就顯得說教了（除非說得真的很好、觀點很特別）。理想上，這個線索的安排，不是語言會比較好，所以如果不是像《豆芽菜》那樣可以用相似的形體來創造連結（屋頂漏水與豆芽菜滴水器），就要回頭鋪排某個線索來起到連結作用。

例如主角有個啞巴父親，他原本很不喜歡他，甚至怪他，都因為他是啞巴，他的口才才會這麼差，他才不想和父親一樣。但當他追求話術受挫，在家很失望時，父親試著安慰他，他突然意識到：「你不會說話，當初怎麼追到媽媽的？」父親笑笑，用手語回他：「關於愛，有比說話更好的方法。」以此做為連結，使主角展開最後的告白行動，獲得成功。

這是利用「啞巴」這件事，強化了「不需語言」的重點。雖然中間還是用了言語（手語），但因為這個設定，和盡量簡單的對白，以及父子和解的戲份，降低了說教的成分。

關於這種「機關」的埋設其實還有很多可能，簡單的原則就是：先找到高潮事件的解決方式，再回頭安排設定來增強效果。

4 隱藏目標

第四個手法叫「隱藏目標」。這個手法和「愛屋及烏法」有點像，但「愛屋及烏法」是為了達成A，於是追求B，最終的目標都是A。「隱藏目標」是把主角導向他原本不自覺的目標，例如他一心想追A女，但在最終失敗後，他才意識到，陪在他身邊的B女，才是他真正愛的人。他表面上雖然失敗了，但其實他得到了真正屬於他的東西。他以為他要錢，其實他要愛；他以為他要名聲，其實他要自由的生活。我們在故事設計過程中，隱藏主角真正的目標（連他也不知道），透過危機的失敗，使他發現真相而獲得解決。

12 如何設計劇本高潮II 如何讓主角從高峰跌入谷底？

高潮類型二：高峰反轉

如果你的主要故事開展方式，是一連串的阻礙，那麼高潮處的形成便是「危機／解決」；但有另一種故事的開展方式，是一連串的收穫勝利。

這種展開方式在科幻故事中是一種主流，主角偶然得到某個神奇的科幻道具（人類文明因為某個新科技而從此改觀），靠著這個科幻道具解決了長久以來的問題，卻在最終引來幾乎毀滅性的結果，因此獲得了啟示。例如電影《雲端情人》，主角一開始與人工智慧談起一段轟轟烈烈的戀愛，卻在最後發現這個愛人致命的缺陷，使我們看見人性之中難解的一面。

這便是「高峰反轉」的高潮類型，在高潮事件中，主角幾乎完全收穫了理想人生，但轉眼之間，高峰直奔低谷，在角色落入最低谷的時刻，我們因此收穫了一個嘲諷式的啟示。

這個高潮類型設計的第一個關鍵，**是認識到生命中的兩面性，以及物極必反的道理**。人類的慾望是不會終止的，當你越去滿足你的慾望，就會冒出更多慾望。在短片《黑洞》（*The Black Hole*, 2008）中，主角越認識到黑洞的力量，心中的貪婪就越巨大，最後必會毀滅他自己。當人們擁有無止盡的自由時，便會面臨必然的問題——開始使用這份自由去傷害別人，滿足自己的慾望。而當人們擁有無止盡的平靜時，也必然會面臨「無聊」這個難題，於是試圖挑起紛爭。

如果你無法理解這樣的兩面性，認為世界上必然存在一種極端的善的狀態，那你便無法創作這個類型的高潮，也很難從科幻的奇想中發展出故事，因為你的美好科幻無法產生啟示，只是一個神奇道具的產品說明而已。生命在追求的是一種「平衡」，而不是「絕對」的公平、開放與自由。

先理解這個關鍵後，我們再來看看這個高潮類型的常見設計方式。

1 失去

高峰反轉的第一個常見設計，是「失去」。如果人類因為擁有某個東西而得到無上的美好，那當失去這個東西時，也會掉入無底的深淵。《黑洞》的高潮處，便是利用主角在最後關頭失去了黑洞，來設計出那個「貪婪造成的陷阱」。如果一個主角擁有心想事成的道具，常見的設計便是讓主角失去那個道具（或能力），從此表現出主角因為依賴，而造成的問題。

2 發現

高峰反轉的第二個常見設計，是「發現」。我們在故事發展的過程中，刻意隱藏這個收穫會造成的問題，直到主角越陷越深，最終發現到那個兩面性對他造成的傷害。還記得《命運好好玩》中的自動導航按鈕嗎？主角跳過了生命中所有辛苦的過程，最後才驚覺辛苦其實才是最值得回憶的部分；在《沒問題先生》的故事中，主角因為永遠說 Yes 而收穫了美好的人生，在最後卻也因為只會說 Yes，失去了對他而言最重要的部分。《雲端情人》也是類似的設計，在故事發展過程中，其實那個致命的缺陷一直都存在，但編劇故意避而不談，就好像我們對某個東西上癮之後，才告訴我們這東西有毒一樣，這個發現會創造出角色巨大的痛苦，也會從痛苦中獲得深刻的啟示與反思。

在電影故事中，每一幕都有一個幕高潮，**高峰反轉便是常見的第二幕高潮**。主角走出低谷，邁向人生高峰，卻在高峰處撞見一個巨大的問題，使他不得不在第三幕與他內在最深層的問題展開決鬥。你會發現這個幕高潮幾乎都是**「失去」**或**「發現」**，無論是發現背叛或是發現陰謀，甚至在靈異類型中，常是「發現鬼怪的真面目」。

而當我們設計在高峰反轉的高潮時，也是在思考究竟什麼樣的失去與發現，才會使主角獲得成長。以《命運好好玩》為例，如果我們讓主角失去了命運遙控器，他會因此成長嗎？他可能會和奪走他遙控器的人展開一場追逐戰，或是試圖修好壞掉的遙控器。就算最後他真的徹底失去遙控器了，他也只是回到最初的生活，然後懷念遙控器的好。因此，我們不會透過失去來創造這個故事的高潮，因為它雖然可以創造出情節，但無法完成高潮的使命。

但在《哆啦A夢》的故事中，大雄最終因為失去了哆啦A夢，決心振作起來，改變他過去依賴、散漫的個性，因此變成了獨立好青年。如果我們把這個結局，改成他發現了哆啦A夢的兩面性，他其實是未來世界大雄敵對公司的老闆，派來讓大雄依賴墮落的道具，大雄才驚覺自己原本可以是人生勝利組的，他只好痛下殺手摧毀哆啦A夢……我們會發現這個「發現」的版本深深傷害了讀者的童年，而且大雄雖然獲得了某種成長，但終究是負能量，遠不如靠「失去」來實現的正向結局。

13 如何設計劇本高潮Ⅲ 如何揭露故事最大的懸念？

高潮類型三：懸念解除

這個高潮的重點，在於**「真相背後的情感」**。重點不是真相是什麼，而是真相背後的情感意涵。在推理類型的故事中，「懸念解除」是常見的高潮設計，偵探把所有犯人集中到一處，然後進行推理解謎，把整個故事中懸而未決的疑問，一一解開。

但如果僅僅只是抓到了兇手，發現了寶藏，故事並不會因此創造出令人滿意的結果。因為高潮必須有某種**內在成長**才會成立，因此我們常會發現在懸念的解除同時，會伴隨著兇手行兇理由的**抒情線**。偵探不但解開了謎團，還讓兇手發現，他殺死的那個人，其實深深愛著他，利用這個翻轉，來達到情緒上的張力，以及某種「要是能更多溝通與體諒就好了……」的啟示。

「懸念解除」是一種很危險的高潮設計，因為為了達到這個高潮，你必須在故事展開過程中，充分誤導觀眾。但當我們專注在誤導觀眾時，常會使用隱藏訊息的手法，隱藏主角看見的東西、隱藏角色的目的、隱藏事實的真相，最後又為了要把整個謎團解釋清楚，放入了大量資訊在高潮時刻。於是整部作品就成了資訊戰，失去了戲劇的本質。

戲劇的本質是衝突：也就是理解角色的企圖，並在過程中看著他如何克服一個又一個困難與阻礙，產生內在的成長與變化。我們對於謎是沒有興趣的，我們只對角色，而且是我們可以理解的角色有興趣。

《嫌疑犯X的獻身》就做了很有意思的故事推進，一反過去將兇手刻意隱藏的方式，而是在故事最開始就讓我們看見兇手，也看見袒護兇手的人是誰。整個故事的謎就是「我們明明知道兇手是A，為什麼所有線索都指向X呢？」這個重點。更有意思的是，電影將它設計成一個持續的進行式，並且加強了偵探與犯人之間深厚的友情，使這場腦力上的較勁，注入了大量的情感強度。

除了專注角色，放對重點外，「懸念解除」設計的另一個重點，是**資訊的分解**。如果你有在看美劇，現在推理懸疑類是一個主流，你會發現多數的作品中，並不流行過去本格派（就是柯南那種）那樣，最終由偵探一口氣解謎的場面，因為這個場面本身的戲劇性很弱。日本現在仍然有一些連續劇延續那種解謎方式，但過程中都會加入一些搞笑來維持觀眾耐性。

現在多數的做法，是把推理過程細切，在過程中一一展現，偵探一路解開整個謎團的某個區塊，只保留最後最關鍵的部分，留到高潮處解開。這樣便能避免大量的資訊沖淡高潮所需的戲劇張力。

兩個高潮事件小技巧

1高潮事件中，重要角色最好都要在場

這是戲劇張力上的考量，越多重要角色在現場，就能藉由他們的互動創造出更多張力，也減少事後交代資訊的麻煩。像《KANO》雖然家鄉的重要角色們都沒有到球場現場，但全都利用收音機實時參與，這個設計才能創造最大的戲劇張力，如果家鄉的人事後才從報紙上知道結果，就沒有力量了。

2用高潮事件一次解決所有支線

如果你的故事有幾條支線，到高潮事件前都還沒有解決，請盡量用同一個高潮事件一次解決，不要分開處理。例如一個犯罪故事中，有男主角和女主角之間的愛情支線，理想狀態下，在抓到罪犯的同時，男女主角的愛情也要開花結果，他們是藉由這個事件的危險，意識到彼此的重要性。比起拆成兩個階段處理，一次到位才能創造最好的效果。

14 如何架構多故事線的「群像劇」？

什麼是「群像劇」？

「群像劇」這個詞基本的意思，就是在一個大主題下，有多個角色多條故事線，這種說故事的模式常用於某個節日、某個概念下的創作，如《101次新年快樂》、《王牌大騙局》、《冰與火之歌：權力遊戲》等。

群像劇的主要功能，是在某個主旨無法單靠一條故事線傳達時，提供多條故事線共同推進。這些故事線有的相互累加（主旨相近，創造出「無論你是誰都一樣」的效果），有的相互排斥（主旨相反或不同，創造出「一件事有多個面向」的效果），如交響樂般，豐富飽滿。

群像劇的另一個好處是，因為有多條故事線，所以在限定的長度內，可以做出更精煉的故事。想談的主題可能在電影中用一條兩小時的故事線來談，會顯得情節太少或太冗長，但如果有五條故事線，則每條平均只需要約半小時的情節量。同樣的道理在電視劇中也有一樣的好處，這種模式可以有效避開長劇中容易產生的重複感，創造更多變奏的可能性。

另外群像劇也常被應用在遊戲中，多個遊戲角色各有各的故事線，但發生在同一個時空的不同區域、國家中，這些角色初時分散，最後收串在一個最終大事件中（或過程中多次交會），使遊戲的故事性與耐玩度獲得提升。

值得留意的是，多角色的戲不等於群像劇。像《復仇者聯盟》、《正義聯盟》這類多角色的大堆頭作品，本質上只有一條故事線，並不構成多故事線的群像劇。所以儘管角色數量眾多，但可以感覺得到戲在戲劇結構上的明顯不同。

用「單故事線」的方式寫就好

好，那問題來了，到底多故事線的群像劇，要怎麼寫呢？答案很簡單，**照著單故事線的方式寫**。

1先找出各故事線「重合的部分」

一條**故事線**有幾個基本的構成：**平常生活**、**啟動點**（**觸發事件**）、**發展**、**高潮**、**尾聲**（**衝突解除**）。無論你的故事中有幾條故事線，這些結構都是不變的，兩條如此、三條如此、十條如此、主副線也如此。

不同故事線之間，有些場景／事件會重合，有些場景／事件各自獨立。例如像《王牌大騙局》，講愚人節裡一群人各自的生活，他們的「平常生活」是獨立的，「啟動點」是獨立的，但「發展」都來到了同一家咖啡廳，產生了重合，但還算各忙各的，直到高潮將所有故事線完全重合在一起，讓我們發覺原本我們以為故事開頭獨立的「平常生活」，其實有某種程度的重合，創造出驚喜，最後進入各自的尾聲。

許多遊戲中，各故事線的「平常生活」是獨立的（例如五組人馬都在自己的國家生活著），但「啟動點」是重合的（例如一顆殞石降臨），於是他們開始了各自的故事發展，到高潮事件時可能會重合（同個魔王），也可能會獨立（因你操縱不同的角色而通往不同的結局），最後進到各自的尾聲。

所以你在創作群像劇時，首先要確定**「重合的部分」**是什麼？這個重合的部分可能是一個影響廣大的事件（戰爭爆發、王位繼承），也可能是一個相同的地點（一同到101廣場跨年），這個重合的部分通常與你的**故事主題**相關，是你故事的主概念（新年、母親節、權力鬥爭、欺騙、父愛等）或某個主事件（故事的主要創意）。

2以「重合的部分」為起點，逐一經營各條故事線

在了解重合的部分後，開始依你的主題分配角色的分布，每個角色都會有各自的代表性和特殊性，光明面、黑暗面、不同種族、不同社會階級、聰明的傻的野蠻的先進的傳統的開放的單身的有伴的關係亂的……這些角色依著你的主題，以**重合的部分**為起點，發展出各自故事線的每個結構，平常生活、啟動點、發展、高潮、尾聲。

不要同時寫所有的故事線，試著先專注寫一條最主要的，或你最有感覺的故事線。然後第二條、第三條。在寫的過程中如果對其他條故事線產生靈感，便記錄下來，如果當你發展到第三條線，發現第一條線必須做一些更動，也可以回頭去調整已完成的故事線，但不用太心急要去把「所有的故事串起來」，你應該先試著讓每條故事線各自依著它們在主題中的功能，做出適合的發展。

等每條故事線的角色、情節雛型都就定位了，再開始去細修相互產生關聯的部分，有時我們可以故意安排同一個場景讓故事線交錯但沒有互動（如在同一個公園各自發生的事）來創造交織感或作為轉場。你會發現因為大框架都到位了，修這些細節變得更容易且更有想法。

如何讓你的多線敘事更有力量？

1安排「呼應性」

有時故事線雖然各自獨立，但我們可以安排**呼應性**，例如一個在海邊放著仙女棒狂歡、一個在山上就著營火唱著歌，或是刻意利用一條故事線裡的台詞（人都是自私的），去暗示另一條故事線可能會發生的事（角色被背叛了），事件雖然不相同，在邏輯上也無相關，但這種呼應會產生力量。

2各故事線應同起同落

值得留意的是，雖然多條故事線是各自獨立的，但在演出上它們還是同一部戲，所以會**共享同一個故事結構**。當故事結構走到上升部分時，每條故事線都會正在發生漸入佳境的事件，而當故事結構走到下降部分時，每條故事線中的角色都在每況愈下。如果情節沒辦法正好配合上怎麼辦？那這個段落就不要放那條故事線的戲。

3「高潮事件」應重合

理想上，群像劇各故事線的**高潮事件**應該是重合的，才能產生最大的力量。因此這也是你在構思「重合的部分」時，應納入考慮的。安排一個大事件讓所有故事線在這個事件或場景中能同時收尾（如《101次新年快樂》中時代廣場的跨年煙火），所有故事都是為了高潮服務的，多故事線的故事也不例外，高潮事件是你安排情節的指南針。

4「誤導」元素的運用

有許多人想寫群像劇，是希望能夠創造出如同《王牌大騙局》那種走到結局時各故事線收串為一，真相被揭露，產生巨大翻轉的效果。那就是在發展整體故事時，加入「**誤導**」的元素，在故事前期在觀眾腦中建立錯誤認知，進而在後期產生驚奇。

有些群像劇是一個事件的多視角重現（先以男主角的角度經歷整個故事、再以女主角的、再以配角的……），在創作的原則上和上面提到的都相同，但這幾條故事線的平常生活、啟動點、發展、高潮、尾聲都**完全重合**。要留意的是，這種多視角故事的設計初衷，本身就是為了呈現某種**誤導**的效果（從男主角角度看到的是壞事，女主角看到的是好事，配角看到的是偽裝成好事的大壞事……），所以在視角的選擇和故事的安排上，要能創造翻轉的效果，否則就失去同一事件多視角的意義了。

15 花太多篇幅寫角色的過去，卻走不進故事主線？

很多人在寫劇本時，對「現在進行式」感到困擾，常常會問：「老師，為什麼我總是不自覺地寫成過去式？」

其實關鍵不在於文字時態，而在於你在構思角色與故事時，就把焦點過度放在**角色背景**上，甚至把角色小傳和故事大綱混為一談，誤以為「說故事」就是告訴觀眾角色曾發生什麼事、藏了哪些祕密。結果，整個故事就像是「漸進式揭露過去」，而非向未來推進。

事實上，故事最重要的，是**角色的當下**。

我們必須問自己：角色「現在」面臨什麼狀態？有什麼迫切的目標或慾望？他對未來的期待或行動是什麼？

如果你在大綱裡安排的，全都是角色之間的「陳年糾葛」和「過去回憶」，那故事勢必停留在原地，觀眾對未來也就喪失好奇心。

一、過去當然重要，但不代表要拿來當主線

我並不是說角色的過去不重要。相反地，角色過去的創傷或經歷，可以幫助我們理解他現在在乎什麼、懼怕什麼，也能提供角色要如何「修復」或「成長」的線索。但編劇得清楚分辨：**你知道角色的過去，不代表觀眾也必須知道角色的過去，更不代表劇情只負責告訴觀眾角色的過去**。

假如你想要寫婚變的故事，重點不在於他們當初怎麼結婚，而是他們的感情已經出現裂痕，「現在」該要怎麼辦？是要離婚嗎？怎麼離？要爭取孩子？怎麼爭？要挽回婚姻？該怎麼做才不會留下後患？又或者，你想寫關於修復關係的故事，兩個人多年不說話，如今「現在」為什麼要被迫改變？是因為工作不得不合作，還是因為要分遺產？只要你替角色安排「非得行動不可」的理由，故事就有了追求的動力，自然會產生衝突與發展。

因此，**角色的過去只是我們設計現在與未來的參考**。如果花太多篇幅解釋過去，觀眾就像在翻舊帳，沒有期待、更沒有懸念。許多初學者寫完角色的離奇背景後，往往以為「故事想完了」，卻忽略真正的劇情是從「角色當下的追求」開始。

二、替角色找到「想要」：故事往前走的關鍵

角色當下想要什麼？他打算怎麼行動？遇到了什麼阻礙？這三個問題架構起故事的衝突，也是故事真正有戲的地方。

許多學生最常遇到的問題，是角色「沒什麼想要」。他們會問：「那我該怎麼辦？」我的回答很簡單：你是編劇，請替角色找一個啊。

所謂「想要」，不一定是什麼遠大理想，重要的是角色必須有「必須馬上去做」的動機。也許他只是缺錢，急著要賺；寂寞了，急著找人陪；想殺人，就看他要怎麼殺；想變性，就看他要怎麼面對社會眼光。只要角色對「現在」有需求或渴望，就會帶動整個劇情往前，為了達成目標而不斷行動。

如果你真的很想寫一個「消極角色」，那你還是得替他安排一個被迫不得不行動的原因。很多人會被「我直覺想到的角色」給困住，覺得角色就天生要擺爛、要消沉、要無欲無求。可是只要你多問一句：「這是我想呈現的故事嗎？」如果不是，就該勇敢調整設定。**不要被故事駕馭，而要學會駕馭故事**。

一個能夠持續吸引人的故事，必須讓觀眾對「未來會怎麼發展」抱有好奇。也就是讓劇情保持在「現在進行式」。當我們不知道角色接下來會做什麼決定、面臨什麼阻礙

時，才會想繼續看下去。

相較之下，過去線（閃回、回顧、倒敘等）本質上只是「說明解釋」。任何解釋性質的敘事都容易削弱戲劇張力，因為觀眾只是在被動接收「已發生的事實」，那已經沒有「結果的未知」。

檢查自己的故事時，不妨問自己：「為什麼我需要回顧過去？」如果答案只是「為了讓觀眾知道角色以前怎樣」，那就很危險，因為你不是站在觀眾和故事的角度在思考，而只是基於自己想這樣做。

三、寫「過去線」的三個解法

若你真的需要使用過去線，可以考慮以下三種處理方式：

1直接把過去線改成現在線

若故事本來是角色舊時光的冒險，那就從那個時候開始寫，讓當時的事件直接成為「現在進行式」，現代反而只是一個回顧的框架。

就像《阿甘正傳》，雖然「故事的現在」是他坐在長椅上說故事，但那只是說故事的舞台而已。真正的故事是從他的兒時說起，那才是「現在進行式」。

2 讓現在線和過去線產生矛盾

現在與過去之間充滿巨大反差，才能讓觀眾產生懸念：「到底發生了什麼？」角色如果現在很窮，那過去就要很有錢；兩個人現在是敵人，那過去就要是最好的朋友；角色如果現在是個邪惡的殺手，那過去就要是個善良溫柔，連小蟲都不敢殺的膽小鬼。

雖然觀眾已經知道結果了，但因為差異太大，觀眾就會帶著好奇心看下去，想知道到底發生了什麼事。這其實是設計角色過去線的經典手法，如果你仔細觀察，百分之九十有演出過去線的故事，現在與過去都存在矛盾。

3 讓過去線可能有新版本（降低敘事可信度）

這是一個比較高階的技巧，就是讓角色說謊。我們通常不會質疑過去線的演出，但如果我們從其他角色口中聽到、或是畫面中直接演出了另一個版本的過去線，或發現了一些與過去線矛盾的線索，我們就會開始懷疑，到底哪個才是真的？真相到底是什麼？

本質上，這也算是一種「現在與過去的矛盾」，我們讓這個矛盾變成謎團，讓過去線變得撲朔迷離，觀眾就會緊盯著每個「回顧」，試圖和角色共同破解真相。

我們常見超長篇的故事在作品後期，因加入新角色而不得不安排回顧，來補足前期設定的不足，例如像《航海王》、《鬼滅之刃》、《排球少年》或《進擊的巨人》等知名作品，但都會善用這些「讓觀眾好奇」的技巧。

四、從現在開始，帶領觀眾走向未來

劇本的重點在**「現在」**和**「未來」**。角色的過去是你設計角色性格與行動的基石，但真正支撐劇情前行、維持觀眾好奇心的，是角色「當下的想要」與「未來怎麼走」。學習編劇，就是學習如何掌控這條前進的路線。讓角色的目標與動力牢牢扣住觀眾的心，讓故事隨著角色的行動和阻礙不斷推進，最終帶出屬於你的主題與情感。

駕馭故事，而非被故事牽著走，你會發現編劇的過程將更有樂趣，也更能抓住觀眾的注意力。畢竟，「想像未來」比「翻舊帳」更能讓人保持好奇，也更能讓人投入。

16 如何不讓故事感覺「很刻意」？

為何看戲時會有「刻意」的感覺出現？原因很單純，就是**作者意圖超過了角色意圖**。作者為了戲劇需求，例如想催淚、想皆大歡喜、想揭露主旨等，強迫事件突如其來發生，或是強迫角色產生不符動機的行動，就會產生刻意、不自然的情況。

如何解決這個問題？

一、避免在結局階段使用「情節驅動法」

推動劇情有兩種方法：一種叫**情節驅動**，一種叫**角色驅動**。

什麼叫情節驅動？就是你走在路上撿到一個錢包，這是一個「意外」事件，跟你是誰無關，**是編劇丟了個情節到角色頭上**。

但撿到錢包後，有人會佔為己有，有人會送去警察局，有人會打開錢包找線索，試著自己找失主。這不同的反應，跟你是誰有關，是建立在角色的性格、價值觀、動力上的，這就叫角色驅動。

我們看戲時，故事前期是編劇的布局階段，所以觀眾比較能接受情節驅動的事件，一場意外、一個奇蹟、一次巧合，把主角帶離原本的生活，開啟他的冒險。

但當故事越到後期，觀眾會越期待看到角色驅動的事件，畢竟我們花了一整部戲認識角色，知道他的特質與限制，會期待編劇充分運用這些元素，給我們一個「合情合理的解決方案」。

如果這時你還用情節驅動法，等於是用編劇的特權，破不了關就作弊，當然就會有刻意、不自然的感覺。

角色驅動可以來自主角，也可以來自配角與反派，所以如果你目前的結尾是「突如其來的新事件」，建議你在前面做角色動機的鋪陳，好讓這件事的發生不是意外，而是前面便可預見的短兵相接。

二、建立清楚的角色內在邏輯

有些不自然的情況，是發生在角色想法的突兀。

角色原本很恨父親，但到了結局突然間一句「因為他是我爸」，兩個人說和解就和解，就會讓人覺得刻意，好像他之前不知道他是爸爸一樣（老實說，就算知道又怎樣）。這種招術雖然不能說是情節驅動，但角色到底是怎麼由恨轉愛的，編劇必須要能建立邏輯。

這個邏輯必須與角色自身的價值觀有關。通常是解鈴還需繫鈴人，當初為什麼恨，就必須回到這個根源去解決，如果當初因為殺母之仇去恨，沒有讓主角放下仇恨，和解就不可能發生。

從來就沒有理所當然的接納和原諒，也沒有理所當然的放下和想通，你沒有給出一個有說服力的理由，讀者當然沒必要買單。

如果你等到結局才想建立，通常都來不及。所以會建議你在前期丟出問題時，就要能預判問題的大概解決方案，才能預先做鋪陳和設計，好在結局派上用場。

三、給故事足夠的篇幅和發展，不要任性

為什麼會發生「硬推」情節的問題？其實通常真正的癥結點，是「太急了」。

你想到了一個很棒的情節，很精彩的一場戲（無論是中間或結尾），於是迫不及待

想讓這場戲發生，但卻沒有考慮到角色還沒做好準備，就像兩個人明明感情還沒到，周遭的人就在鼓噪著「在一起、在一起」，那不但不會讓他們兩情相悅，反而還會產生尷尬和裂痕。

但如果兩人早就曖昧，友達以上戀人未滿，鼓噪的氣氛就可能變成催化劑。

所以在寫戲的時候，**一定要每分每秒關注角色的「當下」，他現在是什麼狀態？是什麼想法？**如果他的心理還無法促成你想寫的那場戲，就要考慮一下，是不是中間還需要發生一些什麼，替後面那場你想寫的戲做好準備。

對成熟的創作者來說，為了寫出那場他最想寫的戲，可能必須額外寫十場甚至百場，他「原本根本沒想到要寫的戲」。為什麼要這麼費工？因為他知道，這是必須要有的過程。

要有一個正確的認識，要讓讀者有一百分的滿意，絕不是給他一場超華麗的戲就成立，不然電影只要看最後十分鐘就好啦，何必看一百二十分鐘？你想去迪士尼樂園玩，難道手指一彈，你就在雲霄飛車上了，然後一下雲霄飛車馬上又回到家裡，這樣子還會好玩嗎？

前一天興奮的心情，路上交通的期待，門口華麗的城堡，園內熱鬧的人潮，都使你踏上遊樂設施時，好玩程度加倍。刺激的、歡樂的、欣賞的，遊行、購物、煙火，是這所有的總和，才完成了你最美的旅程。

說故事要有耐性。**穩穩地說，好好地說，才能把讀者和角色都照顧好。**

四、適度的取捨與事前規劃

有些人會說，也不是他想倉促，是因為篇幅有限，故事走到最後，篇幅不夠了，只好草草收尾。

講起來是很無辜，但篇幅有多少，我們事先就知道了（除非被腰斬）。既然如此，哪些東西要保留，哪些東西要去除，你必須要事先取捨。

我常將篇幅比喻成錢，如果可以，小孩才做選擇，整間店我都想包下來。但現實是你走進店裡，手中就是只有一千塊，你當然就只能買你最想買的東西，其餘的，未來有機會再帶回家。

故事也是這樣的，每段情節、每個設定，都有他在篇幅上的代價，你必須學會評估：把這個部分好好說完，會需要多少篇幅？

我們有沒有可能透過調整設定，好讓故事進程快一點？我知道你喜歡慢熱、多慮、厭世的角色，但這種角色就是要花比較多力氣推，我們是不是可以把他改得熱情積極一點？或是替他配一個熱情的角色來幫忙推情節？就像你其實不想買那個紅標商品，但綠標配紅標的優惠，可以讓預算符合，回家再把紅標商品網拍出去，一切就完美了呀。

簡單一句「不要刻意」、「就把它做自然」，背後其實是創作者苦心想了各種辦法，所以才說越簡單自然的解決方案，往往技術含量是越高的。

你如果什麼都要，卻又要任性不替作品想辦法，結果就是Xbox的主機配PS5的手把再加Switch的遊戲片，心中想的是個遊樂園，最後結果卻是個墓園，何苦呢？

強摘的果子不會甜，愛情如此，創作也是如此。

如果沒經驗，不懂得怎麼評估，很簡單，你就放手去寫，然後痛苦萬分地把寫出來的東西刪掉，修改成完整、不刻意、流暢的取捨後精簡版，越痛的經驗就記得越清楚，痛過了、痛多了，你自然就懂了。

你以為我們是怎麼學會的呢（甜笑）？

簡單做個總結，讓故事變自然的關鍵，就是**傾聽角色**、**不強迫角色**、**對角色有耐心**。不要因為你是創作者就要任性。創作者是神沒錯，但照顧信眾的神會被供在廟裡，任性摸魚的神，通常都會被遺棄。

4

chapter

關於對白設計

01 「對白」怎麼寫，才能展現最好效果？

對白是戲劇裡非常重要的元素，就像飯麵之於人體，對白就是觀眾的主食，沒有它，劇情再精彩，總會覺得好像沒吃飽似的。

對於剛入門的編劇而言，對白常是最艱難的挑戰，常常故事都在腦海裡了，但打上主角名字加冒號後，就停在那裡動彈不得。

另一種情況，則是對白下筆如流，但洋洋灑灑幾千字的結果，卻是拖戲的贅句連篇，完全不堪用。

如果在最開始，就陷入「對白」這件事裡，確實容易讓人一個頭兩個大，但其實如果你在開始讓人物彼此對話之前，就先有以下三個重要觀念：

1 對白不是交代，而是一種扮演
2 對白建立於「場景」之中才有意義

3用「行為」來寫性格，不要只是靠對白

那麼做好這些準備後，你就不會覺得對白充滿障礙了。

一、對白不是交代，而是一種扮演

別用對白解決事情，寫對白是一種扮演而非一種交代。

許多編劇之所以寫對白的理由，是「不得不寫」。

我必須讓觀眾知道這個、知道那個，這樣我才能讓角色去做這個、去做那個……而為了讓觀眾知道這個，必須要讓角色說出這件事，但是他們不能一見面就說這件事，所以我需要他們先聊聊天，聊什麼呢……

這個推導或許沒錯，但是當你滿腦子都只有**「自己的企圖」**時，你就注定寫不出角色的對白。這是理所當然的。

因為寫對白是一種**扮演**，你以那個角色的身分、能力、立場、心境說出當下他會說的話，你是在扮演他。

企圖「只靠對白」就讓角色一路說說說說到你希望他們說出來的話，就是所有新手編劇卡關的關鍵。

你需要的是把角色放到**對的位置**，替他們找到**對的對象**，在一個**對的情境**下開啟對話，這樣你才能夠在專心扮演角色的情況下，自然說出你希望他說的事情。

對白就是對話，你之所以說話，是為了解決一些事情。角色也一樣。如果你不先讓他們**不得不說**，角色就會像個冷漠的大人，而你就像個尷尬的朋友。他盯著你，一言不發，讓你感到渾身難受。

二、對白建立於「場景」之中才有意義

對白就是對話，是幾個人，為了某個目的，在某個地點，某種情境下而說的話。你一定要把上面這句話的填空題填完，才有辦法繼續寫下去。對白是有**場景**的。讓兩個人在一片空白中對話，是不可理喻的；但當你給了角色身分、場景、時間、目的後，對白就突然鮮活了起來。

我們每天都會因為說話的對象不同、地點不同、情境不同、目的不同而選擇說些什麼，還有不說些什麼。所以如果這些事情沒有弄清楚，你就不可能精準知道角色什麼話能說，什麼話不能說。

沒有這些東西，就不存在所謂的「潛台詞」，因為你沒有提供**媒介**來傳達它。

舉例來說，兩個男生在酒館裡的對話，與在球場上的對話，就算同樣是要寫「確認對方是不是也暗戀同一個女生」，內容也明顯會是全然不同的。

當然，如果你還能替這段對話加上動作，整個對話就會變得更精彩，一個火鍋、一個失誤、一個上籃進球，就可以不言而喻很多事。

同樣，相同的一句「最近怎麼樣？」，出現在久別重逢的早餐店、深夜失眠的手機訊息裡、生死決鬥前、舊愛婚禮上，完全是不同的情感。

所以對白不是只有用嘴巴在說的，是同時使用場景、動作、情境在呈現的。編劇應該要懂得運用你所能調動的所有武器，既然一切都是你說了算，那替你的角色找足一切加分的工具，絕對是你的責任。

三、用「行為」來寫性格，不要只是靠對白

你應該用**行為**來寫性格，別只用對白、更別只用形容詞來寫性格。

許多新手編劇喜歡用對白來試圖刻劃人物，粗魯的人就是滿口髒話，書呆子就要講話充滿理論文謅謅，更常見的是用旁人的議論直接給角色「貼標籤」，他是一個溫柔善

良的人，他是一個活潑的人，他是學校的風雲人物……

當你這樣做的時候，基本上你的劇本就已經死掉一半了。因為這樣都容易導致無聊的對白、死板的情節和停滯的節奏。

能最有力刻劃人物的，是行為；而行為，指的不是翹腳、吐痰，而是**角色對周遭環境的反應**。

在自己家裡翹腳，他可以是任何一種個性，但如果是在老闆面前、重要會議上翹腳，那這傢伙要嘛囂張過度，要嘛玩世不恭。

他都還沒說話呢！

同樣，當路邊有人遇到麻煩，選擇迴避和選擇搭救，這個角色的個性也是不同的。

行為本身比語言更有力，與其設計對白去突顯角色的個性，設計一**場戲**來突顯角色會更有效，劇本也會更精彩。

02 寫對白時，新手容易踩到哪些雷區？

在寫手訓練營的最後一天，學員們交出作業開始進行讀本時，有趣的事情發生了，明明每個句子都是自己嘔心瀝血寫下的精華，為何演員每唸一句，台下的學員——包含編劇自己，卻忍不住大笑呢？這是因為新手在寫對白時，常會犯以下五大常見錯誤：

一、把台詞當作文寫

先前曾掀起白話文與文言文的討論風潮，我必須在這裡鄭重澄清一件事：白話文並不是「我手寫我口」的口語書寫，而是像文言文一樣的「非口語」文體。

我隨手在網路上搜了一篇散文，它其中一個段落是這樣的：

生命像向東流的一江春水，他從最高處發源，冰雪是他的前身。

我想它是白話文應該是無庸置疑的，但它的不口語，應該是顯而易見的。這便是新手寫對白常犯的第一個錯誤，錯把寫台詞當寫作文，文采很好，但讀起來明顯有問題。它的延伸變化型，就是玩文字遊戲。某個學員的作業上有句對話是這樣的：「你不是整天想和他比賽嗎？比啊！賽啊！」從字義上來看，「比」「賽」確實可以獨立成詞，都有比較、爭高下的意思，但沒有人會這樣子說話，就算真的有，聽起來也相當可笑。這種文義上成立，但演出上無法成立的情況，常出現在有點文采的新手編劇筆下。

二、把至理名言塞進角色口中

第二個新人常犯的錯誤，便是常把至理名言塞進角色口中。來看下面這個例子：

我不敢說生命是什麼，我只能說生命像什麼。

這句話也是我從網路上的散文摘下來的，語句本身已經很貼近口語了，但它仍有點尷尬，你可以試著和朋友聊天時說說這句話，你一定會發現空氣突然凝結。為什麼？因為它忽略了角色性格、忽略了對話情境、忽略了角色說話的動機。我們到底在生命中哪個時刻，在誰面前，會想和對方說「我不敢說生命是什麼，我只能說生命像什麼」？

同樣，任何錦言佳句都有相同的殺傷力。當編劇心中有太多感觸想抒發，太想要告訴觀眾自己想說的話時，你就會忍不住離開你正在寫的情節，進入到個人的演講時間。

三、在台詞中放入名字和稱謂

第三個新人常犯的錯誤，便是喜歡在台詞中放入名字和稱謂。

如果是姊妹對話，對話中就會充滿「姊姊……」「妹妹……」，如果是朋友，就會充滿「阿德……」「小雅……」。但我們日常對話中，其實很少會提到對方的名字或稱謂。

要改善這個問題最簡單的方式，就是用「搜尋」功能找出每一個有名字和稱謂的地方，然後把它們刪掉。讀讀看刪掉之後，會不會使對白產生問題，如果會，再把它加回去（但大多數情況是不會）。

四、濫用動作指示

第四個新人常犯的錯誤，是習慣濫用動作指示。無論是三角形或括號，新人很喜歡替每句台詞加上語氣和情緒的註解，例如：

小農：（失望）真的不行嗎……

大農：（堅決）不行。

但事實上，這些註解都是多餘的。你可能對於你所打造的情境、對白不夠有自信，才會覺得需要這些註解，演員才會明白你想傳達什麼，但事實上，去除掉這些註解，我們也完全可以讀到該有的情緒，例如：

小農：真的不行嗎……

大農：不行。

發現了嗎？雖然沒有註解，但在情境與上下文的鋪排下，我們也很清楚可以讀到角色的語氣和情緒。這部分在動作上也是相同的，我們常看到新手會寫這種三角形。

小農：真的不行嗎……

△大農喝了一口水，放下杯子，將右手的杯子移到左手上。

大農：不行。

多加這個三角形，看似好像畫面更明確了，但多這個動作和少這個動作，真的有差別嗎？這個問題的延伸變化，就是過多的細節，例如：

△大農喝了一口氣泡礦泉水，放下手中那有著細緻鳳凰雕花的玻璃杯，將右手的杯子移到左手上。

這是新手編劇常犯的「小說病」，我們總以為提供更多的細節，才是最好的表現方式，但既使是在小說中，多餘的細節也是沒有必要存在的。真正有意義的細節，常是在於與表面**矛盾**的部分，例如：

小農：（諷刺）我愛你。

或

△小農的拳頭在桌面上捏得死緊。

小農：謝謝你。

我甚至不用在「謝謝你」的前面加上（刻意的）或（僵硬的），也可以從前面的三角形和情境中，知道這句感謝必然是言不由衷。通常我們在這種情況下，才會做表演指示，因為這時文字本身無法呈現出我們想表達的意義。

和名字稱謂的檢查方式一樣，試著蓋住你所寫的三角形和括號，讀讀看你的劇本，看看哪些三角形和括號非存在不可，哪些其實是可有可無的存在。

你可能會覺得有必要這樣嗎？既然是「可有可無」，那我寫進劇本裡，也沒關係吧？當然你想放多少細節在劇本裡，是你的自由。但如果製片、導演、演員的專注度是一百，每讀一百個字專注度就會減一，那過多無用的細節，只是在耗損他們的耐性，當他們讀了五千字的無用細節後，發現他們還沒找到精彩有意義的部分，他們就會把這劇本歸類成爛劇本，那損失的，可是你自己。

相信我們在看小說時也有類似的經驗，你最常在什麼時候放下手中的小說？是在你一言我一語，情節正緊湊的地方，還是大段大段的場景細節描述？你絕對可以安排你想安排的描述和指示，但拿捏恰好的分量，是一門重要的功課。

五、太愛為作品解釋

第五個新人常犯的錯誤，是喜愛解釋。

不知為何，很多人會在不重要的地方畫蛇添足，卻在最重要的地方選擇隱藏不說。例如我在看完某學員的作品後詢問：「為什麼他們的對話感覺突然變很生疏？」他回答：「因為這一場是他們二十年後巧遇重逢。」

呃，你不告訴我，我怎麼會知道這場和上一場之間隔了二十年呢……加個三角形說明就好啦。這裡說的「喜愛解釋」，不是在故事中解釋，而是用口頭解釋。

他們總會有一萬個理由，去解釋他們的場景背後，到底有多少苦心的安排。但只要劇本中看不到的，就一律不算。

編劇唯一能夠替自己故事辯護的地方，就是劇本本身。如果讀者無法從劇本本身讀到你想表達的，如果讀你的劇本需要你在旁邊做附加解釋，那你的劇本就是半成品。

這是很高的標準，但不代表我們不應該試著去接近它。所以在你的劇本寫完後，試著冷靜下來，重讀你的劇本。如果你的劇本讀完有什麼可能被誤解的地方，或是沒有講清楚的地方，那些就是需要被修改的地方。

03 如何設計「場景」，讓對白合情合理？

劇本跟小說最不一樣的地方，就是劇本是由一個又一個的「場景」設計構成的。翻開劇本，你會看到一場一場的標示，時間、地點，然後說明發生了什麼，講了哪些話，這些都是場景設計出的。

但事實上，所有的故事，無論小說、戲劇、漫畫，都是由場景構成的。

場景設計為何重要？

為什麼**場景**這麼重要呢？因為故事是「發生的事」，所以一定會有人事時地，什麼人，在什麼情境下，在什麼時間地點，打算完成什麼事，這些要素，形成了場景，也構成了故事。

小說雖然沒有明顯標出每個場景，但就算是一個人的心境描寫和腦中的思緒，也必定存在「角色正在某個時空中想這些事」，他可以在車上沉思，也可以在家裡，可以在書桌，也可以在床上，無論如何，「人物的當下」都會形成一個場景。

同樣的一件事、一個目標，被放進**不同的場景**，就會形成**不同的情節**。例如同樣是一個人想上廁所，他是在咖啡廳自己工作到一半呢？還是在公司會議室和重要客戶開會到一半？還是男朋友正半跪在她面前向她求婚？或是她就在廁所門口，但裡面卻卡了重聽的老奶奶？這些都是完全不同的場景。

如何思考場景？

當然我們在寫故事時，不會放任場景這麼奔放。我們會先完成故事大綱，確立故事的基本走向，然後才從這個走向中，去思考怎麼進行「分場」，把情節變成一個又一個實際的場景。做場景設計時，通常我們會考慮幾件事：

1 場景本身的可及性

這是最常見的分場法，看看角色平常會出現在哪裡，然後就找個地方把他們丟進去**對話**。所以我們常見場景總是在咖啡廳、學校教室、街道、餐桌、客廳等地方，因為這些都是最簡單合理可以讓角色發生對話的地方，但也容易變成「只依賴對白」的場景。

例如我們今天想寫一個男生要跟女友提分手，我們可能就找個咖啡廳或街景讓他提分手，這種場景安排法最單純，但也最無趣。

2氛圍的建立與矛盾

場景並不只有**場地**，還有**情境**、**時間**、**現場人員**等元素。我們可以利用這些元素，來創造跟情節事件相似或相反的場景。

例如同樣要提分手，如果隔壁桌，剛好在慶生呢？如果就正好是女友的生日派對呢？如果女友的家人朋友都在場呢？如果地點是他們第一次約會或告白的地點呢？你會發現在這些安排下，原本的「提分手」變出了各種可能性。

3交代角色的資訊

人會出現在什麼地方，其實就暗示了他的身分。他住在什麼樣的房間？出入什麼樣的場所？搭乘什麼樣的交通工具？從事什麼樣的休閒娛樂？這些都會引發我們的聯想。

同樣是男生跟女生提分手，是在逛夜市時，他一邊玩著射擊遊戲一邊說？還是在餐廳裡一邊吃牛排一邊說？或是男生深夜加班在公司，女友跑來探班時被提分手？不同的安排，我們對角色的身分、性格甚至他們的關係，理解都會不大一樣。

4 創造好奇或不安

我們很難想像家財萬貫的富豪搭乘公車，也很難想像講究時尚的少女們出現在工地。有些場景的選擇，會帶給我們對劇情的聯想，例如男生突然約女生在墳地見面，或是在有許多刀具的廚房提分手，都會對觀眾產生不同的暗示與聯想，我們就會對劇情有不同的投入和感受。

平日的場景功課

我們平常可以記錄下本身帶有特別訊息的情境，例如生日宴、抓周、婚禮、慶功、發票中獎（哪怕只有兩百塊），這些情境都有歡樂、幸運、喜事的訊號；夜景、湖景、滿天的氣球，帶有浪漫的氛圍；工具間、沸騰的鍋爐、陰暗的小巷，就有危險的感受等。哪怕是咖啡廳，有孩子在哭鬧嗎？有果汁機在轟轟作響嗎？有杯子被打破嗎？

你會發現一些環境的線索和事件，可能完全不影響情節，但卻能夠創造出一種氛圍，丟出各種暗示，使你的場景變得獨一無二。

04 別讓角色說出心裡話！如何寫「潛台詞」？

如果說到劇本專有名詞前十名，**立體角色**、**結構**和**潛台詞**應該都是榜上常客。這些名詞就像什麼神祕配方，時不時就會出現在專家、老師的口中，但說到實際到底是什麼意思，似乎卻又說不清楚。

潛台詞的概念很簡單，既然叫「潛」台詞，就是「沒說出口的台詞」，是表面上台詞真正的含意。

當角色得知眼前的情人劈腿時，罵「去死吧！」「你這賤人！」「你怎麼可以這樣對我！」「我閹了你！」「出去！」這些都是台詞，如果潛台詞都是「我恨你」，這幾句台詞其實都代表同一個意思。

但如果角色本身也劈腿，他們是開放性關係，潛台詞或許成了「喔原來你想做還是可以的嘛」，上面的台詞演員可能就會以半開玩笑的方式唸它。

是什麼使同樣的台詞，創造出了不同的詮釋？是**角色性格**、**背景**和**情境設定**。你無法讓一個深愛對方的人，在得知對方劈腿時，心中還想著「喔原來你想做還是可以的嘛」。如果你深愛著對方，潛台詞經常是「我恨你」或「求你不要離開我」。

潛台詞就是角色真實的態度

所以潛台詞不是「寫」出來的，潛台詞是角色與情境碰撞時，自然產生的。潛台詞不只存在**台詞**之中，也存在**動作**之中，呼對方一巴掌，和罵對方「你這王八蛋！」，潛台詞可以都是「我恨你」。

但表達恨的方式，隨著角色性格、背景、現場環境的不同，也會變得不太一樣。帶著「我恨你」的一對夫妻，在家裡可能可以很直接地互罵互毆，但在公眾場合為了顧及形象，可能是互相忽視，或牽著手與別人談笑，言辭之中卻相互拆台。

同樣心中帶著「我恨你」，有人會打，有人會罵，有人會酸，有人會威脅，有人會冷言冷語。台詞是根基在潛台詞之上，依據角色狀態開出來的花；**沒有潛台詞的台詞，只是空洞的文字堆砌，有說等於沒說**。

那有沒有可能，潛台詞和台詞是一致的呢？當然可能。例如兩名男子眼前路過一名美女：

甲男：你幹嘛一直盯著人家看？
乙男：我對她一見鍾情！
甲男：真的假的？
乙男：你覺得我要不要去搭訕她？
甲男：你是認真的嗎？
乙男：太衝動了嗎？
甲男：廢話！

這上面的每一句話都和潛台詞一致，這樣的對話問題在哪裡？邏輯沒問題，動機沒問題，也很自然，問題是出在太無趣了。新手編劇的問題，其實不是出在「不會寫潛台詞」，而常出在「台詞就是潛台詞」，所以劇本讀起來不耐人尋味，平鋪直述，而演員也找不到可以詮釋的空間，所以演起來也變得平板單調，成了帶情緒的讀詞機。

試著把潛台詞「藏起來」

所以真正的關鍵不是寫出潛台詞，而是怎麼把潛台詞「藏」起來，讓台詞來表現出潛台詞，例如我們可以把上面的對白修改成：

甲男：你在看什麼？
乙男：你大嫂。
△甲男喝了口乙男的咖啡。
甲男：沒壞啊。
乙男：你看我髮型OK不OK？
甲男：我看你腦子很不OK。
乙男：你幹嘛一直看衰我？
甲男：我是在保護你。

有沒有感覺雖然意思一模一樣，但整體的台詞就比原本的例子更鮮活許多？而這僅僅只是比較簡單的例子，我們可以用很多不同的方式隱藏潛台詞，例如停頓、沉默、顧左右而言他、暗地裡的小動作、暗諷……是因為我們用了這些東西「包裝」了潛台詞，所以觀眾才能一面欣賞包裝，一面又可以拆開包裝，看見裡面角色的真實態度，而感到驚喜。

寫出含有潛台詞的對白

所以不要再忙著寫潛台詞了，潛台詞是寫不出來的。第一個任務應該是安排有衝突的情境；第二個任務是平鋪直述地把所有角色的態度寫出來（台詞就是潛台詞，沒有包裝），作為初稿；第三個任務是改寫你的劇本，把所有的台詞重寫，把潛台詞藏起來。

為了使「藏潛台詞」的作業更容易，不用一直想各種俏皮話來包裝，你在選擇場景情境時，就應該選擇一些「不方便明說」的情境，例如有外人在、時機不合適。例如要告訴對方一個壞消息，卻剛好對方接到一個好消息急著與你分享，在這種情況下，角色自然必須把真實的態度藏起來，開始搬出暗示、旁敲側擊、口是心非等「充滿潛台詞」的方式來做表達。

05 如何做「丟接」，讓角色互動更自然？

寫劇本有一個很重要的概念，叫「丟接」。

意思是場上發生的一件事，角色的一個動作，或說出的一句話，都像丟出了一顆球，而場上必然會有另一個人接住它，對先前發生的事做出反應，而這個反應會引發前者再「丟」，後者會再「接」。

場上有丟接，就會有互動

大家剛開始寫劇本，都容易要角色「表現、說明給觀眾看」，而不是讓角色**互動**。

以下是個沒有丟接的劇本範例，主角在前一場時，遇到朋友想遊說他賣毒品，他拒絕了。這場是他再次遇到這個朋友：

外景　便利商店外　日

△主角外送牛肉麵到便利商店給店員，在店外遇見朋友。

朋友：主角，賣這個，你的補習費都有了。

主角：我不敢啦！

朋友：像你這樣，送牛肉麵出來，在這裡……沒有人會發現的。

△主角還是不敢，掉頭就走。

這就是一個明顯沒有丟接互動的範例，主角認真表現出「我不敢」，朋友認真表現出「嘿嘿我很壞」，但兩人都活在自己的世界裡，沒有任何交流。

什麼是有丟接的版本？我們將上面的範例做個修改：

外景　便利商店外　日

△主角外送牛肉麵到便利商店給店員，在店外遇見朋友。〔1〕

△主角裝作沒看到，快步走開。〔2〕

朋友：你這樣送麵，能賺多少？你不是想補習上大學嗎？〔3〕

△主角停下腳步，感到猶豫。〔4〕

△朋友見主角動搖，走近主角，乘勝追擊。

朋友：其實很簡單，你就假裝一樣在外送，把東西放在口袋裡帶著……〔5〕

△朋友想將東西放進主角口袋，主角趕緊躲開，快步逃走。〔6〕

〔1〕：劇本開始，狀況發生，主角巧遇朋友。

〔2〕：主角對〔1〕做出反應，因為他知道朋友想叫他販毒，所以選擇裝沒看到。

〔3〕：朋友對〔2〕做出反應，展開遊說。

〔4〕：主角對〔3〕做出反應，感到動搖。

〔5〕：朋友對〔4〕做出反應，乘勝追擊。

〔6〕：主角對〔5〕做出反應，趕緊逃走。

看得出差別嗎？在原版之中，朋友一見面劈頭就要主角賣東西，彷彿前一場的遊說失敗完全不存在，當主角表現不敢時，朋友對主角的畏縮也沒有反應，繼續自說自話，所以整體很不自然。而修改後的版本，兩人都因為對方的行動而有**反應**，就會接近正常真實的互動。

真實的世界也是這樣的，沒有人會「做給觀眾看」「說給觀眾聽」，大家都是在**丟接**。

朋友說了個笑話，你笑，或不笑，或白他一眼，他因為你白他一眼，自我解嘲，然後你們都因為這個自我解嘲笑了。

所以寫劇本要保持「丟接」的意識，你寫的每一行對話與三角形，其實都像一場乒乓球賽，有來有往，這一行回應上一行，下一行回應這一行，這樣讀起來才會順暢、緊湊。

06 如何用「場景的節拍」，加強對白的推進功能？

我們常聽人家說：「要讓寫下來的每個字都有用。」但對白一開始寫，就會像流水帳，該怎麼辦？

要精煉對白，其實要先從**場景節拍設計**開始。因為沒有節拍設計的場景，就只是把角色丟進場景裡即興，說起話來當然就像日常聊天一樣，天南地北，沒有重點。

什麼是場景節拍設計呢？我們可以把一個場景視為一部短劇。三至五分鐘的場景，就像一部三至五分鐘的微電影，會有主旨（這個場景要完成的任務）、有情節（正在發生的事）、有角色歷程（角色狀態或關係的轉變）、有場景的主衝突，整體也會有個故事曲線。

如果這個場景最終要告白成功，那場景要往「告白看似會失敗」來經營，經過轉折點後翻轉到目標結果。這是一個場景的基礎設計原則。

那節拍是什麼？戲劇的節拍就是**「行動＋反應」**。角色每次採取行動，都會帶來一個反應，形成一拍。在節拍的建立上，慣例是第三拍要做一個變奏。

就像情節設計的原則一樣，失敗（1拍）、失敗（2拍）、再失敗到谷底（並準備翻轉，第3拍）。在場景的情況下，角色的「行動＋反應」也是一樣的組合，而對話本身會是一種行動，所以「行動＋反應」即是「說話＋回話」。

從《我只是個計程車司機》看場景的節拍

我們舉《我只是個計程車司機》為例，看一下主角金萬燮在關鍵時刻掉頭的場景：

△金萬燮在等紅燈，一名客人想要搭乘，但是他拒絕了。

△金萬燮拿出剛剛幫女兒買的漂亮涼鞋。

金萬燮：哎唷，真漂亮，真漂亮。總是買運動鞋，連雙涼鞋都沒買過，恩靜會很高興吧！〔1〕

△綠燈，金萬燮開車，一邊唱著歌。

金萬燮：江水滾滾流，在第三漢江橋下，像鳥像風像水一樣只是流逝。昨天重新見面，下定決心我們發誓，過了今晚坐上第一趟列車，向著幸福年輕的道路出發……

△金萬燮從後照鏡看剛剛的客人搭上計程車。〔2〕

△唱到後來，金萬燮悲從中來，停下了車子。無法控制的流著眼淚。

△後面的車子都鳴著喇叭聲，希望他快點走。

金萬燮：爸爸怎麼辦？

△金萬燮下定決心，將車子調頭回去。〔3〕

這個場景的任務，就是「金萬燮的掉頭」。我們看到第1拍（有人想搭車，他只想回家）和第2拍（試圖唱歌壓過心中的焦慮，想找機會掉頭，客人卻上了別的車）便是往反向做的，彷彿金萬燮就要一路往首爾去，沒有掉頭回光州的理由。

但當他眼前再無阻礙時，他卻再也壓抑不住內心的激動，開始哭泣，第3拍**變奏**，他真情流露，無法自已，憤而掉頭。

當然不是所有的場景都是這麼單純、明顯的結構，我們來看看《我只是個計程車司機》的另一個例子，這場景是剛才的前一場，金萬燮原本滿心期待要回首爾，卻聽到光州的可怕消息：

△金萬燮走進一家小吃店裡。

金萬燮：給我一碗麵。

老闆娘：好。〔1〕

△客人B垂頭喪氣地走進了店內。

客人A：咦？你今天沒上班啊？

客人B：一大早就白跑了一趟，大姐，這裡再來瓶燒酒。

老闆娘：好。〔2—1〕

客人A：怎了？對方不給錢？

客人B：根本就連進都沒進去！〔2—2〕

老闆娘：聽說光州那邊死了不少人，看起來是真的啊！

△金萬燮表情凝重地聽著。〔2—3〕

客人A：死人了？

老闆娘：嗯！軍人進駐了光州，都鬧翻天了！〔3—1〕

客人B：你在說什麼啊？

老闆娘：我也不清楚，但是據說已經死了不少人，被抓走的人也非常非常多。〔3—2〕

客人A：不是那樣的，是因為大學生們，從首爾過來聚集起來示威遊行，害死了無辜的軍人呢！

老闆娘：才不是呢！有人親眼看到死人了！〔3—3—1—1〕

客人A：新聞裡也播了，那些人不是普通的大學生，而是純粹的赤色分子，從首爾帶著流氓過來的。

老闆娘：真的嗎？這個新聞裡播了嗎？〔3—3—1—2〕

客人B：真的啊！今天的報紙也大篇幅報導了。

△金萬燮發現桌上有今天的報紙，拿起來看。〔3—3—1—3〕

客人A：想遊行，怎麼不在首爾遊行？為什麼跑來這裡？都不能上班了。

△報紙上的標題：「光州一帶，示威事態，軍警五人死亡。」副標：「不純勢力與暴徒等對現實不滿，捏造沒有事實根據的流言蜚語。」

△金萬燮不敢置信地放下報紙。〔3—3—2〕

△老闆娘將煮好的麵和小菜端上。

△金萬燮無語地看著麵，並大口大口地吃。〔3—3—3—1〕

△老闆娘又拿了一個飯糰出來。

老闆娘：大叔，你餓壞了吧？再吃一個這個吧！〔3—3—3—2〕

△金萬燮傷心地拿起來咬了一口。

這個場景就比較複雜，我們還是以「行動＋反應」的方式來決定節拍落在哪裡，你會發現拍子其實數量很多，好像很混亂，但其實整體是有規律的。

我解釋一下標記，最開頭的數字是大段落，我們可以看到第1拍是金萬燮心情好走進店裡，第2拍是客人談論光州的事，第3拍是金萬燮發現外界對光州的認識被扭曲了（場景的任務）。這是一個漸進式的3拍，沒有硬往反向做（反向張力大，但不是每場都要靠反向來產生張力，這場在訊息上本身就帶有一個翻轉），但開頭和結尾仍然有一個變化。

而第2拍的「客人討論光州的事」又再分成3拍來做完，我們可以看到〔2—1〕到〔2—3〕也是一個漸進的過程，從日常（沒給錢）、異常（進不去）到超異常（有人死）。場景的氣氛到這裡從原本的輕鬆開始轉沉重，**變奏**發生。

第3拍的〔3—1〕、〔3—2〕推動這個訊息，越滾越大，但整體還是金萬燮（觀眾）所知道的事實，但到了〔3—3〕，客人口中的事實和我們的認知不同了，**變奏**發生。

〔3—3〕本身又再分成3小拍，分別為看報紙、報紙的內容與事實相反、金萬燮陷入為難試圖壓抑。而看報紙這一拍又分成3拍完成，客人A帶來相反事實，老闆娘不信

〔3—3—1—1〕，客人A提出消息來源自新聞，老闆娘（金萬燮）吃驚〔3—3—1—2〕，客人B提到報紙，金萬燮從聽他們說話到伸手去拿報紙來看〔3—3—1—3〕。

〔3—3—2〕拍，客人A的台詞是和金萬燮看報紙的畫面合在一起的，這裡客人A說的話，正好和金萬燮在片子剛開頭時說過的話相似，是一個畫龍點睛的諷刺，金萬燮這時意識到，過去的自己，就像客人A一樣無知，被媒體誤導了。

〔3—3—3〕拍，他發現了這個事實，但他能怎麼辦呢？回光州？回首爾？他陷入兩難，這裡編劇設計了一個3拍，讓老闆娘端上餐點，他趕緊吃麵，試圖忘記剛才發生的事。

老闆娘見他吃得賣力，以為他餓了，又溫情地送上飯糰，這個飯糰可不是普通的飯糰，在前面的故事中，光州的受難者也曾經送他一個飯糰，那人後來慘遭官兵的毒手，金萬燮此時睹物思人，更兩難了，但他必須回家，他必須回家啊……第三拍**變奏**發生，儘管前兩拍都顯露出他想回光州的心，但他還是決定回家，只能悲傷地吃著飯糰，嘴裡說著好吃，但其實心中說的是，對不起、對不起……

有發現了嗎？這整個場景中，一句廢話都沒有，每一句都是有功能的，而這便是歸功於場景當中**節拍**的精準設計。編劇掌握了每個變奏出現的時機，做出了連綿不斷的轉折，觀眾便隨著這一波又一波的台詞，欲罷不能。

所以當我們要寫一個場景時，我們要先釐清場景的**任務**是什麼，然後將場景分段，以「行動＋反應」建立一個又一個的節拍，如果只做三拍太緊，我們就再將其中一個段落再切分三拍，然後再切分、再切分……直到所有資訊以一個理想的節奏完全傳達。

不要試圖一出手就馬上符合這個標準，那會讓你無從下筆。先抓重點，試著做三拍的規劃，然後以自然的方式來寫對白，中間可能會出現無法硬轉到規劃路線上的情況，但保持自然最重要。試著寫完一遍後，你會有一個大方向上有三拍架構的場景，然後再回頭細修，看中間有沒有可以抓得更緊、更精確的地方。

透過這個過程，你便能一點一點地減少對白的水分，讓留下的每一句話都有功能。

07
兩人以上的「群戲」怎麼寫，才不會亂？

之前我們討論過**群像劇**，也就是多故事線，或多主角型的故事。但除了群像劇，有另一種也和很多人有關的，是**群戲**。

什麼是群戲？就是一個有很多角色的場景。在一般場景中，角色大多都是兩人或三人，丟接也在兩人之間進行，節奏的「行動＋反應」也比較好抓。但有些場景，人數相當多，該怎麼處理？

這問題乍聽之下有點難，但其實原則和處理**兩人場景**沒有太大不同。在設計場景時，我們都會需要先弄清楚「場景結果」和「場景任務」，再去思考內容怎麼進行。

場景結果

場景結果是指「場景最後會演到哪裡」。他們會分手？目標會完成？說服會成功？

場景結果是純粹情節性的，確定場景結果，可以幫助我們鋪排這一個場景。如果結果是好的，開場就試著做壞，如果結果是緊張的，開場就做鬆。

例如場景結果是一個人要被解僱，開場就可以從他心情很好覺得有好事發生寫起，寫他以為自己會升官，沒想到被叫進主管房內，得到的結果卻是解僱。

藉由這樣的設計，可以創造較大的戲劇效果。

場景任務

那什麼是**場景任務**？場景任務就是「為什麼要寫這個場景」。你也可以解讀為「有哪些資訊、行為必須在這個場景被交代、被完成」。

所以在場景開始到場景結果的故事線中，我們必須放入能完成**任務**的內容。例如剛才的解僱場，除了由喜到悲的過程外，我們可能還需要在這場交代他一直以來的夢想，好讓他被解僱後，會為了追夢而採取下一步行動。

因此，當他以為自己要升官時，他可能會打一通電話訂機票，好給太太一個驚喜。這樣當他得知被解僱後，第一個煩惱就是這個機票的去留。是取消呢？還是保留？想保留，錢從哪裡來？

如果場景沒有達成這個任務，那接下來的場景就無法推動了。因此在設計場景內的過程中要做出合適的安排。

角色的場景目標與阻礙

剛剛我們談的，都是「編劇的企圖心」。但當你要把一個角色放進場景裡，他就應該要有一個**場景目標**，也就是他個人想在場景內完成的事。

以剛才的解僱場，角色的目標是走進主管門內，接收他以為的好消息。所以從場景開始，他就會一路朝這個目標前進，任何與這個目標對立的，都是構成衝突的**阻礙**。

我們把這場景做一點點調整，你會更明白我的意思：主角一早出門去上班，滿心期待會被升官。因為昨晚他完成了主管交代的任務，主管說：「明天你來我辦公室，我有話跟你說。」

在上班的路途中，他卻踩到狗屎、錯過巴士、弄髒了衣服……好不容易克服萬難，狼狽來到主管辦公室門口敲門，結果卻得到了解僱的消息。

看見了嗎？這個場景由喜到悲，角色關關難過關關過，卻沒想到最後是痛苦的結局。角色目標明確，而中間出現的都是阻礙。

如果阻礙是人，就成了對手戲。每個角色在場景中都有自己的目標，而他們的目標，常常與主角矛盾，要完成主角的目標，他們的目標就必須讓步，而要達成他們的目標，主角就必須讓步，於是雙方產生了**衝突**。

群戲

當各角色目標有所重疊

結果、任務、角色目標、阻礙，這些都是構成場景的要素，是一個場景的骨幹。無論這場戲有十人、二十人、一百人，你都應該回到這個骨幹上，找到這個骨幹上的主視角是誰（通常是主角），他的目標是什麼，又有誰的目標構成了他的阻礙？然後發現雖然這場戲有一百人，但其實有九十七人的目標和主角一致，只有剩下兩個人構成阻礙，那就當成**兩三個人的場景**來寫即可。

一個角色出現在一個場景內，不見得需要有台詞，他可能僅僅只是因為劇情需要，所以不得不在場罷了。像《玩命關頭》或《瞞天過海》這種人數較多的戲，常有大家集合在一起的討論場景，但並沒有所有人都一定會說到話，通常只有主角和幾個話特別多的人在對答。

當各角色目標相互矛盾

另一種群戲，就比較複雜，就是各自的目標相互矛盾。有點像全班都要來爭第一名的感覺，第一名只有一個，所以可能開始時AC合作去對抗B，但當B被打敗時，AC就必須分個勝負。這種群戲大多是由兩兩捉對廝殺的概念展開，贊成派vs反對派，保守派vs激進派，先在一個焦點上過完招，再轉到下個焦點上碰撞。

為了避免在過程中迷失方向，我們還是要回到**場景結果**和**場景任務**上來檢視。然後以做**多故事線**的原則，把群戲區分為幾條主要的「目標＋阻礙」，最後再把它們揉合在一起。所以你會發現在一場群戲中，某些時間會聚焦在AB身上，某些時間會聚焦在CD身上，而不是從頭到尾都ABCD輪著轉。

所以你會發現，寫一個場景的原則，其實和寫一部戲的原則都很相似。在寫複雜的戲時，都要學會化繁為簡，先把基本的條理順出來，才能重組成複雜的結果。

08 如何寫出讓導演、演員一看就懂的「動作指示」？

劇本的寫作有格式，但沒有規則，每個人的文風都不一樣，所以很難有一個通則可以用於指導。

但在實際批改許多學員的作品後，發現了一個簡單的指導原則：**三角形要寫得清楚明白，對白才去考慮留白**。

三角形要明確寫，對白要藏著寫

三角形是動作和畫面的指示，是在說明場上實際上發生了什麼事。你要很明確地告訴讀劇本的人，你希望表達的內容，而不是透過暗示。

例如這個例子：

小芳：我今天累了。

△男友不說話，小芳抬頭看他。

男友：確實是有點累了。

△小芳看著男友的表情，開口接話。

小芳：不過還是想再玩一下。

男友：妳也這樣覺得？

在上述這個例子中，發生了什麼事？我們會發現三角形中的指示，有點像填空遊戲，看著表情、接話……代表什麼呢？

小芳是在試探男友，所以才態度突然轉變？還是發現男友不愉快，所以才改變態度？或其實什麼都沒有，只是單純閒聊？

你會發現我上面講的三種情況，全都能套入原本的劇本，但三者的差異卻相當明顯，第一種女高男低，第二種男高女低，第三種則是一種隨性的兩小無猜，或是第四種，走到了家門依依不捨，一下子覺得應該要結束了，又覺得還想再繼續約會。

有些人可能會說，這不就是把詮釋留給演員和導演嗎？我不能說錯，但若是這樣，又何必多寫看他不看他的指示呢？只留下對白不是更有想像空間？

我不能說這樣寫是對或錯，但確實產生了過多的誤讀空間，導致在閱讀劇本的過程中，必須很費力地去猜測編劇的意圖，和場上到底實際發生了什麼事，光一場就這樣，整個劇本一百場讀完，真的是舉步維艱，而且常常前面不小心猜錯，後面就性格斷裂或看不懂了。

為什麼會這樣？就是因為上面的例子，三角形的指示都太不明確了。如果寫成這樣：

小芳：我今天累了。

△男友沒有接話，小芳不安地看他。

男友：確實有點累了。

△看出男友的不悅，小芳趕緊改口。

小芳：不過還是想再玩一下。

男友：妳也這樣覺得？

整個情況是不是清楚多了？這就叫「三角形要**明確寫**」。

我這篇文基本上不去討論「動作指示該不該寫」，這一點是每個人的風格差異，有人愛簡約有人愛細節，但重點想傳達的是「要寫就請寫清楚」，不要寫一半，動不動就寫一些晃了兩下、動了動手，真的會弄不明白你的用意。

至於「對白要**藏著寫**」，就是潛台詞的話題了，正因為情境、畫面、動作這些部分很明確，能夠看出角色的企圖和想法心情，那對白自然就不需要寫得太直白，反而應該利用暗示、旁敲側擊、反話等，增加角色的性格與態度，就比直白單調的說明語言更有趣。

不知為何，許多初學者會把這兩件事做顛倒，三角形故意寫得不清楚，然後拚命用對白補充說明，結果就得到了不理想的結果。

總集篇

對白寫作攻略

我試著整理一個簡單的步驟流程，幫助大家能快速了解對白寫作的整體概念。

一、寫對白，從場景設計開始

場景指的不是布景，而是一個明確的事件與情境，我們人在不同的情境下，會有不同的行為模式。有時只要場景一變，角色講話的動機、模式就完全不同。同樣是「老闆要開除下屬」，在辦公室中正式告知跟在週五的同仁下午茶中突然放冷箭，哪一個更符合你想要的戲劇效果呢？精心挑選或改變場景，有時勝過十句台詞的鋪陳。

我們可以從**人**、**事**、**時**、**地**、**物**五個角度來設計場景：

人：現場有哪些人？同樣是出糗，自己一人出糗，跟在眾人面前出糗，跟在暗戀對象面前出糗，效果是不一樣的。有時一句可以直白說出來的話，可能會因為某個人在場就說不出口，但角色還是很想說，於是場景就有趣起來了。

事：也就是事件情境。同樣要說出主角的祕密，在什麼情境下會最有趣？要表現主角的性格，在什麼事件中發揮最有效？

時：不同的時機，會帶來不同的戲劇效果，甚至造成角色產生不同的動機。同樣是夫妻吵架，在平日還是在結婚紀念日，會有不同的效果，太太嫌棄丈夫職位太低，是在上班出門前、回家累得半死時、還是剛得到女同事讚美後，都會有不同的效果。

地：辦公室、夜店、夜晚的公園、清晨的山路……同樣要談心，不同場景會有不同的氛圍，影響角色行為與對話。

物：也就是場景的細節。場景內有什麼東西可以幫助角色做表演和藉題發揮？在討論關於男女愛情觀的戲時，讓角色去逛動物園，是不是就能利用不同的物種生態，來做各種明爭暗諷呢？

留意，場景本身是能**傳遞訊息**的，我們看到主角在賣豆漿，就知道這是他的工作，能夠帶出他的職業和社會地位；我們看到兩個人卿卿我我，就知道兩人的關係，不需要做太多的解釋。觀眾很容易從「**角色正在做的事**」去推敲角色處境，編劇不必寫太多「我是誰，我在做什麼」的解釋性對白。

另外，我們在選擇場景時，也會考慮怎麼在場景中做出「**故事曲線**」。如果我們能把每一個場景都做成一部小戲，有一個漂亮的起承轉合，那場景串聯起來，整部戲就是更加地高潮迭起。

會說故事的編劇通常不會直接拋出結果，一場開除戲，如果上來就直接講明「你被開除了，請打包走人」，那整場戲就直接結束了。通常我們會在決定場景的關鍵訊息後，將它放在場景的轉捩點，試著往前做誤導的鋪陳，先讓角色誤以為自己即將要被升官，最後才得知要被開除，就會創造出更有趣的觀影體驗。

所以英雄總是遲來，總要讓壞蛋先囂張一下，讓整個場面陷入重大危機，關鍵時刻才讓英雄現身，做出爽快的正義登場效果。

二、建立角色動機與衝突，寫出自然的對白

要有「**第四面牆**」的概念，觀眾是透過螢幕這塊「透明的牆」來偷窺角色們的生活，所以角色們不會意識到觀眾的存在（除非你使用打破第四面牆的手法），自然不會「解

釋給觀眾聽」。

我們寫的每一場戲，都是角色生活的片段，所以我們要思考：

1場景目標：角色為何出現在這裡？

角色不可能沒事就「恰好」走進一個地方，通常是帶著某個目的。想要買咖啡、想要談生意、想要表白、想要跟對方道歉……這些「想要」，才是角色開口講話的真正理由。

如果兩個角色之間沒有互相衝突或需求，也就不會展開對話，就像偶然坐在候診室的兩個陌生人，不會有彼此對話的動機。

2建立衝突

而最好的動機，就是讓這兩個角色各自的「場景目標」相互矛盾，這樣就會自然產生火花。戲劇的本質是衝突，衝突是「想要」遇上了「阻礙」。當角色B的目標阻礙了角色A的目標，兩人的對白就會產生動力。

例如今天A下了決心，要趕緊宣布開除B的壞消息，沒想到B一上來就給A送禮，感謝A當初的提拔和照顧，這下A說也不是不說也不是，兩人想要的東西彼此衝突，就會形成一場緊張、有波折的場景。

3 找到合適的對象與場合來傳達訊息

但我們終究有一些編劇的**任務**要完成，交代線索、告知觀眾背景、傳達某個想法，那我們就要想辦法找到合適的場景情境和合適的對象，好把**動機**做出來。

最常用的手法就是「向不知情的人解釋」，你想談辦案的細節和線索，就找個新來的警官；想談小鎮的潛規則，就找個新來的住戶；想讓主角自我介紹，就讓他去應徵工作、加入新團隊、被警察臨檢。

不要把創造動機想得太難，你會發現在很多查案的故事中，角色很常會說「我們來整理一下案情」，就是為了找個動機說明給觀眾聽。

4 不失分就得分

觀眾看戲，就是會沉浸在戲裡，大家根本不會去特別意識到對白的存在。回想一下，我們在看戲的時候，什麼時候會「出戲」來討論對白寫得好或不好？往往都是對白出現尷尬古怪的時候。

所以不要一直想著「寫出好對白」，我們只要避免寫出讓人出戲的對白就好了。自然才是關鍵，寫對白，不失分就得分，許多尷尬的對白，往往都是「硬要表現」造成的。

5 架構潛台詞

對白不是「編劇想告訴觀眾什麼」，而是角色在這個時空裡，為了某個目標，所做的行為。在我們有了動機和衝突後，就要開始思考，角色會如何達成目標？

要達成同一個目的，有人靠甜言蜜語，有人用激將法，有人用沉默讓對方知難而退，有人甚至不說話直接動手……這些「策略選擇」正是角色**性格**的體現，千萬不要錯過這個大好的表現機會。

不要讓角色直接說出他的心裡話，真實生活中，我們往往會隱藏或迂迴表達。試著給自己一個挑戰，如果這場戲的目標是讓A對B說出「你被開除了」，那就把這句話列為禁語，想其他的辦法讓A在不明說的情況下，暗示也好，比手畫腳也好，用別的方法達成他的目的。

三、運用「節拍」，讓對白更精煉

建立好對白基礎後，我們來進一步了解怎麼讓對白不要「太水」：

1對白是一組一組的「丟接」

對白不是單向輸出，而是一來一往的攻防或試探，在術語中，我們把角色進行一個動作視為一拍，而兩人的對話，就是一拍過去，一拍回來的丟接。例如：A丟一個話題，B可能敷衍，A看見B敷衍後改變策略，B又因A的改變產生新反應。

這些丟接也可能包含沉默、動作、眼神，不需要每個來回都用言語「辯論」。觀察那些高手的作品，會發現許多情緒和火花都來自這些沉默的時刻。

學會多用肢體、表情、行為去表達某句台詞，把杯子用力放下、突然站起來、眼神飄向別處。學會使用留白與沉默，有時角色一句「嗯」或一個嘆氣，就能傳遞「你讓我失望、我不想多談」的訊號，勝過長篇台詞。

2三組丟接形成的「故事曲線」

善用常見戲劇節奏「三拍」，一組來回丟接算一拍，例如：

第一組丟接（弱）：A要求B給答案，B敷衍。

第二組丟接（強）：A再追問更直接，B開始冒火。

第三組丟接（轉）：A察覺事態不對，收斂態度或轉移話題，B反而質疑並爆發。

只要做出弱、中、強的推進或是弱、強、轉的變奏，對白就不會顯得拖泥帶水、原地打轉。

3 口語、精簡、不說破，給觀眾空間

真實對話常常破碎、並不講求文法完整。讓角色略講、少講、甚至不講，都可能更好地表現角色的特質與情緒。寫故事不是寫作文，不要讓台詞太好看太工整，反而會有更好的效果。

寫完對白，試著用你的嘴巴唸唸看，不要在腦中默唸，要唸出聲音，你的耳朵自然能幫你抓出問題。

4 避免做球式、口號式對白

若台詞滿是「難道是……」「沒錯，就是他」這種一問一答，就顯得過於程式化。真實人際互動中，我們常各說各話，並沒有那麼順暢地丟接。

同時，也避免過度追求「金句」，一場戲若能有金句畫龍點睛，確實會有好的效果，但若讓整場戲變成「為了說金句而做的舞台」，就容易變得尷尬。

一定要記得，戲是最重要的，情緒有做到位，金句才會對味。

四、不要想著一步到位

在了解完各種寫對白的方法後，很多人會感到手足無措。太難了，要留意的事情太多了。甚至有學員一個場景都寫不出來，因為光是選場景就不知從何下手。

別怕，照著你的**直覺**寫就好。不會選，就隨便選，愛怎麼寫就怎麼寫。

沒有人可以第一時間就寫出完美的作品，初稿是垃圾，第一次寫下來的東西有很多問題和缺點，本來就是正常的。好的作品都是經過一修再修三修四修，才有辦法一步步地好上加好。

怕的是你連第一稿都不寫出來，那想改也沒東西可以改。

所以尷尬又怎樣？鬆散又如何？寫下來就對了。不要想著一步到位，一定要有這樣的認知：作品寫完沒有至少改過兩次，那它一定不夠好。

放下完美主義，不要想著一步到位，讓你的作品有成長的空間。

5

chapter

主題與主旨如何掌握

01 如何表現故事「主旨」，又不流於說教？

很多初學編劇的人都會問：「故事真的一定要有主旨嗎？不能只是好玩嗎？」

但事實是，故事本來就會有**主旨**。這並不是因為我們刻意規定「一定要有」，而是人類大腦的直覺反應——我們天生會在故事中尋找意義。

你可能有這樣的經驗：朋友拉著你講了一大堆碎碎唸，你忍不住問：「所以你想表達什麼？」對方卻回：「沒事，就只是想分享。」即使對方沒有刻意安排主旨，我們還是會在心裡試圖總結、推敲：「他是不是想提醒我什麼？是不是在暗示什麼？」

從腦神經科學的角度來看，這種「找主旨」的本能來自於演化：遠古時代，如果部落裡有人虎口脫險，我們圍在營火邊聽他講故事，能更快吸收經驗、避免重蹈覆轍；相反地，那些躲在角落、不聽故事的人，就少了生存知識。

因此，我們期待在故事裡學到東西，或接收某種啟發，這是人類與生俱來的天性。倘若一個故事毫無啟發意義，往往就不容易被記憶、被傳播。

觀眾會自動尋找作品的「態度」，也就是主旨

觀眾進電影院、追劇、看漫畫，心裡其實都在問：「作品想表達什麼？」他們尋找的是「一種態度」，而不僅僅是一句口號。這態度若和自己內心的想法契合，就會得到「認同」。但如果這態度與自己的價值觀相差甚遠，就會產生困惑、排斥，甚至憤怒。

因此，我們在設計故事時，並不是要強迫灌輸什麼「教條」，而是要意識到：**觀眾一定會在你的故事裡找「主旨」**。為了避免他們誤解、或者空手而回，你必須兼顧「有趣性」與「想傳遞的訊息」。

很多大眾通俗的作品，選擇在主旨上維持一個「大眾都可以接受的態度」，像是「努力就會成功」、「真愛超越一切」等。只要故事本身好看，觀眾離場時就會覺得滿足。但主旨並不一定只能停留在表面，它還能走得更深、更有層次。

主旨的三種層次：事實、情感、道德

主旨有深淺之分，可以大致分為三種層次：**事實**、**情感**、**道德**。

1 事實

這是故事的基礎。角色輸了還是贏了？兇手是誰？如果連最基本的情節都搞不懂，那故事根本「看不懂」。

然而，如果故事只停留在告知觀眾「事實」，就容易變得空洞。好比同事跟你說：「我今天中午吃麵喔。」然後就沒了下文。你大概只會想：「這跟我有什麼關係？」

許多剛開始寫故事的人，常常熱衷於在最後給出某個「事實性的揭露」，例如「原來兇手就是主角」、「原來那個人是爸爸」等。這種轉折如果沒有更多的意涵和鋪陳，對觀眾其實意義不大，也很難留下深刻的感受。

2 情感

若能在事實的基礎上，再加入能帶給觀眾的情緒或感動，就能擁有更強的吸引力。觀眾至少獲得了一個情感體驗，比如歡笑、恐懼、感動、悲傷。

這種主旨常見於搞笑短片、肥皂劇或單純以娛樂為目的的爽片，如《玩命關頭》系列，它其實不需要跟你講什麼大道理，但裡面也埋著「兄弟情」與「家人第一」的情感基調，這已經構成故事的第二層意義。

不過，如果故事只停留在煽動情緒，仍然會顯得「淺」。我們看過那麼多搞笑短片，真正被記住的有幾個？若你希望觀眾帶著深刻的感動走出戲院，你得再往第三層努力。

3 道德

這裡的「道德」可以換成價值觀、態度、哲學、人生觀……總之是更深層的標準。舉例來說，「真愛超越一切」不只是一句口號，而是一種對人性、社會或世界的看法：「愛是好的，且它凌駕於其他事物之上。」

JUMP漫畫裡常見的「友情、努力、勝利」也是這種價值宣示。在《進擊的巨人》中，不只是「巨人會吃人，人類要反擊」的**事實**而已，也不只停留在「為了媽媽復仇」的**情感**，而是深入探討了牆內牆外、人們心態差異、保守安逸vs外出探險等價值衝突。這些引發觀眾去思考「哪種選擇才是對的」，就是**道德**層次在發揮力量。

如果你想讓作品真正深入人心，就必須思考如何在故事裡展現更深一層的「道德」或「價值觀」。讓觀眾發現「這不只是角色的故事，更是你我的故事」。

表現主旨的基本法則

話說回來，故事要有主旨，但觀眾又害怕被說教，這其中的拿捏該怎麼辦？以下是幾個常用且有效的做法：

1你必須先明確「想傳達什麼」

這句聽起來像廢話，但許多初學者在創作時，根本答不出「你的戲想傳達什麼？」通常只是一股腦地寫情節，或讓帥氣、美麗、正義的角色盡情耍帥，卻沒想過「這些耍帥行為要帶給觀眾什麼啟示或感受」。

事實上，即便是最商業化的類型片，都會有它暗藏的主旨。就像《玩命關頭》每一集不斷談「家人與兄弟之情」，《鐵達尼號》強調超越階級、生死與時空的愛。

如果你真的毫無「想傳達的核心」，那麼故事勢必淪為雜亂。主旨不一定得是某種道理，也可以是一種情感、一個態度，甚至是一個人（角色本身代表的價值）。但你必須先抓住，才能使故事有明確方向。

2不要只用講的，要靠角色設定與劇情衝突「演」出來

有些作品令人反感，往往是因為角色忽然抬頭「演講」——例如《明日世界》裡讓反派來一段冗長的環保說教，觀眾難免覺得被灌輸。

比較成熟的做法，是透過角色設定與劇情衝突去「演」出你的主旨。像《動物方城市》很明顯想談「偏見與歧視」，但整部片幾乎沒有人站起來說：「我們要打破偏見！」女主角茱蒂天生體型嬌小卻志向成為警官；狐狸先生身為食肉動物卻想融入食草社會。這些角色的「身分設定」本身就是在呈現「歧視與反歧視」。

角色是為主旨量身打造的。你想談什麼「道理」或「價值」？就設定能體現該價值衝突的角色，並讓他們「在劇情中證明它、對抗它」。如此一來，觀眾自然就能感受到那個態度，而不需要你用畫外音反覆嘮叨。

3給你的角色挑戰，並且「正面」迎戰

所謂「正面迎戰」，指的是：你先設定一個「與主旨相違背」的難題，角色若能用「正確的方式」去克服，才足以展現主旨的力量。

像《玩命關頭》的唐老大，隨時都在危險與利益之間掙扎，但最終依然選擇「家人第一」。若他只是個生活富足、安全無虞的上班族，他說「家人最重要」就不稀奇，頂多是個好人。但正因為他在生死關頭裡一再堅持，才突顯「兄弟情、家人情」的光芒。

《動物方城市》中茱蒂警官不斷面對「你不夠格，你是兔子」的挑戰；若這些挑戰只是簡單小任務，或是茱蒂最後完全靠「外力」開掛，那「打破偏見」的主旨就失敗了。只有她憑自己的努力、弱勢及優勢，最終證明了偏見不成立，主旨才能真正打動人心。

你的角色必須是因主旨而受阻，並用主旨的力量衝破阻礙，這才能讓整個故事在觀眾心裡留下深刻印象。

在挖掘與修正中，找到更深層的主旨

事實、**情感**、**道德**三個層次的主旨，其實也不一定一開始就得全部明確。許多創作者在構思故事時，只先想到某個「事實」或「好玩的點子」，然後慢慢替它增添情感，最後再意識到：「原來還可以探討更深的價值觀。」

每一次的發現、每一次的企圖心，都能讓故事向更高層次邁進。當你越挖掘角色的衝突細節，就會發現「這不只是主角的問題，而是我們都可能面對的問題」。

當然，要做出一部多層次的劇本，過程艱辛，而且常常需要不斷改寫。但成功後換來的，是觀眾真正產生**共鳴**——他們不只看到了角色，也看到了自己。

主旨，讓故事不止於「好玩」

故事的有趣與主旨絕非二選一，而是應該兼顧。大多數觀眾走進戲院，想被娛樂、想被感動，卻也渴望在某處得到一點共鳴、一點啟示。

因此，若你單純只想「發洩」靈感，而不去「發現」有價值的主旨，也許能暫時寫出娛樂度不錯的文本，但作品能留下的印記往往有限。若你對自己與作品都充滿更大企圖心，努力去整合事實、情感、道德三大層次，為角色設定正確的挑戰，你就能打造出既好看、又能被人不斷提起與傳播的故事。

讓我們一起努力，在每一部戲裡都挖掘更深刻的價值，並同時保持好看、好玩。這，就是故事主旨的力量。

02 如何用「對立信念」突顯主旨，讓故事更有洞見？

上一篇提到，為了突顯主旨，我們常會需要設定一個「與主旨相違背的難題」來考驗主角，讓主角可以正面迎戰。因此一個故事其實經常形成二元對立，有一個與主旨相反的信念不斷在挑戰主角，這個信念我們就稱為「對立信念」。

如常見的愛情故事中，愛情與麵包的抉擇，當主旨是愛情至上時，現實利益就是對立信念。在這個故事中，主角面對的難題，基本上都會集中在金錢的考驗。

故事要有**主旨**，主旨要讓觀眾認同；但主角一開始常常要先相信**對立信念**，才能讓他在故事最後改變想法，產生成長。像《金牌特務》的主角一開始認為「人出生在什麼環境，決定了他的命運」，他出生在貧民窟，注定是廢物，但最後他了解到無論他出身高低，都能成為金牌特務。

問題來了：我們又必須讓主角在開始時獲得觀眾認同，那是不是等於要讓觀眾認同對立信念？

對立信念和主旨信念相反，要怎麼讓觀眾認同對立信念，最後又認同主旨信念呢？這是有方法的。

觀眾是認同主角的「想要」而非「價值觀」

但是在談方法之前，我要先澄清一個誤區，就是「主角的價值觀必須被觀眾認同」。這一點是沒必要的，有太多主角價值觀有問題的故事，像《屍速列車》，主角是個惡質的經理人，像《哆啦A夢》，大雄根本是個廢柴，我們在故事開始時就知道他們錯了，但我們還是認同了他們，為什麼？

因為我們認同的是他的**「想要」**，我們可以理解他為什麼想要那個東西，所以儘管知道他的價值觀是錯的，但我們可以理解大雄不想寫作業，也可以理解經理人想討好、保護女兒的心情。

所以要讓觀眾認同主角，重點是理解他追求目標的**動機**，而不是認同他的價值觀。我們難以認同的，是他用錯誤的價值觀，居然真的幸福快樂了，因為這就變成作品主旨有問題了，所以在角色價值觀還沒修正前，就算暫時獲得了一些勝利，也必然會有不良的後續。

但這種道德意識政治正確的故事，通常只會給我們一個滿意的結局，只能講一個理所當然的主旨，卻無法給我們一個深入的**洞見**。

藉由「對立信念」尋得故事的洞見

想要寫一個充滿啟發性的作品，我們通常必須讓政治正確的想法，成為我們的對立信念。

例如《派特的幸福劇本》，對立信念是「克服缺點」，我們怎麼能說「克服缺點」是錯的呢？但如果你能說服觀眾，那就會成為一個深入人心的洞見。

當我們談角色塑造時，「反常」是最有效的塑造法，而要找反常的方法，就是先用相反的形容詞，找到相關的元素，再用這個元素來表現你想塑造的特質。例如你寫一個人連失火了都很淡定，失火這個「緊張」的情境，用來描寫「淡定」這個特質，效果最好。

同樣的概念，我們也可以用這種思路，來替我們找到洞見。「克服缺點」是為了「變成更好的人」、「找到幸福」，我們有沒有可能用相反的方式，達成相同的目的呢？於是《派特的幸福劇本》給了我們一個洞見：「你就是你最好的樣子」、「接受缺點，才能找到幸福」。

編劇設計了一場賭局，把「比賽得五分是不好的」，扭轉成「比賽得五分就贏了」。於是故事就從對立信念的「克服缺點」，來到了主旨的「接受缺點」。

這個技巧也一樣適用於政治正確的信念。例如《恐龍當家》在談「勇敢」這件事。它是怎麼詮釋勇敢的？它先找到勇敢的相反形容詞：害怕，再用害怕來詮釋勇敢：「勇敢不是不會感到害怕，是儘管害怕，仍然願意前進。」

所以我們可以用一樣的技巧，來設計各式各樣的洞見。例如我們一樣談勇敢，我們尋找相反的形容詞：害怕，害怕什麼呢？比如說，害怕失敗。那我們就用失敗來詮釋勇敢：「不是因為不會失敗才勇敢，而是因為沒有人可以永遠成功；既然註定失敗，何不盡情勇敢呢？」

我們就可以從「害怕失敗，所以懦弱」這個聽起來理所當然的對立信念，走到「註定失敗，何不勇敢」這個帶著洞見的主旨信念。

這世上無論是正向或負向的東西，都存在兩面性。所謂的深入思考，所謂的**洞見**，往往就是試圖去挖掘出這種**兩面性**。

03 如何用「故事核心」，讓不同的故事線緊密相扣？

在討論主題主旨時，有一個很相近的概念叫**「故事核心」**。

一部電影、一集電視劇通常有三條以上故事線，這些故事線可能發生在不同角色身上，而且情節彼此沒有關聯，但是是什麼東西讓這三條故事線同時推進時，不會產生混亂、瑣碎的感覺？正是「故事核心」。

「故事核心」不見得是一句話，有時它是一個概念，例如「友善」、「離別」；有時是一種關係、一段時間，例如「鄰居」、「青春歲月」；有時也可以是一個物件，例如「院子」、「獎盃」。總之，只要能在作品中被劇情呈現出來的，都有機會成為核心。

如果你想練習分析故事的核心，我覺得看情境喜劇是很好的方式，因為情境喜劇一集的時數短（多為三十分鐘），集數多（常是上百集），角色也多，而且每集的事件都要和每個角色扯上關係，所以事件類型豐富，看似混亂、隨機，但每一集通常還是有自己的核心。

我們以《追愛總動員》第四季第十四集為例。這部情境喜劇共有五個主要角色：泰德、馬修、莉莉、巴尼和羅賓。這一集的主線：羅賓因為長期失業，即將被遣返回加拿大，但卻總是面試失敗，怪點子一大堆的巴尼，決定替羅賓拍影音履歷，結果鬧出一堆笑話。

第一條副線是：馬修因為腰傷去看醫生，人高馬大的他，因為腰傷的病名叫「芭蕾舞者症候群」，因此受到大家的嘲笑。

第二條副線是：泰德大學時代自稱X博士，偷偷主持廣播電台的故事。

乍看之下，這三條線根本毫無關係，但編劇是怎麼把它們串在一起的呢？這一集的核心是「履歷」。羅賓找工作要履歷，而履歷又延伸出，大家常常把一些中二的經驗放進履歷裡，像馬修就在履歷中自稱「灌籃戰神」，泰德放入了X博士主持電台的經驗。從這個地方，編劇又再延伸出了一個核心問題：我們如何面對自己過往的驕傲（履歷）？

所以主線上的羅賓，在故事一開始時，因為當過主播（她的驕傲），所以瞧不起樂透開獎的樂透女郎，但當故事推進，她發現自己找不到工作時，最後放下驕傲，去參加了樂透女郎的面試，才發現自己連樂透女郎都面試不上。

而馬修的芭蕾舞者症候群，則是從「再也無法灌籃」這件事延伸出來的笑點。本質上，它還是一個面對自己過往驕傲的問題。

而泰德自以為帥的X博士，其實大家都知道那個人就是泰德，只有他不肯承認匿名失敗，堅稱X博士是至今未解之謎，這也是自己放不下的驕傲。

發現了嗎？看似風馬牛不相及的三條故事線，其實有著共同的**故事核心**。或更進一步說，編劇是如何找到這三條故事線的？其實正是從核心出發，延伸出來的。

所以沒有核心概念的人，寫戲是瞎編，想到什麼就塞什麼，因此故事顯得零亂、流水帳，但有核心概念的編劇，就會懂得從一個點出發，從外部延伸內部，創造出亂中有序、殊途同歸的好作品。

如果你看過中國出產的一些情境喜劇（如《愛情公寓》），對比美國的情境喜劇，就會感覺前者顯得鬆散，像大雜燴，只是笑點的拼湊，而後者卻顯得紮實，感覺笑中帶淚，隱隱從中能有體悟，最大的差異，就在於對**故事核心**的把控。

所以在整集三十分鐘的各種笑點過去後，我們看到泰德和馬修動手將自己可笑的經歷從履歷上刪除時，我們也經歷了他們放下過往驕傲的角色歷程，從中看見我們自己的縮影。

編劇在此巧妙加入了莉莉的過往，難道我們只能「放下」嗎？不，莉莉再度挑戰自己的驕傲，成功從八分鐘吃下二十九根熱狗的大胃王，進階成三十三根，再創榮光。這就是「平衡」，面對過往，可以放下，可以再創。

04 故事沒主旨怎麼辦？如何從「衝突」中找到主旨？

發現很多人對於「故事要講什麼」似乎很頭痛，這其實是一種優點，代表你具有對於故事題材的嗅覺，只是你不知道該怎麼深入開發這個故事的潛力。

很多人會把「故事必須有主旨」想成是命題作文，我們要先設定「愛情 vs 命運」這樣的框架，然後開始設定男女主角各自無法結合的「命運」。這是一種方式，但並不適用於所有人，因為很多人在想到主旨之前，故事其實就有雛型了。我會建議你先找到故事的**衝突**，也就是找到角色的**想要**、**行動**和**阻礙**，這是故事中兩股對抗的力量，你應該從這兩股力量中，自然地看出**主旨信念**和**對立信念**，而不是硬去賦予它意義。

舉例來說，羅密歐與茱麗葉的主旨是什麼？是什麼阻擋了他們的愛情？是家族的仇恨。這就是故事中的正反力量，愛情 vs 仇恨，我們可以看到故事中愛情一再試圖穿越仇恨，但仇恨卻始終阻擋在他們面前。

當然主旨的細節，在不同的人詮釋下，可能有所不同。有人說，他們最終靠著犧牲生命戰勝了仇恨，愛情的偉大不在生死，而在曾經存在的永恆；有人說，仇恨如此可怕，愛情無法超越，若能放下仇恨，美好的愛情早已開花結果。無論是哪種詮釋，這故事的每個細節都很自然地聚焦在**愛情 vs 仇恨**上。

所以從你的故事雛型本身，去看到底相互碰撞的東西是什麼，也許只是兩個人的鬥爭，但這兩個人是誰？他們各自帶著什麼價值觀？主角陷入的兩難選擇是哪兩派？面對殺人犯是寬恕或制裁？面對舊愛是放手或挽回？你要自己去選擇故事的焦點，去選你要挑出來碰撞的力量。

這也是為什麼通常我們在發想故事時，除了主角，第二個通常就是去**找反派**，因為只有**正反力量**都確立，故事的焦點才會浮現出來，而我們就要順著這個焦點來設計故事，才不會讓故事出現「焦點在A，發展卻在B」的狀況。

當然，題材中會讓你有感覺的東西，是不一定的。有時你就只是順著人物的慾望和處境一路往下走，根本沒想到什麼反不反派的問題，直到故事的樣貌越來越明顯，你開始意識到那個「阻止主角獲得幸福的東西」，意識到哪個版本的方案你最有感覺，你才明白自己的故事在談什麼。這就是很多創作者訪談時會講到的，「我們一開始就只是胡亂拋出意見，後來才知道這是『關於什麼』的故事。」

當我們知道後，就會回頭去調整、修改，使**正反力量**聚合在我們想強調的主旨上。

6

chapter

作為編劇

01 怎麼寫，才不會過度指導演員與導演？

編劇在劇本上必須將畫面描述到什麼程度，而不會過度指導演員、干擾導演，又可以把編劇心中真正的想法完整呈現？要回答這個問題，就必須好好對**編劇**、**導演**、**演員**的任務區隔做充分的認識，才會更清楚知道該怎麼拿捏劇本裡的描寫。

編劇、導演、演員都有各自說故事的工具

這裡的任務區隔，不是技術上地說，演員負責演戲、編劇負責劇本、導演是總舵手這樣的概念。我更想談的是，三者的專業在「**說故事**」這件事上，各自扮演什麼角色。

1 演員說故事的工具

演員說故事的工具，就是他的**肢體**、**表情**與**聲音**。劇本提供了角色，和角色所面對

的一個又一個情境，演員讀完劇本，會對自己要扮演的角色有一個詮釋的想像，而他會利用他的工具，把這個角色演繹出來。

2導演說故事的工具

導演說故事的工具，則是**畫面**。畫面包含了拍攝角度、光線、色調、聲音、演員調度等觀眾坐在戲院裡會感受到的一切。導演在讀劇本時，會開始想像要怎麼把文字轉換成一個又一個畫面，把劇本詮釋出他希望完成的感覺。

3編劇說故事的工具

那編劇說故事的工具是什麼？很多人都以為是文字，但其實編劇說故事的工具不是文字，文字只是表達出你想像的媒介，但因為你所寫的文字幾乎有一半都不會被看見（只有對白會被「聽見」），所以你說故事的工具是**「結構」**。

為什麼編劇說故事的工具是結構？

結構就是「元素組合的方式」。哪個場景要在前，哪個場景要在後，是結構；一個場景中什麼地點什麼時間什麼角色發生什麼衝突採取什麼行動導致什麼結果，是結構；一個擁有什麼背景能力價值的角色，經歷了什麼樣的冒險挑戰，最後收穫了什麼成果，是結構。

試想，如果《鐵達尼號》的角色改成女生沒錢男生有錢，它整體被呈現的感覺還會一樣嗎？如果改成撞上冰山主角最後沒死，有情人終成眷屬，感覺還會一樣嗎？如果船換成中國的船呢？如果船換成飛機呢？這些更動之後，故事還會是同一個故事嗎？

有發現嗎？我根本就還沒進入劇本的「文字」，你就已經可以感受到差異了。所以編劇說故事的工具不是文字的描寫，而是提供各式各樣的**組合**，來達到你想傳達的情感、主旨。

在專業能力均等的情況下，編劇、導演在身體聲音的運用上，一定不如演員；演員、編劇在畫面的經營上，一定不如導演；而演員、導演在結構的安排上，一定不如編劇。既然不如別人，又何必插手比你更專業的人的工作呢？

所以演員不喜歡看到編劇限制他的身體、聲音與表情，導演不喜歡看到編劇限制他的拍攝角度、光影色調或背景音樂，因為一來你做的不一定有他好，二來如果你都做完了，他們要做什麼呢？

編劇應該專注在自己真正的工作上

編劇真正的工作，是搭建舞台，讓導演、演員能發揮他們的長才。演員喜歡看到的本，是一個角色他覺得「如果由我演，一定很好看」。導演喜歡看到的本，是一個場景他覺得「如果我來拍，一定很好看」。他們一點也不希望花時間去弄一個作品，來告訴大家「編劇很厲害」，他們更希望觀眾覺得「我很厲害」。

所以本篇最開頭的提問，在第一時間就搞錯方向了。如果你要我給予一個原則上的建議，到底該描寫畫面到什麼程度才好？我會說，越少越好。因為我們的工作，本來就不是描寫畫面。

我們只需要明確的指出，什麼地點、什麼時間、什麼情況、角色說了什麼話，做了什麼事。這裡的「做了什麼事」不是「他倒了一杯水，喝了一口，繼續說」、「他歪頭想了想」這種事，而是「他刺死了對方」、「他撿到一本筆記」、「他唱了一首歌」這種事。

你要寫的，是你如果不寫，結構就會崩壞、情節就無法推動、動機就無法成立、角色就無法被理解的東西。不要花太多力氣去把你腦中的畫面寫出來，因為那不是你的工作，畫面是導演的工作。

重要的是你安排男女主角重逢了，而不是他們重逢時到底抱了幾次親了幾下笑得有多燦爛。重要的是你設計出一個場景、一種情境，讓導演和演員覺得有發揮的空間。重要的是你安排了一種故事的**順序**，創造出驚奇、懸念與啟人深思的主旨。重要的是你設計出了一個角色，讓我們看到他一個又一個的決定後，變成一個有趣的人物。

《我只是個計程車司機》中的結構

在《我只是個計程車司機》中，編劇先讓我們看到角色調皮但不失善良的性格、不屑學運的態度、家庭缺錢的情境。然後安排他為了錢踏上旅程，和坐在車上的記者發生矛盾，想進光州卻進不去，想離開又離不開，旅程漸漸走樣，他看見了和他想像不同的學運樣貌，和之前討厭的每個人都成了朋友，發生了最可怕的事，他讓我們了解到他的過去與他的脆弱，他決定離開，卻又選擇回去。他遇到了生命的危險，但他堅持到底，最後成功解救記者脫險。他擁有成為英雄的機會，但他卻甘於平凡。

發現了嗎？這個場景順序編排，就是一種**結構**。依著這個大結構，設計**場景**。再依著場景，設計**對白**。這是大結構下的小結構。這才是編劇的工作。

02 如何寫好「故事大綱」？

故事大綱怎麼寫？這是一個不好回答的問題，因為這個問題基本上和「小說怎麼寫」、「劇本怎麼寫」一樣，是個大哉問。但偏偏這也是編劇新手最容易遇上的問題，因為每當有一個製片或導演與你聊完，大概都會結束在：「那就先寫個故事大綱吧。」

更可怕的是，大多數提案的成敗，幾乎都決定在這個故事大綱，所以這個問題既籠統又細節，既抽象又實際，導致很多人想了解如何寫故事大綱。這篇文章，我試著以各種不同的角度，來分享我所知道的部分。

故事大綱沒有格式

可能因為劇本有格式，所以大家也覺得故事大綱會不會也有一個格式，但事實上沒有。你不會問寫小說有沒有格式，所以也不用擔心故事大綱的格式。但業內確實在慣例上，有一些故事大綱的規格和架構。

故事大綱有很多種類

因為名詞使用的不精準，只要是「沒寫成劇本格式的」、「比劇本短的」、「可以節省時間方便溝通的」，幾乎都有人把它叫故事大綱。這在編劇的角度是很無奈的，但事實如此，你會發現人們說的故事大綱，有時是影片的劇情簡介，有時是極粗略的劇情線，有時是有頭有尾的故事敘述，有時是飽含細節，只差沒有對白的完整劇情。

當然人們也會用各種名詞試著去定義它們，例如梗概、短綱、大綱、長綱、細綱，但這些名詞並沒有清楚的定義，所以每個人的認知也不一樣，就呈現一個有說等於沒說的狀態。

延伸出來的結果，大家乾脆就用字數去確認，五百字？一千字？三千字？一萬字？要留意的是，重點不是「短綱是幾個字、幾個字叫長綱」，而是「提出這個字數要求，是為了要看什麼」。

通常兩百字內的「梗概」，是希望看到故事的主創意和賣點，看到故事的高概念是什麼；一千字內的「短綱」，則是希望看到故事大概的走向；要求三千字到五千字的

「大綱」，是想看到完整的劇情，每段情節轉折的呈現（指電影，影集的總綱則約需一萬字）；一萬字的「長綱」，則是會希望看到細節，看到角色具體的演出。

要留意的是，當要求到五百字以上時，一般都是指有結局的。放在DVD或Netflix上面那種有頭沒尾的劇情簡介，不叫大綱，故事大綱是有**結局**的。

你不需要太糾結「怎麼樣才算寫得有結局？」，你真正需要糾結的是，怎麼寫劇本才看得出有故事？如果**故事線明確**，最後結局似有若無，像是「他們靜靜等待最後決戰的來臨」或「他是否能得到救贖？」或「一台警車緩緩向他接近……」，其實倒無傷大雅。比較怕的是你的結局是「他成功打敗了對手」這麼明確的句點，但過程中故事線卻很模糊，這個問題就比較嚴重一點。

撰寫故事大綱的原則

要怎麼把大綱寫得**故事線明確**呢？請把握幾個原則：

1 啟動點明確

你不一定需要在大綱中鋪陳交代太多角色細節，但一定要有一個「事情發生了」的點。他被迫出櫃了、搶案出了亂子、撿到一個古怪的紅包、啟程去見女友父母……是什麼改變了主角的生活？

2「想要」和「任務」明確

角色要什麼，想解決什麼，想克服什麼，打算怎麼做？這個「想要」可能在啟動點前就存在（想當明星，遇到星探），也可以在啟動點後才出現（遇上船難，孤島求生），但一定要有。

3講情節，不要講感受

情節是由「行動＋反應」組成的，而「行動」則是由「想要」產生的。所以在理想的情況下，你的大綱應該看起來會是角色想要一件事、去做一件事、遇到一件事、結果讓他又去做了一件事、結果讓他再去做一件事……一路走向結局。這些東西的組成才是故事線。對難民的處境如何艱難的描寫，對青春的感言，都不算情節。

4衝突、衝突、衝突

有衝突才有戲，所以上面第三點講的一件又一件事，應該是一個又一個阻礙，而且一個阻礙比一個阻礙更大，並且持續累積。理想的故事應該是：問題變糟變糟變糟……而不是問題解決問題解決問題解決。

我們常說劇情「像滾雪球一樣」，所以從頭到尾應該就是那顆雪球，同一個問題，在解決的過程中越演越烈。大綱應該讓我們看見這個過程。

當然實際在寫作大綱時，還是難免需要加入一些渲染情緒的內容和解說，但要記得**故事線**才是最重要的。儘管故事可能很複雜，有很多條故事線，但在大綱中應該要理出一個主脈，才不會造成閱讀的困擾。

故事大綱的架構

架構是指大綱本身的規劃，很多人會問字數怎麼安排，開頭要怎麼寫什麼的。基本上這個也沒有什麼特別的規定，隨人喜愛，怎麼吸引人就怎麼寫。

為了第一時間吸引讀者的興趣，大綱大多是**破題法**居多。第一時間出手便是**啟動點**，給角色一個大麻煩，故事就順著開展下去。

有些人會找一些錦言佳句放在開頭做為引子，做一個氛圍。但氛圍做完就要回到上一個原則，儘快進入啟動點。大多數人的習慣都是先大量鋪陳角色，寫了三五百字才走到啟動點，這個方式在大綱上會顯得比較弱。

你可以試著把你寫好的大綱前面的鋪陳去掉，會發現很多時候沒有那些角色說明也可以看得懂故事，如果非要說明，可以考慮等到第二段或第三段再說，先抓住注意力為重。

在字數安排上，如果你需要一個數字來建立安全感，就以三幕劇原則切成三分，長度是1：2：1。所以三千字的大綱，大約是七百五十字在第一幕做啟動點、和推動，第二幕一千五百字一路發展到最大危機，第三幕七百五十字收尾。如果你用W型結構來寫，就是四等分，每個波段七百五十字。

但這個數字其實僅供參考，在實務上還是要看你的故事怎麼安排。

有些人會在大綱開頭寫「第一場」的戲，直接用一個事件來吸引注意，並且帶出角色性格。這不是啟動點的寫法，但因為一出手便進到事件，也一樣有吸引注意力的效果。所以大原則抓住比較重要，細節怎麼呈現更好，你可以發揮你的創意。

03 如何寫好「分場大綱」讓故事影像化？

分場大綱的格式

分場大綱基本上是沒有標準格式的，常見的模式是直接寫得像劇本一樣，但每一場的內容是寫成大綱，只描述事件過程，沒有拆成一個個動作和對白（或只有關鍵對白）。例如：

場83　外景　貝茲旅館外　夜
瑪莉安在雨夜中開著車，受到貝茲旅館的招牌吸引。
瑪莉安走入旅館中，卻發現旅館櫃檯沒有人，她等不到人，便回到車上按喇叭想吸引人注意。諾曼出現，帶瑪莉安進辦公室。

場84　內景　貝茲旅館辦公室　夜

諾曼協助瑪莉安訂房，瑪莉安留了假名和假地址。

諾曼給了瑪莉安1號房的鑰匙。

像這樣，分場大綱替劇本規劃出了一個動線，之後寫劇本時就是依照這個動線來設計動作和對白。

分場大綱的內容與寫法

在談分場大綱的內容前，我們先弄清楚兩個常被搞混的觀念：「場次」和「場景」。

「場次」與「場景」的區別

一般劇本中標註的「S1」或「場1」，指的是**「場次」**，也就是「時空的順序」。時間、空間一變，場次就變。同樣是早上，故事從醫院門口移動到急診室內，空間（地點）變了，就是不同場次；同樣是教室，但早上在考試，下午在打掃，時間變了，場次也變。

而我們講的**「場景」**，嚴格說起來是一個「事件」或「情境」，事件或情境變了，場景才變。例如：

一個人因中彈受傷緊急送到醫院，在急診室內搶救，家屬在外面焦急等待，醫生出來宣告搶救成功，大家鬆了一口氣。

這要是依「場次」來分，可能可以分成六場：救護車內、醫院門口、走廊、急診室、急診室外等待區（手術中）、急診室外等待區（手術後）；但如果以「場景」來分，可能只有一場，或是兩場（送進醫院手術、宣告獲救）。

這也是實務工作時大家對一部電影應該分成幾場常常眾說紛紜，或是明明分場大綱只有四十場，進了劇本卻變成一百三十場的原因。因為有人用場次來算，有人用場景來算，而且每個人區分場景，和判斷需要多少場次時意見也會不同（如上面的例子，有人就不會寫救護車內和走廊，只需要醫院門口、急診室、等待區〔手術中〕和等待區〔手術後〕就能把情境交代清楚了）。

分場大綱要以「場次」計或是以「場景」計？

以場次計或是以場景計哪個才是對的？答案沒有對錯。但以編劇與導演合作的立場，以及分場大綱的主要功能和易懂性，我會比較推薦以「**場景**」**計**的方式。

從上面醫院的例子，其實大家就可以看出，一個送醫獲救的過程，在情節中就是一個明顯的段落，一個場景就可以簡單敘述完，但如果要分成六個場次，救護車內大家好焦急，醫院門口大家好緊急、走廊大家好心急……重複性太高，閱讀起來也會感覺沒有重點，不知所云。

像開頭分場大綱格式的例子，如果你細看會發現，83場其實包含了三個地點，有車內、車外與旅館櫃檯。但如果我真的把它以場次的方式來寫，整個分場大綱讀起來想必是支離破碎，難以理解，對吧？事實上，如果以場景來考慮，這83與84兩場也可以合併成一場來寫，基本上就是瑪莉安入住的一連串過程。

場景型的分場大綱寫法，能讓我們更聚焦在**故事**，不必在瑣碎制式的格式中迷路。

83和84場的寫法，讓我們看到了分場大綱的寫法是存在彈性的，我會把場景寫成一個大概念，83場我覺得重點是表現「瑪莉安來到旅館，求助無門的焦急」，而下個場景的重點在表現「留下假資料，順利入住」，所以我切成兩場。

在標示上，83場瑪莉安從開車、進旅館、按喇叭等等，有不斷切換地點和內外景，但整體感覺是在雨中進行，所以寫外景；而整段感覺重點在旅館外，所以就寫旅館。

而這個景這部分不同編劇會有不同的切法，這是個人自由，畢竟重點不是「怎麼寫才對」，而是**「怎麼寫表達最清楚」**。

留意，雖然我有我個人的看法，但不同的劇組有不同的意見，像我就曾遇過我以「場景」來標，結果被製作人回饋說場數太少，這是因為在一般業界，有人會以「一集連續劇大約有25場」來計算時間長度，這裡的算法就是用「場次」計。所以請習慣確認彼此的認知有沒有一致。

分場大綱的重點不是格式對錯，而是表達清楚

大家要漸漸養成一個習慣，不要總是去想「怎麼做才對」，這樣常常就會綁手綁腳，很怕犯錯。如果可以把焦點放在「怎麼做才更好」、「我這樣安排的原因」，就不怕別人挑毛病。

劇本會有一個比較明確的格式，是因為涉及大量人員的溝通合作，如果完全放任自由發揮，會在拍攝過程中產生很多不必要的誤會，並且浪費很多溝通時間。但像大綱、分場大綱這種「階段性任務」，多是事先規劃和私下溝通的工具，格式上就不會有太多硬性的規定，好用最重要。

所以有時你也不妨問問合作方，他們是否有習慣的工作格式，還是你就依你習慣的方式去寫？這樣通常就不需要在格式上花太多心力。

撰寫分場大綱的四大技巧

處理完「外觀」之後，我們現在來談一談分場的技巧。分場就像**剪輯**，不同的分場會產生不同的效果，同樣的一個事件，你用ABC這個順序寫，和用CAB的順序寫，創造的效果就會不一樣。

分場和剪輯不同的是，分場不只是在「排順序」，也需要「選場景選事件」。我們把這兩件事分開來談。

1將大綱轉變為演出

大綱到分場，是一個把「故事」完全**「影像化」**的過程。大綱中你可以說「他是一個無所事事的小混混」，分場時你必須要找到一個**場景**來表現這件事，例如：

1他在電動遊戲間打電動，卻和電話中擔心的媽媽說，自己有好好在找工作。

2他在海邊公路上邊騎車邊唱歌，虧妹虧到恐龍妹。

不同的場景選擇，會創造不同的畫面、調性，呈現出角色不同的質感。第一個小混混更像小流氓，而第二個小混混則更像個痞子；但還是要看細節對白和動作怎麼寫，第一個小混混那段可以寫得很悲情暴戾，也可以寫得很嬉笑怒罵。

所以分場的第一個工作，就是**把大綱中每個部分都影像化、視覺化，變成無描寫、全演出的狀態**。

2 抓出故事中的主戲

第二個工作，是抓出故事中的**主戲**。如果你分場時，從頭一場一場按順序往後分，很容易混亂迷路，分到後來自己都抓不清重點了，就會越分越亂。

戲的進行，大致是由**鋪陳**、**主戲**、**結果**組成的，例如這個段落重點是「展現角色性格」，那能夠展現角色性格的事件就是主戲；重點是「捲入大麻煩」，那實際被捲入的那個當下，就是主戲。

先確定每一個段落的主戲是什麼，你就擁有一個個座標，這時再由主戲往前做鋪陳、往後做結果，你的分場就會很清楚。

3 依照節奏和調性整理分場

再來，是要整理你的分場，整理的重點是**節奏**和**調性**。

節奏部分可以分為數量和場景類別來看。上述所說鋪陳、主戲、結果、鋪陳、主戲、結果……像這樣三個一組的方式來分，作品確實會「沒有犯錯」，但會顯得死氣沉沉，感覺節奏緩慢。

試著將你的「結果和鋪陳」結合成一個場景，讓戲的節奏變成鋪陳、主戲、結果（即鋪陳）、主戲、結果、主戲、結果……故事就會變得更緊湊；而當你想讓故事放緩呢？就增加場景的數量，用兩三個場景做鋪陳，再拉進主戲。

場景基本上分成兩種：「對主情節產生變化的」以及「傳達情感和交代資訊」。第一種通常是主戲，兩個人分手，關係產生了變化，劇情就向前推動；第二種則常見在鋪陳和結果，但要留意這類場景其實沒有推動劇情，分手後，走在街頭很難過，一個人吃飯很難過，要睡了在床上也很難過……你看，場景增加，節奏自然就變慢，劇情在原地打轉。

調性指的是場景的性質，快或是慢？緊張或是輕鬆？熱鬧或是孤獨？應該適度穿插不同調性的場景，才能突顯出每個場景的調性。以前述電動間與海邊兩個場景的取捨，一個是室內擁擠吵雜，一個是戶外開闊單獨，我們可能就會因為前後場景的調性，而做出不同的選擇。

4 每一場分場都要有衝突

最後，記得確定每一場分場都要有**衝突**，不能因為這場是鋪陳或結果交代，就草草處理。

以上是一些基本的分場大綱原則，細節要談實在太多了。分場可能是整個編劇過程中，最考驗編劇功力的一個階段，同樣的大綱，交給不同的編劇來分，可能一個天堂一個地獄。

很多業主甚至新手編劇都以為分場就是大綱照著場景切一切放進去，結果最後劇本的成品變得鬆散無力，對白怎麼修都沒用，要解決問題，常常需要回到分場。

祝大家分場順利。

04 「劇本」怎麼寫，才能好讀又好用？

經常在劇本寫作上會遇到一個問題，寫很多細節，會被說「寫太多、太囉嗦」，寫得很簡單，卻又被說「看不懂」，到底怎麼去蕪存菁，什麼是蕪，什麼是菁？

很多人以為這是一個「專屬於劇本的問題」，但事實上，你寫散文、小說，也會遇到很相似的問題。有的小說讓你覺得太囉嗦、太累贅，充滿了讓人想跳過的無意義細節，有的小說讓你覺得很難讀、表達很難懂。所以這並沒有一個標準答案，最終還是回歸到**「讀的感覺」**上。

因此，不要落入「怎麼寫才對」的問題，劇本細節要寫多或寫少，寫細還是寫空，你是作者，你完全可以自己決定。

實際在業內也確實有兩派，一派導演、演員希望你能寫得比較簡單，另一派則希望你像小說一樣寫出每個動作。

前者的想法大多是：「你寫這麼細我讀很累」、「你寫這麼細好像把我當白癡」、「你什麼都寫了限制了我的想像空間」。

後者的想法大多是：「這樣可以減少溝通成本」、「你多寫一點我就不用費力想」、「你讓我知道我該做什麼就好」。

所以你看，哪有什麼對錯，大家根本就是照自己喜好在要求編劇，你如果都聽進去了，當然會感覺非常混亂，很難拿捏。

但事實上，你想寫什麼、怎麼寫，你都是自由的。最重要的只有三點：

一、讓讀者為故事歡呼

我最常給學員的建議是：**你應該把劇本寫得像故事書，而不是寫成拍攝指導手冊**。最好的劇本，是讓人讀了會覺得「故事真精彩」，而不是「知道你想怎麼拍」。只要你的故事很精彩，要怎麼用鏡頭把它說得更出色，就放心地交給導演吧。

但反過來說，就算大家都知道你想怎麼拍，用什麼鏡頭、什麼角度，但讀起來感覺很出戲、故事很無聊，那也不會有人想拍的（除非你出錢）。

所以你想要什麼細節和內容，用什麼順序寫，就照你心中覺得讀起來最精彩的樣子呈現吧。

二、你能夠想像它被拍出來的樣子嗎？

很多人會困擾，我們怎麼知道什麼能拍什麼不能拍？其實原則很簡單：**寫你能想像出來的東西**。

你自己都不知道拍出來是什麼樣，那就不要寫。你自己都不知道那是什麼表情，那就不要寫。

什麼欣喜又悲苦的憂鬱笑容（到底是什麼表情？），什麼天下合久必分分久必合（畫面是什麼？大山大海嗎？），對白、旁白、心聲或許可以把那些抽象的東西唸出來，如果你的想像是有聲音在唸旁白，那就寫吧。但如果你完全想不到那是什麼，就不要把難題交給導演和演員。

三、盡可能簡潔

簡潔不等於簡單，不是叫你寫得很少，而是希望**幫不上忙的東西不要寫**。

就像冗長又不知道在幹嘛的影片讓你昏昏欲睡，文字中一大堆用途不明的細節和說明，也會讓人難以招架。

簡潔指的是沒有廢話，寫下來的東西都派得上用場，要嘛是建立氛圍，要嘛是塑造角色，要嘛是情節必要。如果什麼用途都沒有，為什麼要告訴我主角床單的顏色，還有他筆記本的樣式呢？

檢查簡潔最簡單的方法，就是把你寫的東西刪掉。問自己，讀者不知道這個，對理解角色、故事有影響嗎？如果沒有，那就刪了吧。

簡潔是創作者的詛咒，當你把簡潔放在心上時，最常發生的事情是：什麼都寫不出來了。

因為當你在不斷自我懷疑「該不該寫」時，你就無法再「創作」了。這就像腦力激盪一樣，發想時不批判，一批判，創意就停止了。

這也是為什麼要不斷強調**劇本是改出來的**。因為憑直覺寫下來的東西，必然充滿各式各樣的問題。但一直要求自己想清楚，又容易寸步難行。

所以當你在寫時，放下什麼去蕪存菁的包袱吧，你東西都還沒長出來，哪有什麼蕪跟菁呢？你就是照著你**想寫的**把它寫下來，往下寫，往下推動，就把這個過程當成是「把作品好好想過一遍」吧。

我相信很多人跟我一樣，在實際進到最細節時，都沒有「真正好好想過一遍」。所以寫大綱才發現人設有問題，進分場才發現大綱有問題，進劇本才發現分場有問題……

這都很正常。

我們不需要把所有要求一次做到，沒有必要一次就達到最高標準。把寫出來的內容刪除、改掉並不是「做白工」，而是我們思考的累積。請大膽寫，大方改，你的作品自然會在一次又一次的修正中，變成你喜歡的樣子。

如何按「標準流程」產出劇本？

一般來說，我們寫劇本會經過三個步驟：**故事大綱**、**分場大綱**、**劇本**（如果像電視劇那樣有分集的，會在故事大綱和分場大綱中間多一個分集大綱）。

步驟一：故事大綱

故事大綱的功能，就是讓你的想法先就定位。在這個時候，請忘掉第一景第二景第三景，也忘掉台詞、畫面等，只專注在「說明故事」上，故事怎麼順就怎麼說，記得讀者只能讀到你的文字，讀不到你腦中的畫面，不要把大綱寫成了零零碎碎的畫面筆記。

如果你的故事有比較複雜的時序，也可以先照時間順序寫，把劇情梳理清楚後，再改寫成跟實際故事樣子比較接近的版本。

步驟二：分場大綱

等故事大綱擬定後，把描述轉變成演出，並且開始安排順序。在這個階段，就是在決定**「演出順序」**，我可能第一景是二〇〇〇年的台北，第二景是一九八〇年的高雄，第三景跑到第一景的隔天……在分場大綱中，我們會安排每一場的人（角色）、事（事件）、時（時間）、地（地點）、物（道具），寫上場景中每個角色的**場景目標**，可能會加上一點點關鍵對白（非必要），把它們速記下來。

在寫分場大綱時，要留意每一場是否具備衝突、角色價值是否有產生變化，如果發現場景中缺乏了這兩件事，就應該改寫這個場景，或讓它與其他場景合併。

步驟三：寫劇本，留意第四面牆

等分場大綱安排好後，才會進入劇本的部分。這個時候你就可以完全專注在**場景當下**，將各人物的場景目標所碰撞出的互動，化為對白。記得，角色都是活在自己的世界裡，觀眾是透過透明的第四面牆偷看他們，角色不會知道有觀眾在看他們，自然不會「說給觀眾聽」、「演給觀眾看」。

透過這樣的劇本創作流程，按照步驟寫劇本，你就可以**分階段**整理你的構想，不再同時被一堆問題綁住而停擺了。

05 常被說「節奏不太對」？如何培養對戲劇節奏的直覺？

我常和我的學生算數。每次討論劇本時，我常會數著他的劇本當中的某些東西，無論是對話、節奏、劇情鋪排甚至角色，我總是點著點著然後抬起頭來說：「數字不對。」他們會回我一個「你在說什麼東西啊？」的表情。

但後來他們便漸漸習慣了我這種近乎把劇本當成一種科學在討論的模式。事實上，這確實是一門科學，就像藝術家可以算出所謂的黃金比例 1.618，人對於哪些東西「美」或是「不美」，其實在數字上是有些「潛規則」的，但我們常常忽略了。

2拍還是3拍？快與慢的技巧掌握

有些人天生「戲感」很好，不需要特別去思考，就會很直覺地丟出正確的數字，並且在對的地方放上對的元素。但多數人可能和我一樣，不是天才但也想說故事，想到什麼寫什麼，結果就是常常「哪裡怪怪的」。而其中的差異，常常就是「數字不對」。戲感的培養需要時間，而且你要長時間專注看品質比較好的作品，才有機會養出比較好的戲感。這個過程很漫長，中間也很危險（不知道自己看的是爛片，吸收進去了），用數字來偷吃步，是一個不錯的入門技巧。

2和3，是戲劇當中的魔法數字，如果你是剛入門寫戲的新手，我建議你將這兩個數字時常放在心中，用它們來檢查你的作品，就不會偏離對的戲感太遠。

從結構上來看，一切都是三幕劇的延伸；「起承轉合」是三幕劇；英雄旅程的十二階段也是三幕劇，每幕都有「起承轉合」四階段，所以其實也可以看成「三幕的三幕」；而每一個場景本身也都可以看成一個三幕劇，所以整部戲可以變成三幕的三幕的三幕的三幕……如此切割下去。

你只需要記得檢查一下，你的劇本是不是透過連續不斷的「鋪陳、主戲、結果、鋪陳、主戲、結果……」組合而成的，你就會發現自己有沒有漏了什麼東西（通常是鋪陳或結果沒寫出來）。當故事越來越緊湊時，前一個三幕的結果，會同時是下一個三幕的鋪陳，也就是「鋪陳、主戲、結果（即鋪陳）、主戲、結果、主戲、結果……」，節奏就變成3、2、2、2……的感覺。至於慢的戲就會保持3、3、3、3……

從笑料的操作節奏來看，也是「2」與「3」兩大類型。2就是經典的脫口秀笑料套路「Setup and Punchline」：先丟出一個刻板印象讓觀眾期待，再丟出一個完全不在期待邏輯內的答案，形成2拍。隨便一部周星馳電影，到處都是這種2拍的笑料。

3拍的笑料也無處不在，基本上是2拍的變形。最常見的就是先用2拍做出一個情境，再丟出第3拍做笑料。2拍的笑點如果連續出現，也會習慣做到3次。同樣的你找一部周星馳電影，或是《宅男行不行》之類的情境喜劇來數數看，就會明白。

對白、角色、故事線裡的「2、3法則」

一般的**對白**或**文案**也會利用拆成2與3的結構，來創造美感。

例如好好一句「我整天在咖啡館」，硬要說成「我不是在咖啡館，就是在往咖啡館的路上」。好好一句「我寂寞」，硬要說成「哥抽的不是菸，是寂寞。」簡單說是「這世上有特別壞的人」，有趣的說法是「世上有三種人：好人、壞人、好壞的人。」

當然不是只要拆成2或3，對白就會自動升級。上面的例子其實有融合了其他修辭技巧，但大原則便是不要一句簡單講完，用2拍或3拍來講會更有戲感。甚至對白中在進行「舉例」時，也都是舉2或3個例子最適合。

角色安排上，2或3也是基本款，百分之八十以上的作品都是以2人搭檔（或1正

1邪）或3人組合的方式出現。但說到這裡一定有人不服氣，像《慾望城市》那樣的4人組合現在可是流行，這就不在2和3的套路裡了吧？

4其實是2的變形。你如果拆解《慾望城市》裡的4人，會發現幾種不同特質兩兩一組對立，分配在不同人身上。兩個較保守，兩個較開放，兩個較感性，兩個較理性。

4的角色設定曾有人利用星座的地水火風來區分，或是春夏秋冬的概念來分類。但春夏其實是較暖特質的溫和版（春）與直接版（夏），秋冬則是較冷特質的溫和版（秋）與直接版（冬）。

這其實是建立在二元論上的基礎。理性／感性、熱情／冷酷、體貼／自我、多想／無腦、正義／邪惡、金錢／情感……只是做了交叉分配的組合。事實上，如果你的4不是2的變形，反而是危險的，因為這代表當這個角色傳達出一種價值時，其他人無法給予對照或回應。你可能要檢查你的故事是不是呈現一種鬆散或是角色面貌模糊的情況。

像《瑯琊榜》等宮鬥戲雖然陣營不少，但主要也是3個派系在爭，其他群體都是這3個派系的延伸，同時還有一個2的組合：「皇帝」與「赤燄軍」，作為整個故事的推力。

故事線的設計，也常是2線（主副線、正邪線或兩條均衡角色的線）或3線在進行。

總之，2與3在戲劇當中無所不在。剛入門想自學的人，把這個數字放在心上，不只可以檢查自己的作品，當你在觀摩其他人的作品時，也可以用2與3拆解看看。

06 如何做劇本分析？什麼是故事結構？

編劇的創作工具是「結構」，好的劇本就像一個精密的機械錶，看上去雖然是渾然天成，但實際上是由許許多多零件，以精準的角度組合而成。

為了能夠了解這「渾然天成」是如何辦到的，我們需要跳脫純粹觀眾的角度，以**工程師**的精神為作品進行「解構」，才能幫助我們了解編劇在作品底下安排的機關與巧思。而要學習解構，必須要先了解結構。

結構是指「組合的方式」。更進一步地說，結構包含了兩個部分，一個是「選什麼零件」，一個是「如何組合」。我們先從零件開始談起。

劇本結構中的零件

戲劇是生活的濃縮，劇本結構中的零件包羅萬象，只要是**現實生活**中存在的，幾乎都可以成為零件的一部分。如果要把它們分門別類，大致可區分為：世界觀、時空、情境、角色、行為。

1 世界觀

同樣的一件事，例如殺人，放在現代社會的世界觀是罪惡，但放在崇尚暴力或戰國時代的世界觀，可能變成英雄的表現。這裡我們就看見了**世界觀**在結構中產生的影響，同樣安排角色殺人，在某些情況下會讓觀眾反感或害怕，某些情況卻會讓觀眾欣賞。

世界觀可以再細分成：科學法則、歷史、文化、法律。

這個順序是有邏輯的。一個世界本身存在某種**科學法則**，有沒有魔法、人會不會飛、時空能不能穿越、人死能不能復活……歷史、文化、法律都會建立在這個科學法則之上，十億年前人可以生活在海底的世界觀，十億年後人也依然可以生活在海底。

如果這件事改變了，那就是歷史了。**歷史**指的是發生過的事，原本生活在海底的人類，因為某件事，導致人們被迫離開海底，來到陸地上生活，這是歷史，會影響文化與法律。只要發生過的事都是歷史，大到世界局勢、國家組成，小到一個人的感情史，都是戲劇中的歷史。

歷史會形成文化。**文化**指的是人們的生活方式、習慣和價值觀。而文化又會再影響法律。**法律**指的是明確的行為規範。

《可可夜總會》裡主角的家族之所以討厭音樂，便是因為家族的**歷史**，這個結構使他們雖然生存在一個熱愛音樂的世界，他們卻視音樂如邪惡的髒東西。於是他們家有著自己獨有的**文化**，也因此產生了家族裡的**法律**：「絕不能接觸音樂」。而主角的喜好卻明顯抵觸了這條法律，所幸外在的世界還留給他一些關於音樂的養分，於是就形成了他偷偷摸摸的追夢之旅。

如果今天全世界都討厭音樂，《可可夜總會》裡追求音樂的主角，會產生什麼不一樣的旅程？這似乎就成了一個與世界對抗的故事，主角偶然間感受到音樂的美妙，試著與其他人分享，卻遭到無情的否定，他要如何守護自己的熱情，進而影響世人的價值觀呢？仔細想想，這和《飢餓遊戲》中，主角想挑戰全世界都視為「正常」的殘酷遊戲，是否有某種異曲同工之妙？

而你也發現我們其實也才把「世界觀」這個零件做了一點點小變動而已，故事就已經全然不同了。

我們可以藉由變動世界觀裡的零件，使劇中人物產生各種不同的行為與想法。在一個**「科學法則」**只存在黑與白的世界中，一朵彩色的花，可能就是最無上的寶藏了。人們可能為了爭奪這朵花，產生了戰爭，寫下了殘酷的**歷史**。從沒見過這朵花的人，靠著想像力編出了一個又一個關於「色彩」的**神話**。而想獨佔色彩的統治者，頒下了**法令**，敢私下擁有色彩的人，唯一死刑。有一天，一個長著金黃色頭髮的嬰兒誕生了，他的家人又驚喜、又害怕，為了讓嬰兒活下去，他們用墨水將他的頭髮染黑，偽裝他是一個正常的孩子。直到有一天……

你看，我們有需要去煩惱導演怎麼拍？演員怎麼演嗎？這個故事的特殊性來自哪裡？「結構」。

2 時空

第二個結構的大類別是「時空」，也就是時間地點。

時間可分為：時代、故事跨度、場景時間。地點可分為：故事環境和場景地點。

「時代」是指整體故事發生在歷史的哪個區塊，是原始時代、中古世紀、二戰期間還是未來世界？這個部分和世界觀有交互影響，也自然會影響情境、角色和行為。一把左輪手槍在中古世紀是神兵利器，在未來世界可能像個玩具。

「故事跨度」是指整個故事「實際」的時間長度，兩小時的影片（或十三個小時的電視劇）是講了三個時代的故事？一個人的一生？十年？一個月？一天？兩小時？故事跨度的不同，也會對整體故事的重點、說故事方法、角色狀態等產生影響。

「場景時間」是指故事某一個場景當下的時間，這個時間當然又可以再細分為「自然時間」和「特殊時間」。自然時間就是白天晚上黃昏幾點鐘，特殊時間是指早餐、情人節、開會等等。

地點部分，**「故事環境」**是指故事的整體環境，是一個國家、一個小鎮，或一座監獄。這個環境的狀態是什麼？進步還是落後？乾淨明亮？狹小髒亂？富麗堂皇？整潔卻令人感覺冰冷？

「場景地點」是指故事某個場景當下的地點，地點又可以再細分為「自然地點」、「特殊地點」和「地點狀態」。自然地點是「客觀的地點」，如教室、操場、公園等。特殊地點就是「主觀的地點」，如兩人的祕密基地、第一次見面的河堤等。地點狀態指的是這些地點的不特定情況，例如「公園」、「下雨的公園」、「熱鬧的公園」是不同的狀態。

「故事環境」是一種大範圍的常態，「場景地點」則是小範圍當下時空的情況，這兩者之間存在著交互作用。例如「一條黑暗、髒亂的小巷」，是在一座「乾淨明亮看起來進步的大城市」裡，還是在一座「破落的貧民窟」裡，產生的感覺就有本質上的差異。

3 情境

「時空」指的是**客觀上**的時間地點，「情境」指的是**主觀上**在這個時間地點發生的事。

例如同樣是在平常上班的辦公室，同樣是每天早上會開的例行性會議，但今天正因為一個失敗的行銷案在做檢討，這個會議相較其他時候的會議必然不同，相較於表揚公司業績成長的會議更是不同。

所以相同的時間地點，不同的情境，就會產生不同的影響。又例如，主角要被裁員的消息，在不同的情境底下得知，就會產生不同的效果，是在一片愁雲慘霧的檢討會上被告知？還是在一片歡樂的表揚會上被告知？感受是全然不同的。

情境也分**「故事情境」**和**「場景情境」**。上面的例子中便是場景情境，指的是沒有前後文，當下的情境。故事情境指的是有前後文的狀態，例如「失戀的第二天，失敗行銷案的檢討會上，被告知裁員」和「交到男友的第二天，失敗行銷案的檢討會上，被告知裁員」，這兩者的情境是不同的，尤其當告知她裁員的主管，便是主角男友的時候，這情境就變得更複雜了。故事的巧妙與千變萬化，也正是在這「前後文」的設計之間。

4 角色

再來便是「角色」。正所謂人帥真好，人醜性騷擾，同樣的世界觀、時空、情境，角色不同，產生的意涵就大不相同。

角色大致可細分為四個區塊：社會、人際、個人、真我。

「**社會**」的部分，包含年齡、外型、職業、經濟條件、社經地位、種族等，一切「**陌生人認識他、評價他**」的元素。需要強調的是，在許多新手的作品中，「外型」常伴隨著無謂的細節，如藍髮、灰眼、長睫毛……除非故事的世界觀中，「藍髮」、「灰眼」有絕對的獨特性（如之前舉的黑白世界的例子），否則這些元素基本上都不屬於**結構**的一部分，無法在故事當中發揮任何作用。

哈利波特除了額頭上那道閃電疤痕之外，說真的他就算長得像蔡阿嘎，對故事也沒有影響。「外型」指的是會造成社會評價差異、以及對性格產生聯想的元素，例如特別帥、特別矮、胖子、髒亂的頭髮、光頭的正妹……直接一點說，外型要構成「某種異常」，才構成結構上的差異。

想想看，一個胖子跑得飛快和一個健美先生跑得飛快，感覺會一樣嗎？當然不一樣。但紅髮、黃髮、金髮、綠髮的人跑得飛快，感覺會不一樣嗎？你的設定有沒有與結構相關，這就是差異。

「**人際**」是指他的人際組成。家裡有幾個兄弟姊妹，已婚未婚離婚喪偶？朋友多嗎？

「**個人**」是指他的個人獨特性。個性、能力、興趣、生活方式、價值觀等。個人會有一個屬於自己的世界觀，包含自己的科學法則、歷史、文化和法律。像超人，他身上特殊的能力（科學法則），使他有特殊的成長過程（歷史），形成他獨特的價值觀（文化）

以及他的處事原則（法律）。

每個角色以個人為核心，向外形成人際與社會，而社會與人際也會反過來影響個人，漸漸形成一個平衡，這是正常人類的真實心理形成過程。許多新手在設計角色時習慣忽視這個交互作用，導致角色的可信度受損，進而造成故事的可信度受損。

「真我」與「個人」的不同，在於「個人」是外顯的、自覺的，而「真我」則是隱藏的、不自覺的。例如很多人可能一直都覺得自己沒有種族歧視，直到有一天被迫和一個黑人關在一座電梯裡十個小時。有些人以為自己勇敢，但實際上膽小，有些人則相反，平常時顯得懦弱，但當事情發生時，他不自覺地挺身而出。

角色有另一個特殊的存在，就是**無生命的角色**，也就是大家習慣稱為「道具」或「寶物」的東西，例如魔戒。魔戒雖然沒有生命，但你會發現它有一個社會的評價，有人際關係（屬於誰，又流落誰手上，誰是合法持有者，誰是非法掠奪者），也有與角色之間的互動，有些角色怕它，有些角色渴望它，有些角色可以對抗它。你會發現魔戒和很多故事裡的「公主」是類似的存在，就像現代故事中的「核彈」其實和古代故事中的「被封印的魔王」是類似的存在一樣。道具也是角色。

角色和角色之間會產生交互關係，而他們的交互關係又會隨著他們各自的結構不同而不同。例如一個樂觀的老黑人與一個悲觀的年輕白人之間的戀情，和一個樂觀的老白人與一個悲觀的年輕黑人之間的戀情，在各種意涵和可能發生的情節上，都是完全不同的。我還沒有說明誰是男的誰是女的喔，還是兩個都是男的或女的呢？你看，這變化如此多端，實在沒有什麼是「理所當然」、「大家都這樣寫」、「你就這樣寫就對了」。

5 行為

最後是「行為」，也就是角色實際上做了什麼。很多時候，我們都以為行為本身就是行為，會帶來完全相同的意涵。但像前面提到的殺人的例子，隨著世界觀的不同，相同的行為，有時是罪，有時是英雄，更何況還要再加上時空、情境和角色種種的影響。

如何組合零件

我們在講零件時，其實就已經談到了一些組合，看到了不同組合的不同影響。細節來看，每個角色都是一個組合（真我、個人、人際、社會），角色和角色之間，就是組合與組合之間的互動。角色和角色和情境和時空……這樣講下去就討論不完了。

所以一般我們在談結構時，基本上會從不同的方向來討論。在討論整體故事時，談的是**角色**、**情節**和**主旨**的組成。這三個元素之間兩兩各有不同的互動關係：角色與主旨、情節與主旨、角色與情節。

單談**角色**時，談的是他四個層次的互動，以及和其他角色的互動。但因為沒有情節，就沒有塑造角色和使角色變化的舞台，所以就會自然討論到情節。

在討論**情節**時，談的是場景和場景的組成。場景包含了**時空**、**情境**和**角色**，隨著你所安排的場景組成不同，能夠產生的**行為**，以及行為所代表的意義都會不一樣。而場景和場景所組合的順序，先放這場還是先放那場，也會創造出不同的感受和效果。

在較長的故事中，依照情節所承載的內容不同，會有不同的**故事線**。與主角相關的、故事最主要的外部事件，就是所謂的主線；主線以外的，全部都是副線。

在這些大區塊都拆出來之後，我們還會看這些所有的選擇，是不是都指向**同一個情感或結論**。如果是，就顯得整體故事結構相當一致、完整；如果不是，就看矛盾的地方是不是值得玩味，如果耐人尋味，同樣是一致、完整的佳作。如果所有的選擇是雜亂無章的，我們就會說它結構鬆散、混亂、有瑕疵，太嚴重的我們就會說它結構崩壞了。

怎麼樣的劇本結構是好的？

好，談到這裡，似乎缺了一塊很重要的東西。我們知道有這麼多無量無邊的零件，也有幾乎無量無邊的組合方式，但好像完全沒有提到，什麼樣的零件，什麼樣的組合方式，才是「對」的組合或「好」的組合？

這，就是編劇技法中，最個人，最無法教的部分。有的人稱它為美感，有的人稱它為人生歷練，有的人稱它為個人主觀。這也是現階段，說故事這門技藝還無法被ＡＩ取代的原因。因為這最後一塊拼圖，**是「現實」結構與「劇本」結構的交互關係**。

為什麼老黑女人與年輕白男人的戀情，會給我們不同於老白男人與年輕黑女人戀情的感覺？為什麼我們看到《哈利波特》的魔法世界會覺得驚嘆？因為它與我們「現實」的世界觀產生了**互動**。

在現實之中，我們對女大男小的戀情，對黑白配的戀情，對魔法的存在，在**科學法則**、**歷史**、**文化**、**法律**上，有不同的認定。試想，如果今天我們的現實生活就和《哈利波特》裡的世界觀一模一樣，我們應該會覺得這作品看起來像三立偶像劇吧？

我們現在對於歌頌愛、勇氣、努力、好人有好報的作品有較高的接受度，是因為這比較符合我們的世界觀。如果今天我們生在一個邪惡的世界，推崇不忠、淫亂、懶惰、傷害，那所有的戲劇作品還會是一樣的結構嗎？

為什麼有些作品我們小時候喜歡，長大卻覺得無聊？有些作品有人極愛，有人卻覺得極恨？因為我們每個人都有一個自己的「現實」，在與我們眼前的作品互動。

幸運的是，人與人之間的喜好差異，還沒有巨大到完全分崩離析，所以我們還是可以看到一些感動無數人的作品，而我們也就可以藉由解構這些作品，去理解哪些東西發揮了作用，怎樣的零件和組合特別的有效。

但這件事隨時都在改變。因為當類似的作品反覆出現時，「現實」就改變了。觀眾會膩、會厭倦、會尋找新刺激。你如果不跟著時代進步，你就自然會被淘汰。這也是很多老影視人的哀愁，他們花太少時間接觸最新的作品，向新作品學習，只靠著過去的老經驗老方法老品味，自然怎麼走都融不進新時代。而被迫聽他們的意見照他們的喜好和指示創作的藝術人呢？自然也就寫不出什麼好作品了。

我常說，台灣缺的不是好編劇，而是好製作人。缺的意思不是沒有，但就是太少，少得不足以撐起一個健康的產業。但一個好製作人難得，比一個好編劇更難得。

07 如何取個好劇名？

取名字是件麻煩事，無論是替角色命名，或是替故事命名。幸好，為故事命名這件事，還是有一些原則可循的，我們甚至可以用劇名來檢查，你的故事本身是不是可能有問題。以下就來介紹四種常見的命名原則。

1 以主要角色為名

首先是以「主要角色」為名，如《紅衣小女孩》、《命運化妝師》、《黑豹》、《痞子英雄》、《CSI C鑑識英雄》、《哈利波特》、《殺手歐陽盆栽》、《我和我的冠軍女兒》、《那些年，我們一起追的女孩》等。主要角色有時是一個團體，如《KANO》、《復仇者聯盟》，但和個人是類似的概念。如果無法從主要角色中找到劇名，可以考慮替你的主要角色或團體，取一個有辨識度的名字，如《冏男孩》。

2以故事場域為名

再來是以「故事主要場域」為名，如《艋舺》、《台北物語》、《軍中樂園》、《鐵達尼號》、《澳門風雲》、《動物方城市》等。通常主要場域本身，和故事的主題會有直接關係。如果無法從故事場域中找到劇名，可以考慮替你的故事場域取名，或將場域與故事主題結合，如《西城童話》、《罪惡城市》、《悲情城市》等。

3以故事事件為名

接著是以「故事主要事件」為名，如《捉妖記》、《相愛的七種設計》、《東方快車謀殺案》、《人在囧途》、《湄公河行動》、《火盃的考驗》等，如果你無法用這種方式替作品命名，可能要檢查一下你的故事是不是缺乏一個**主線**。

和主線類似，你也可以用主要目標（寶物）來命名，如《倚天屠龍記》、《尋龍訣》、《連城訣》、《魔戒》等，故事主線基本上是圍繞著寶物展開的。

有些故事有主線，但主線不適合直接拿來作為劇名（如《父與子》、《兄弟情》、《求官記》），那可以考慮取用主線故事的核心意象或象徵，這也是常見的命名方式，如《血觀音》、《海角七號》、《大佛普拉斯》、《賽德克巴萊》等。

4 以故事主題為名

有些並非以作品的外在元素命名，而是以作品的核心精神、所討論的主題來命名，例如《最佳利益》、《我們與惡的距離》、《火神的眼淚》等。

5 有類型感的命名

若真的都找不到故事內的元素可以用，就只好使用「有類型感的命名」，許多翻譯的片名都是用這種方式，如《玩命關頭》、《即刻救援》、《終極警探》、《我就要你好好的》、《愛在心裡口難開》等。

這種「有類型感的命名」，我個人覺得是下下策，因為可取代性太高，記憶點不足。像《終極警探》和《捍衛戰警》，請問名字對調有差別嗎？

但這種取名法其實吐露了取劇名的要訣：名字本身應該要讓觀眾能預期這是什麼**類型**的故事。所以就算幾乎與劇情內的元素無關，翻譯片名還是會至少把類型點出來。

像《麻醉風暴》原本的劇名叫《惡火追緝》，「惡火」來自於故事中手術病人突發性的高熱，但這個片名卻不是全劇最主要的元素，也有誤導類型的感覺，改成《麻醉風暴》就貼切許多。

像《意外》便是很失敗的片名，沒有辨識度、對類型沒有預告效果、與故事內的元素也缺乏連結。但這確實有點無奈，因為原片名《三塊廣告板》看不出故事類型，偏偏又是最核心的元素，當然我們可以叫它《失控的母親》或《出來面對！威洛比警長》，但故事本身就是難以命名。

《海邊的曼徹斯特》是一個非常棒的片名，不但辨識度相當高，而且還呼應了片中反覆出現的「mistake」元素（此曼徹斯特非彼曼徹斯特），又符合片子類型的質感。

但像什麼《烈日當空》、《烈火蒼穹》……我就真的不予置評了，這可能也算一種類型感吧（港劇感？），但實在有點不知所云，還不如《警察故事》這樣簡單明確的名字。

好劇名得來不易，大多數時候我們只能做到「恰如其分」，要做到精妙，基本上都要從**象徵**去下功夫。但好的象徵，又必須物件本身與劇情、主旨相關又不俗套，還必須符合類型，難度也不小，我個人覺得《血觀音》算是下得非常好的名字，但這種渾然天成的名字，似乎可遇不可求（而且別人用過就不能再用了）。

08 如何做劇本練習？

劇本寫作對部分的人來說，仍是陌生且困難的，在課堂上常有同學詢問如何自我練習提升實力，這篇文章提供三種方式讓你實際提筆，進行劇本寫作練習。

方法一：抄劇本

模仿是學習的開始。小說家駱以軍在學習如何寫小說時，曾大量抄寫名家的小說作品，透過大量累積筆感來提升自己的寫作能力，實際抄寫會比閱讀讓你更精細地看見創作者經營的細節。

在劇本創作中，我們也可以用相似的方式來進行練習，但我們並不是實際去找一個劇本來抄。作為編劇，我們需要學習的是將畫面轉化成文字的能力，以及用畫面說故事的技巧。所以在這項練習中，請找一部你喜歡的短片、電影或電視劇，一邊觀看一邊

「還原劇本」。

我們從第一個場景開始，寫下：

場1　內景　警察局　日

然後第一個畫面出現，打上△，寫出場景的描述，例如：

△混亂的警局，充滿各式的叫囂聲。
△探長拿著咖啡，筆直地走向罪犯。
△他將咖啡遞給罪犯。

探長：算你命大。

像這樣，一個畫面一個畫面地將劇本抄下來。初學者做這個練習可以快速破除「舞台劇魔咒」，立刻就能跳脫舞台劇的寫法，習慣影視使用鏡頭的方式，同時也可以藉機熟悉影視劇本的格式。

你也可以藉由這個練習去看到編劇是怎麼開始一個場景，又是怎麼結束一個場景的。這是一個滿苦功的練習方式，但這會比閱讀或觀影幫助你學習到更多細節。

方法二：續寫預告片

我們在業內工作時，最常遇到的情況不是從頭發想一個故事，而是從製作人那裡聽取了片段的創意概念，進而把它豐富成完整的故事大綱。

把預告片寫成一個完整的**故事大綱**，就像是在練習這個過程。你從預告片中看到了基本的人物設定，一些精彩的場景，便可以開始把它試著寫成一千至三千字的故事大綱。你可以直接跳過傷腦筋的創意發想，直接進入到情節編寫的階段，沿著角色的動機來發展故事。

藉由這個練習，你也會檢查到一些你自己的創意之所以無法形成故事的原因，有時是少了一個有明確動機的主角，有時是少了故事的啟動點，在反覆續寫故事的過程中，你也會找到一個故事最終能夠成形的原因。

試著運用**故事結構**的框架來讓預告片成形，去檢查預告片裡提供了什麼場面，而這些場面應該會出現在劇情中的哪個部分。常常做這個練習，你對於故事結構的熟悉程度也會大幅提升。

方法三：場景（短劇）練習

給自己一個地點、時間、角色動機與場景目標，實際完成一個2～5分鐘的**場景**（2～4頁）。如果一開始要完全自己發想太難，就從影片當中抓取靈感。例如直接挪用李大仁和程又青的角色設定，寫一個他們的分手景。或是把影片中發生的場景（例如一段父子的爭吵），從家中移到另一個地點（例如學校）。

在練習時，要把握住一些場景經營的重點，例如開場與結束的反差、故事曲線的堆疊、觀眾認知的誘導等。留意你選擇的地點，如果你選擇了廚房，請儘量使用廚房裡的元素來刺激這個場景（如沸騰的鍋子、刀具、做菜的過程等）。

不要忘了潛台詞，這是練習短場景時最需要練習的部分。替角色設定動機，替角色安排不同的表達方式（例如場景目標是告白，角色可以用語言、用肢體、用眼神、用道具來完成目標）。可以寫一個單刀直入直奔目標的版本，也可以寫一個旁敲側擊迂迴前進的版本。

專注寫一個場景就好，忽略前因後果（那是另外的場景了）。有時你會意外發現，原來一個場景之中，透過對白和行為的暗示，其實可以放入很多資訊。就像我們在生活中看兩個人相處時，會因為一些互動讓我們意識到這兩人之間似乎「有什麼」、「是什麼關係」、「平常如何相處」。你其實比你想像的更敏感，不信的話，下回去咖啡廳或餐廳時，留意一下隔壁桌的人，判斷一下他們是什麼關係、什麼個性，然後思考一下，是什麼線索使你得到這些結論的？這些就是我們常在戲劇中丟給觀眾的線索。

有很多場景其實是非常常見在各種戲劇中的，例如爭吵、曖昧、示好、揭露祕密、談心……時常練習以不同的角色、手法來經營這些場景，當你實際在寫自己的劇本時，便會顯得駕輕就熟。

09 如何做田調，讓劇本基底更豐富？

查資料、做田調是寫劇本、說故事的基本功，我們無法寫我們不知道的事，但除了上網google，還有哪些蒐集資料的方式呢？這篇文章要介紹一些田調的方法，還有使用這些方法的重點。

查資料前的準備

在開始動手查資料前，建議你先確認自己查資料的**目的**。你是想寫一個題材，但對這個題材完全不理解？還是其實有一些特定的問題想獲得解答？試著把你想查的東西，變成幾個明確的問題。畢竟你要輸入關鍵字搜尋，必須先弄清楚你的關鍵字是什麼。

當然，有時我們就是沒想法，想靠搜尋引擎碰碰運氣，那也沒有問題。但儘量不要讓自己在茫茫資料海中流浪，因為資料是永遠做不完的。試著從你查到的資料中，找到一些你特別有感覺、有興趣的部分，試著從中挖掘故事的可能性，看看你還缺乏什麼，讓它最後能變成具體的問題，再做進一步的資料蒐集。

AI與Google是重要的第一步

我們有時會自以為我們理解我們想寫的東西，但事實上，那可能只是刻板印象、片面、過時的知識，甚至是誤解。所以建議你可以透過AI和Google做一個基本確認，確認這個世界和你所想的是否一樣，時常你都會有驚喜的發現。

現在AI很方便，基本上想了解什麼問它就能得到答案，但AI的「幻覺」問題依然存在，所以還是要再用Google做雙重確認。

Google的強項就是廣，只要是網路上提出過，與你關鍵字有關的資料你都有機會看到，你會看到不同立場、不同的切入與詮釋方式，這會幫助你初步理解你想書寫的議題，有哪些可以深入了解的面向。戲劇有點像辯論賽，是正反雙方在一個議題上的碰撞，而且反派的強度決定故事的精彩程度，所以你必須對各方面的想法都有所了解，才不會讓故事變成無趣的一言堂。

參考書目

網路廣，但是沒有系統化，可能深度不足，而且沒有放上網路的，你就查不到，而書籍就是相當系統性的資料來源。

你在查找資料時，可以把發表文章的人當作關鍵字再搜尋，會找到作者的著作（如果有的話）。一本書通常是一個作者，基於他的立場和論點，做了大量的資料蒐集、整理，好佐證自己的想法，但過程中可能會因此忽略了立場不同的資料。所以如果有必要，也可以另外找相反立場的作者，幫助你看到更廣的面向。

比起直接 google 關鍵字，有時在博客來、市立圖書館等書籍網站搜尋關鍵字，會幫助你找到更多書籍類的參考資料。

除了買書、圖書館借閱，Google 圖書的全文預覽，也可以幫助你看到書籍內容。

碩博士論文網

有些作者沒有出書，但是有發表相關研究論文，碩博士論文網是 google 時很容易錯過的遺珠。論文最棒的地方，就是它是研究者花費時間心力，努力產出的精華，等於是有人已經替你做過了一遍田調。如果運氣好，他的論文本身就是你想知道的議題，他的論文就會幫助你把整個知識體系整理出來。但多數時候應該沒這麼湊巧，但他的田調成果，仍然會給你很大的幫助，例如我之前寫法警相關題材的小說，就有人有做過訪談，在論文內附有逐字稿，大大減少了我的工作量。

查到論文後，可以先看摘要，確認內容是不是真的與你想查的東西相關。現在有許多論文都可以直接在網路上檢視電子全文，只要註冊帳號就可以下載，非常方便。

如果遇上沒有電子全文的論文，那就要跑一趟自由廣場對面的國家圖書館，在館內可以做調閱。這部分不住台北的朋友，就比較遺憾一點，但是碩博士論文網還有一個妙用，就是可以幫助你找到關鍵的參考書目。

我們常常在查參考書目時，面對茫茫書海，不知道該從何下手。能全部看完當然最好，但時間永遠不夠。這時只要進入幾篇與你想查的議題相關的論文，點選「參考書目」，就會看到論文作者為了研究所讀過、引用的書籍、雜誌和論文。稍微比對一下，你就會看到重複出現的書單和名字，這代表這本書是大多數研究這個領域的人都一定會參考的資料，你可以從這本書開始讀起，再做額外的延伸。

另外，論文一開頭的「緒論」，通常都會做文獻的回顧，這也是幫助你知道這個領域重要研究有哪些的方式。

新聞資料

文章、書籍、論文，都是作者篩選整理後的結果。如果你要避免作者個人的意見扭曲了事實，或想知道更多深入的細節，可能就會需要查找當時的報紙。在國家圖書館都有收藏報紙的資料，但如果覺得跑圖書館麻煩，各個報紙的官網也有做電子化和線上化的整理。如果是日治時代的資料，則可以參考《臺灣日日新報》，這是台灣日治時代的報紙，這份報紙也有電子化的處理。

相較於電子資料庫，紙本報紙的資料，會有額外的資訊。因為電子資料庫多是針對單篇報導的內容，但報紙本身的排版、同時出現的其他新聞（當天還發生了哪些事）、文章的位置和大小，都代表當時社會對這件事的重視程度，再加上反映著當時人民生活樣貌的廣告等，都可能給你新聞本身以外，更真實反映當時社會氛圍的一面。

另外，如果是書寫歷史相關題材，有時你可能也會需要國外的觀點（不同的視角，或避免國內政治因素的扭曲），那可以試著檢索像EBSCO（美國、英國新聞）、NewspaperSG（東南亞新聞）這類網站，但基本上這已經是專業學者研究的程度了，寫故事對於事實的考究，通常不需要到這種程度。

記得，我們做研究的目的是創作，是為了寫出更好的故事，不是真的在做研究。

台灣百年歷史地圖

這是一個有趣的網站，裡面提供了台灣不同時期的古地圖，可以幫助你理解當時的環境與地貌，還有比較城市的變遷。除了網頁版之外，也有上架了App，在商店搜尋「台灣百年歷史地圖」就可以找得到，有興趣可以玩看看。

地理位置會幫助我們建立故事裡的**空間感**。你會知道角色要從一個地方，移動到一個地方的距離、時間，以及路程中會看到的景色，這可以幫助我們建立場景，和發想可能的事件。在現代，你可以使用Google Map的街景模式，去看看你要書寫的城市、街道，到底實際長成什麼模樣，不會只停留在腦海中那些偶像劇場景，一個城市也不會只是一個空空的地名而已，這會幫助你更理解你要寫的故事。

照片資料

如果你需要照片資料，可以使用「國家文化資料庫」。輸入關鍵字後，國家文化資料庫會顯示各類的相關照片，這對於你理解當時的環境會非常有幫助，已經被拆除的建築物、改建的城市、當時的車輛、服飾、招牌或是髮型，都會帶著你回到那個年代。

法律相關資料

如果你要查的是法條，可以使用「全國法規資料庫」；如果是要查判決、案件，可以使用「司法院法學資料檢索系統」。這些都是免費的資料庫，如果你願意付費，也可以考慮「Lawsnote 七法—法學資料庫」，這是私人企業做的資料庫，好處是它直接整合所有相關資料，不用一個一個資料庫去找，而且介面操作很直覺，是現在在法律圈很受歡迎的系統，它可以免費試用（好像每個月可以查七個關鍵字吧），可以參考看看。

訪談

找個相關人士或專家來問，當然是最快最直接的方式。事實上，經過上面的步驟，你也會知道一些重要的研究者和相關人士，更清楚知道要找什麼人來訪問。

但如果你對要田調的領域一無所知，或是你其實想知道的，是某個行業的日常、生態等，你其實並不需要一出手就訪問「專家」，即使是默默無名的醫生、律師，也可以回答你這些問題，只要善用你的朋友圈，請朋友協助介紹，或是在網路上查找，其實都可以找得到相關人員做訪談。只要對方有空，你的態度有禮貌，其實很多人都很熱心願意回答你的問題。

只是畢竟是佔用別人的時間，所以建議你還是能先自己找些資料，做基本的了解會比較好。而且一個人願意被你訪的次數有限，你如果在這個過程中提出來的，都是網路上就找得到的東西，其實還滿浪費的。

如果你必須訪問名人、專家，更是應該先做好基本功課，把公開的資料都先讀過，這不但可以增加對方的好感，提升他願意受訪的意願，你能訪到的東西，也會更深入、更有價值。你在提出邀請時，可以同時附上訪綱，條列一些你想問的問題，這份訪綱並不是實際見面時的SOP，而是幫助受訪者知道你想了解的事情，以及你所做過的準備，你可以把訪綱視為第一次與受訪者的溝通，以此來增加受訪者的意願。

不過，訪談要記得一個重要的原則：不要試圖叫受訪人解決你故事上的難題（除非他表現出極大的興趣想參與你的故事）。

例如，你去訪中央銀行印鈔票相關的職員，他最多就是告訴你上班的動線、中間的層層把關和防護機制、鈔票如何印製和銷毀的流程、以及他們的輪班模式（如果他可以，也願意告訴你的話），你要怎麼利用這些資訊，打造一個偷鈔票的計畫，那是你的事情，千萬不要問對方：「那要怎麼把鈔票偷出來？要怎麼破解防護機制？有沒有什麼可以逃過檢查？」

一來，這不是他會知道的事（他只是在那裡上班，又不是偷東西的人），你的追問只是徒增他不知怎麼回答的尷尬；二來，你這樣等於是把你的工作丟給對方去煩惱。請問，如果你要寫一個故事，而故事情節是別人替你設計好的，那你的價值在哪？

所以你頂多是假設情況，讓他去判斷有沒有可能發生，或是去了解關鍵人物是誰。例如：「如果停電了，會發生什麼事？」、「這個輪班的方式，是誰決定的？」、「系統的維修是自己做的嗎？還是外面的廠商？」這類相對明確的問題，才是比較適合提出來的（當然，偷鈔票這個例子可能怎麼問都不適合啦）。

10 理論學得越多，越不知道該怎麼寫？

有人曾問我，自己學了很多理論，也很常做作品分析、拆解結構和角色歷程，但越做就感覺自己變成了影評，真的想寫作品時，卻下不了筆。

分析和**創作**是兩回事，相信大家都明白。但該怎麼克服這個問題？我有幾個建議。

一、先習慣寫故事

寫作就像肌肉，越少用，用起來就越吃力，但如果能承受一開始的「痠痛」，你就會感覺越來越輕鬆。

但要留意，寫不同的東西，肌肉群是不一樣的，就像你練出強壯的手臂，不等於你衝百米的速度會提升。

所以你可能會說，我很常寫作啊，臉書發文都是長文，甚至寫的都是故事相關的分析文，但那都無法幫助你啟動你的**「故事肌肉」**。文字能力、寫作習慣都是好的，就像核心肌群一樣，練起來對整體都好，但你想舉重，就不可能只練核心，對吧？

更有趣的是，你越是擅長寫分析文，有時反而會越讓你從故事上逃走，為什麼？因為做擅長的事情比較愉快啊。像我如果太常備課、寫教學文，就會感覺自己要寫故事時的抗拒感會變強，每次需要趕稿時，教學文產量反而會爆增，因為這是一個逃避的好地方（大笑）。

所以，一開始一定是需要一點**「強迫」**的，不情不願，又痠又痛又累，一點一點開始練你的故事肌肉，越習慣，你越容易進入狀況。

二、從簡單的做起

那要怎麼開始練呢？什麼對你來說比較有感覺，就先從那個開始。

在客觀上，短片會比長片簡單，就像跑五十公尺比五百公尺簡單一樣。但故事不是這樣的東西。因為每個人的閱讀習慣不同，心中的嚮往不同，腦中自然會浮現的故事雛型就不同，硬要去調整這個，反而會造成負擔，所以我會建議你照你喜歡的去進行，甚至先不管寫長寫短，總之起頭了再說。

再簡單一點，甚至先不管小說或劇本，你就從故事簡介寫起。主角是誰？他想做什麼？遇到什麼困難？他做了什麼意外的事？大約這樣就可以了，結尾要去哪裡先不管，總之你讓自己開始。

不要追求完美、最佳解（事實上也沒有那些東西），就試著「做決定」。有感覺了，就多寫一點，沒感覺就停下來，做下個決定。

有些人會對「角色」比較有感覺，那你也可以先寫角色。他是一個什麼樣的人？他有什麼特質？過什麼樣的生活？有什麼煩惱？為什麼他會變成這樣的人？他會怎麼說話？有什麼習慣？像這樣，從回答問題開始，一樣能寫就寫，寫到沒想法了，試著再寫下一個角色。

每天都讓自己寫五個甚至十個故事，或是五個十個角色。我相信持續個一星期，你就會有一些不一樣的感覺，如果在過程中有任何延伸的想法，就都寫下來，你有了這些頭，自然就會長出別的東西。

三、試著「完成」

上面的練習會讓你習慣「**做決定**」，學理論方法學太多，很常會掉進「對錯」的陷阱裡，但說故事其實是做選擇、做決定，每個想法都可能成為偉大的故事，大多數時候你需要的是啟動你的想法，而不是尋找「正確的答案」。

但當你在「有想法」這件事上沒問題後，你會進入一種新的逃避狀態，就是筆記本裡充滿了各種靈感和記錄，但始終沒有變成故事，每次一卡關，就去找新的。

這有點像你從一個不敢談戀愛的人，到終於敢跟人搭訕了，但卻不懂得經營感情，所以遇到困難就分手，甚至只玩一夜情。

既然已經學了很多方法和理論，試著先完成看看**故事大綱**吧。這時挑較短的題材的優勢就出現了，完成比較容易，不會感到遙遙無期，但如果你寫的是超長篇，也建議你至少完成到一個段落，一個事件結束。

大綱寫完，就寫**文本**。看你要寫的是小說還是劇本，總之試著寫，寫到真正完成。透過**完成**，你才能經歷故事的起承轉合每個階段，多經歷幾次，你就會更熟練些許，更知道自己常遇到什麼問題，需要提升什麼能力，也會更明白理論真正的含意。

四、用現實的素材幫助你

有時候你腦中真的完全沒想法，不知道該如何起步，那不如去找些**現成的點子**。

打開新聞網站，會看到各種各樣的分類，政治、經濟、社會、運動、新奇……找個分類進去尋寶。不要太執著去詳讀每個新聞，只要挑標題你有興趣的即可。

現實總是比戲劇更離奇，百分之九十的新聞對你來說可能食之無味，但總會有那麼一兩篇吸引你的目光。有時是一些奇妙的事件，例如道路施工挖出了巨大的蟒蛇，有些可能是人物關係，比如某對藝人夫妻的恩怨情仇，或是一些荒謬的巧合，例如不小心領錯別人的屍體火化……

這些都是你的故事起步機，去想想怎麼把這些原料加工，變成有趣的故事。不需要被新聞本身束縛，只需要取你需要的部分。有時我們就是少了那麼一個開關，幫助你腦中豐富的知識動起來。

五、從別人的作品延伸

挑一部你喜歡的作品，給你自己出個考題，從該作品中挑個配角，然後以這個配角為主角，發展一個故事。這個配角可以小到只露過一次面，例如《哈利波特》裡某個魔法部裡的職員，甚至是霸凌哈利的表哥。

你也可以挑作品中的某個創意來變形，然後放進不同的類型故事中。例如像「交換大腦」這個科幻創意，《換腦行動》是做成動作片，那有沒有可能我們做成愛情片或喪屍片？把喪屍的腦跟活人的腦交換，會不會是什麼拯救世界的解答？

六、缺什麼補什麼

觀察一下，你常常卡關的是什麼。是創意發想？大綱架構？還是實際的文本？容易卡關的地方，就是你肌肉不夠強健的地方，試著集中鍛鍊你不熟悉的部分。

如果是對實際文本不擅長，給自己出個考題，用現成作品裡的場景——例如某部片的開頭，或男女主角的告白——抓出場景的大綱，然後用自己的方式重寫一遍。

你可以憑印象照著原作寫，感受、比對一下原作的設計，也可以要求自己改寫，要用和原作完全不同的方式來寫。有作家在剛起步時，甚至會像抄經一樣，去抄其他作家的作品，去感受別人怎麼表達。

重點是你要知道自己在練什麼。想練大綱，就不要讓創意發想困擾你，想練文本，就不要讓場景設計困擾你，你是想理解名家的思路，還是想練習發想？明確目標，就知道什麼可以用現成的，什麼需要要求自己想新的。

七、尋找同伴

現在網路社群時代，要找到陌生人同好並不難，主動揪團，定期聚會，線上實體都好，有人一起練習、彼此要求，才不會覺得這些練習無趣。

不用擔心找到的人會不會合不來，持續練習寫作這件事，本來就不容易，你永遠不知道誰會陪你走到最後，兩次、三次、五次，就會有人漸漸消失，也會出現一些讓你覺得不合拍的人，那就避開他就好了。

未知的事總是讓人焦慮，但其實實際走一遍，會發現沒有想像那麼恐怖。

7

chapter

超實戰・劇本格式

01 台灣的劇本格式長什麼樣子？

擁有劇本格式的概念，是寫劇本的第一步，網路上常有不同的劇本範例及格式，讓人看了霧煞煞。

劇本格式怎樣才對？其實台灣並沒有真正成熟的影視產業圈，所以劇本格式並沒有真正統一，比較像是一種「前輩傳下來的習慣」，所以不同圈子常有不同的劇本寫法（例如廣告圈、漫畫圈和電視電影圈的格式都不大一樣），與中國或好萊塢的格式也不同，這裡介紹的，比較是盛行在台灣電視電影圈的寫法。

劇本格式分成三部分：場景標示、畫面說明、對白

1 場景標示

場景標示就是每一個場次開頭時，說明場景的時間地點。分為「N.」、「內景／外

《做妳的 100 分》

1. 內景　教室　日（幻想）

王啟明：（VO）我想做她的 100 分。

△王啟明是個稚氣的五年級孩子，他正拿著一張 100 分的考卷，帥氣逼人地向眼前的林靜展示。

△林靜是啟明的同學，長得氣質可愛。啟明和考卷在她眼中看來閃閃發光。

2. 內景　教室　日

△王啟明手中的考卷上，寫著他的名字，還有斗大的 20 分。

△他回頭偷看坐在不遠處座位的林靜。

△他低頭看著自己手中愛吃的糖果，不敢上前與她分享。

3. 內景　啟明家中客廳　夜

△啟明在客廳向爸爸訴苦，爸爸剛洗完澡正擦著頭髮。

爸爸：所以你喜歡她？

△啟明點頭。

爸爸：那你幹嘛不告訴她？

王啟明：……因為她都考 100 分。

劇本格式範例

景」、「地點」、「時間」。

「N.」指的是第幾場，每換一個時間地點就會換一場，在劇本中依順序12345678一路標示。

「內景／外景」（擇一）就是室內或室外，基本上就是有和天空相連的算外，沒和天空相連的算內。

「地點」指的就是什麼地方，教室、某人的家、廚房、樓梯間、公園、路邊等。

「時間」一般不會寫明確的時間，除非有特殊要求（例：黃昏），否則通常只會註明日或夜（廣一點就是日／夜／晨／昏）。

最後，若有一些特殊場景，如幻想、回憶等，可用括號加在最後面（如範例所示）。

舊版格式（會畫框框那種）會標示場次內有哪些角色，新版就不再標示了，因為那本來就不是編劇的工作。

2 畫面說明

在台灣劇本中，畫面說明的部分會標示三角形△。

三角形△就是指畫面說明或畫面描述，舉凡景色（天黑了、山邊霧氣很重）、走位動作（阿海伯快跑出來）、表演指導（一臉憂愁、蹲下痛哭）、甚至上片頭和字幕等指示，總之，不是演員台詞的部分，通通都要標上「△」。

有些導演會要求編劇一個△就等於一個鏡頭，但我個人對這種分工不清的要求不置可否（因為分鏡其實是導演的工作），而且另外一群導演對於編劇老是想用△來左右導演的運鏡很感冒，所以對於△該寫多寫少，我想就不用太執著，怎樣都對。

近年來有越來越多人提倡不要加三角形直接寫（因為有加沒加真的沒差），所以你其實不加也可以。

3 對白

對白的格式，大家應該都很熟悉，就是「人名＋冒號＋台詞」。但有時我們會在對白中看到「（VO）」，是什麼意思呢？

VO（voice-over）是指現場不會收音，要由後製「把聲音蓋上去」。像旁白、人物內心戲，拍攝的時候就是人物一直擺表情，事後才把人物的心聲配上去。一般像廣播、電視、電話裡的台詞，也都是VO。

所以我們一般口語說的「OS」，其實在劇本中應該寫成「VO」；但劇本中有時也會看到「OS」，那又是什麼意思呢？

OS（off-screen）是指「畫面外的聲音」，例如兩人講話講到一半聽到門外傳來另一個人的說話聲，吸引他們看向畫面外，那便是OS。你也可以理解成「現場收音收得到，但不在畫面內」。

有些人看不懂什麼VO或OS，我們其實也不需要特別記，直接寫中文就好了。直接寫（內心戲）（廣播）（電視）（電話）（畫外音）不是很簡單嗎？寫中文最棒了。

如果你的作品中有多種語言交雜，例如日語、台語等等，不建議寫拼音（如：挖嘎力拱），也不建議寫原文，因為讀的人不見得看得懂。建議一律寫成：

XX：（台語）台詞這樣寫就對了。

用括號把使用的語言標在前面，最清楚也最簡單。

最後請容我強調，劇本台詞不要加引號、不要加引號、不要加引號！太常看到學員作品中出現對白加引號的情況，這跟寫小說不一樣，不要再寫錯囉。

上面談的是一些大方向，實際上每個劇組略有不同，但大同小異。但無論如何，劇本格式只是一種習慣的溝通方式，也不是編劇才華需要解決的問題，習慣成自然就好。

02 你的劇本很難讀？寫劇本常見雷區有哪些？

寫劇本常見的四個問題寫法

許多人寫劇本，常會犯以下四種錯誤：

問題寫法一：時間

戲劇是演出，寫了演不出來等於白寫，而「時間」是最常被寫下，但演不出來的東西。例如有人會寫得類似像「他連續三天都把襪子穿錯」、「他三天沒吃東西了，餓得昏頭轉向」、「他這三天都過得很不開心」，但實際上，我們只能從畫面上看到「他襪子穿錯」、「他肚子很餓」、「他一臉不開心」，無法看出「三天」。甚至「他等了『很久』」、「他只睡了『一下』」，這些對時間的描述都是無法演出的。

如果這個時間很重要，可以寫成**台詞**，或是把它轉變成角色的**狀態**或**動作**。例如用和店員說話像朋友，來表現他是熟客（常來）；用無神的眼睛、黑眼圈來表現他睡得很少；用破爛的鞋子來表現他走了很久等。總之，只有能夠被視覺化或聽覺化，在畫面上能夠被呈現、演出的東西，寫進劇本才有意義。

問題寫法二：角色的身分和設定

你不能寫「△他是校隊隊長，有一個一樣愛打籃球的雙胞胎弟弟」，理由一樣是演不出來。你可以讓他穿籃球服，抱顆籃球，讓我們知道他會打籃球，但你沒辦法讓我們「一看就知道」他是校隊隊長，和他有弟弟。

你必須找個適合的**場景**，用一場戲來表現這些設定和關係，例如我們寫一場他們校隊練球的戲，讓他指揮球隊，讓其他人叫他隊長，如果他弟弟也是隊員，那就讓他們打對抗賽，我們發現兩隊都有張一模一樣的臉，然後在對話中發現他們是兄弟。或是把「愛打籃球的雙胞胎弟弟」的部分，安排在另一場戲中。

問題寫法三：太精細的表演指示

很多人會寫「△他猶豫了兩秒，終於說了實話」、「△他打了五秒的呵欠，累倒在床上」、「△他的左嘴角揚起，露出一個壞壞的笑容」這些指示雖然演得出來，但基本上都是屬於會把演員逼瘋的指示。

演員不是機器人，他有自己的情緒和表演方式，所以比起下這種無意義又難以執行的指示，不如簡單寫成「△他猶豫了一下」、「△他打了個哈欠」、「△他壞壞一笑」，或乾脆都略過不寫，因為演員應該看情境和上下文，就知道該用什麼語氣和動作，我們只需要在特別的時候下表演指示就好，例如：

小強：（諷刺）祝你們永遠幸福。

這個（諷刺）如果不加，可能會弄不清小強真正的心態，這種指示才是真正重要的。

而像小說中常見的「他喝了口水，繼續說」這種安排，其實是為了調節讀者閱讀的步調，和把對話做分段，這種安排在劇本中其實都不太必要，可以不用在劇本中一直加三角形叫演員喝水吃東西。

問題寫法四：寫成了草稿筆記

很多人寫劇本，很像是寫給拍攝團隊的筆記，文句不通，像把腦中的畫面隨意拋在紙上，例如像這樣：

△他們跑到畫面中間。

△來一點雪花。

△鏡頭旋轉。

△男主深情看女主，浪漫光線。

你們可能覺得我在開玩笑，但在我批改過的作業中，會寫出這樣的「劇本」的人，總是時不時會出現。會這樣寫的人，可能都把劇本誤會成是「操作說明」，於是就把他們腦中有的東西都寫下來了。但劇本就是**故事**，劇本應該要像小說一樣，可以被順暢閱讀，雖然排版一開始有點不習慣，但熟悉之後就可以像讀小說一樣享受、投入。所以要訣就在於專心去描述故事，而不要分心去管鏡頭的運動和演員的表演。

以上面那串△為例，它寫進劇本中，可能是：

△兩人登上山頂，天上開始降下細雪。

△兩人被眼前的美景震驚，然後看向彼此，距離漸漸拉近。

至於什麼鏡頭旋轉、浪漫光線，就交給導演、後製去煩惱吧，那不是我們的工作。

03 「非寫實場景」如何描寫？

那種**非寫實**的場景，在劇本中到底該如何描寫？

跳舞跳到在星空中飛行、喝了酒之後飛進幻覺、角色看見手掌上長出無數手掌……藝術家對於情境的想像可以是無限的，而編劇便是把這些場景用文字寫下。

是的，不要想太多，就把你腦中的場景用文字寫下。

但要留意的是，不要硬去描述每一個無關緊要的細節，例如手伸出的角度、轉了幾個圈、手折成了V的形狀等。每一個非寫實場景，都是具有象徵意義的。我們應該重視的是創造出來的**畫面感**，以及整體的**象徵意義**。例如你寫一段舞蹈，可以這樣寫：

漆黑的舞台上，一道聚光燈灑下，兩人面對面走入火圈，擺出舞姿。

他們跳起雙人舞，是攻守綿密的恰恰。一開始全沒配合上，像在吵架一樣，相互碰撞，但隨著舞曲漸入高潮，兩人擦出了濃情的火花，每一個甩頭、擁抱、指尖接觸，都成了挑逗和欲拒還迎。

突然，一團火焰在四周炸開，他們在烈火中渾然不覺地舞著，彷彿他們便是火焰。

這不是一個必然的寫法，每個人可以有每個人在文字上的表現。但在這個描寫中，已經將這個非寫實場景中的過程、質感與意象表現清楚了。

我想在這個非寫實場景中，讓兩個人以舞蹈為媒介，從一開始的不合，到後來點燃心中慾火，產生愛苗。所以我設計舞台、聚光燈、舞種、跳舞過程、心理態度和意象。雖然我沒有細節地描寫他們先做什麼，再做什麼，擺了什麼姿勢，誰又翻到了誰身上。但相信導演在看完這三段後，並不會覺得「不知道該怎麼拍」，因為他已經知道這場戲是什麼了，而細節就是他打算怎麼實現這個場面。

我用這個比較粗的示範，試著說明非寫實場景的重點。但不表示非寫實場景只能寫到這種程度，因為有很多細節可以深入。

擬定明確的拍攝時長，掌握劇本

例如時間。你覺得這場舞應該要跳多久？三十秒？一分鐘？五分鐘？在國際格式的劇本中，一頁就是一分鐘，這是大家都知道的慣例，所以編劇如果只打算讓這支舞跳三十秒，他就只會寫半頁。如果他打算要跳五分鐘（這是一個非常長的長度），他就必須要寫五頁（華人格式一頁約一分半至兩分鐘）。

發現了嗎？在一個嚴謹的格式下，沒有人會問「我怎麼計算劇本時間？」，而是會去思考「我打算用多少時間，那我應該怎麼寫？」。所以當你希望實際拍攝長度短時，你就會用較短的句子、較少行數來描寫場景，而希望拍長一點時，就會使用較長的句子、較多行數來描寫。

雖然華人的劇本格式在時間計算上不夠嚴謹，但我們仍然可以試著朝這個目標去努力，將我們的想法放入劇本之中。如果我們可以在劇本中加註「以下台詞都以台語演出」，為什麼不能加註「此劇本每頁拍攝時長為一分鐘」呢？劇本如果是溝通的工具，我們能不能對這工具更有企圖心（當然，你要拿出符合這個企圖心的能力與努力）？

對設計的內容做足功課

而當你要將上述的舞蹈，寫成兩頁劇本時，你當然不能很摸魚地像我寫的這麼粗。為了更細膩地表現出你腦中的兩分鐘舞蹈，你可能需要對你安排的舞種有更多研究。

在恰恰舞步中，有沒有一些特定的動作，特別能夠展現你想要的感覺？是分裂古巴斷步？開式扭轉？側行暫停？擊劍？你並不需要真的去編一整套舞，但既然你選了這個舞種，又要他們跳兩分鐘，你不能就這樣把責任丟給編舞老師，而必須提供一些提示。或許實際不會百分之百照著你的安排呈現，但至少你的設計會被最大化地展現出來。

在資訊發達的時代，要做這樣的功課並不難，像我並不會跳恰恰，但搜尋了一下就挺唬人的。不是要你去唬人，因為劇本唬不了人，為了拍攝它一定會被檢視（小說還有一點點機會），你亂寫一定會被發現，傷的還是你自己。查完專有名詞，要記得去確認實際上舞步長什麼樣子，才不會寫起來好像很帥，實際要演才發現不倫不類。

有時非寫實場景不見得是這種由實轉虛的模式，而是像幻覺、夢境等，這部分原則也是一樣。去思考畫面上如何呈現幻覺？夢境是要表達什麼？相對應的長度是多長？在這長度上要寫幾組變化？

像《奇異博士》就有一段精彩的幻覺場景，你會發現主視覺在第一層是宇宙，一層又一層宇宙，然後是身體，不斷延伸的身體……這些幻覺是穿越、延伸、擴張的，而不是像《全面啟動》那樣，一下子在這個房間，一下子在雪地，一下子在末日的城市中。你會發現這些非寫實場景的內容，是依照劇情的需求而特別設計的。

04 「動作場景」如何描寫？

動作戲到底該怎麼寫？有必要將所有動作細節寫出來嗎？還是只把必要的動作寫出來（像是為之後埋伏筆的小動作，可能是主角開槍，卻誤傷了友人之類會影響劇情的動作），其他簡單幾句帶過即可？

動作戲越來越常出現在各類作品中，不僅是恐怖、懸疑、冒險類會用到，現在連愛情故事中有時也不免有些動作場景（例如舞蹈、追逐），但要將這些場面落實到劇本上，應該要怎麼做呢？動作戲的寫作，我們要有幾個基本認識：

一、劇本不是由對白組成的

對白只是其中一種行為，我們生活中有一百種行為，劇本中就可以有一百種行為。寫得很好的劇本，畫面感會很強烈，讀起來不見得輸給小說。

二、對動作的描寫，不是越細節就越明確

很多人為了「重現腦中的畫面」，會把動作寫得非常細，但其實反而妨礙閱讀。「他將右手由下向上繞了一個圓弧，五指張開用力伸直，揮向他左臉頰」和「他用力打了他一巴掌」哪個比較清楚？雖然前者寫出整個流程，但其實讀起來不如後者明確。

三、以頁數換算時間

劇本不是愛怎麼寫就怎麼寫，你隨心所欲寫出來的東西，沒有資格要求別人用嚴謹的態度來看待。無論你採用的換算方式是一頁一分鐘、一分半或兩分鐘，那你在寫作劇本時，就應該用這個標準去調整你的寫法。

如果今天你的飛車追逐需要三分鐘，換算法是一頁一分鐘，那你就要寫三頁。你會接著延伸一個問題：我要怎麼寫到三頁？我們當然可以利用一些文字或排版技巧，例如換行、空格……但這只是取巧的方式，不是正解。

要正確認識一件事情：三分鐘的戲是非常長的。你可以試著去找一些冒險動作片，計算一下裡面的動作場面和花費的時間，你會發現三分鐘中發生了非常多事。

所以要寫滿三分鐘的正解是：放入夠多的**情節**與**對白**。我們以《玩命關頭》的劇本為例，有看過的人會發現這不是最終版，實際拍攝的第一場其實內容是不一樣的，但我們可以從中看出人家是怎麼經營動作戲的。我們以第一頁為例，重點摘取如下：

場1　外景　洛杉磯市110高速公路　夜

深夜，高速公路，公路兩旁，盡是洛杉磯的高樓大廈。這個時間點，幾乎沒什麼車，只有一些重型運輸車輛。主視角大貨車出現。

場2　內景　大貨車（移動中）　夜

進入大貨車中，音樂、疲累的司機、車上時間、伸手拿咖啡，貨車司機的日常。

突然車後傳來一陣喇叭聲，嚇得他把咖啡打翻了，他斜睨了一眼後視鏡。刺眼的車燈，他試著想看清，但只聽見憤怒的引擎聲咆哮，他探頭看出車外。

一台黑色本田飛快地超車，揚長而去。

還沒理解發生了什麼事，後視鏡中又出現更多刺眼的車燈。三台同樣的黑色本田竄出，像在戲弄貨車似地在前方逼車，貨車司機差點沒被他們這危險的動作氣死，咒罵了一聲：「死屁孩。」

場3　外景　110高速公路　夜

貨車開上高架橋，四台車突然變換陣型，將貨車包圍。

看到了嗎？這一整個動作戲是有層次的，從一開始寧靜的夜晚，到神祕的本田現身，從一群看似單純瘋狂的飆仔，到漸漸意識到他們似乎是訓練有素的集團……這一頁的一分鐘，充滿了豐富的視覺化細節，每一個都很簡單，但在氣氛和情節推動上都存在著功能。

很多人會想試圖使用短句來創造快節奏，這是一個技巧，但只是在閱讀上有加分，真正的快節奏是建立在大量的**「行動＋反應」**上，要先把行動與反應建立起來，短句的運用才會有效。

所以三分鐘不是隨便想像和要求的，而是被許許多多的畫面一秒一秒建立起來的，這些畫面在劇本中有描述、有動作、有狀況、有反應、有對白，而不僅僅只是貨車出現，四台車搶了貨車這麼簡單。

你希望有夠長的動作戲，就要提供夠長、夠豐富的內容才行，而不是腦中只有「飛車追逐」四個字，剩下的就交由劇組去自由發揮。

05 劇本中，「動作指示」到底該寫多細？

還是要強調一百遍，「什麼不能寫」不是規定，而是**執行上**、**感受上**、**閱讀上**「可能會被不爽」的地方。這些不爽因人而異，有人很寬容有人很龜毛愛挑毛病，但絕不是什麼「錯一格扣兩分」的考試。

劇本與讀者之間有時是緣分，你永遠不會知道因為什麼被看中，也不會知道因為什麼被嫌棄。

寫動作指示的三大雷區

1 執行上的不爽

執行上會被不爽的，是你寫一大堆角色的想法、感覺、設定。例如：

△他的心像花一樣盛開了。

（這是要怎麼拍？在胸口放朵花？）

（請給他一個適合的**行為**，例如興奮到給路人一個擁抱）

△她是單親媽媽，有兩個哥哥，屁股有一道疤。

（是要請演員做一個「屁股有疤」的表情嗎？）

（請安排適合的**戲份**揭露這些資訊）

△他向朋友抱怨了一堆，心情感覺好多了。

（所以抱怨的台詞是要演員即興，還是要導演寫？）

（請寫出實際的**台詞**和**動作**）

這些寫法，基本上都給執行的人添麻煩，因為你不寫出可以執行的東西，那就是要導演、演員、攝影、美術等人替你想辦法。

但是，是不是百分之百只能寫「可被拍的東西」？也不一定，例如：

小華：輸了也沒關係啦。

△小明感覺受傷。

小明：說的也是。

在這個例子中，雖然寫了看不到的「感覺受傷」，但幫助我們理解了「說的也是」這句話的情緒。演員可以選擇假裝不在乎的笑容、失落的神情、或先沉默，表情受傷，深吸一口氣，再說出台詞。

當然這不是說我們可以一直寫感覺，感覺受傷、感覺開心、感覺悲苦，然後期待演員做喜怒哀樂的表情包，這同樣是把執行的工作丟給演員。

不能說你這樣寫不行，只能說你這樣寫有點偷懶，如果你能提供情境、台詞、行為，給導演、演員借力的空間，就會更好。

2 感受上的不爽

不過，這就延伸到**感受上**讓人不爽的地方，就是「指示過多」。

無論是對拍攝的指示，特寫、中景、空拍，或是對表演的指示，嘆氣、摸臉、喝了口水，甚至是對美術的指示，藍色的床單、條紋洋裝……都可能帶來執行主創的不爽。

這種不爽大約來自「幹嘛指揮我」的心情，導演、攝影覺得有更好的拍法，演員覺得有更好的演法，美術覺得有更好的布景和服裝。有些人會嫌你品味很差選擇很無聊，有些人會嫌你限制了他們的想像，有些人會嫌你囉嗦（讀很多指示也很花時間），有些人明明有更好的想法，卻基於想尊重編劇於是左右為難（但其實編劇也可能真心不專業）。

3 閱讀上的不爽

至於**閱讀上**令人不爽的部分，就是像標點半形、錯誤，排版不良等，或是一個三角形寫一個畫面那種，讀起來特別艱難。

很多人會把劇本寫成拼圖遊戲：

△他看見她，瞪大了眼睛。

△她也看見了他，摀住了嘴巴。

△他從左邊走過鏡頭。

△她從右邊走過鏡頭。

△他們相擁。

不是，你為什麼不寫這樣就好了呢：

△他們在街口相遇，激動得奔向彼此，深情相擁。

這當然是有點誇張的例子，但很多人的劇本真的寫成這樣，每個三角形是他腦中的分鏡，他一一如實寫下來，然後希望讀者一個一個想像出來、拼起來，再去猜他想說什麼。我只能說，別傻了，讀者才不會想跟你玩猜謎，他看不懂只會馬上放棄，然後覺得你劇本寫得很差。

那麼，動作指示到底該怎麼寫，才不會過度指導，又能與劇組激盪靈感火花？可以把握以下三個原則：

一、最簡原則

很多人會把腦中發生的每件事寫下來：他扶著她的臉說、他邊抓頭邊說、他把東西從左手換到右手繼續說。但不扶臉抓頭換手，難道就「意義不同」了嗎？請比較以下幾個劇本：

1小明：我愛你。

△小明扶著小華的臉。

2小明：我愛你。

△小明牽起小華的手。

3小明：我愛你。

試問，以上三組有差別嗎？當然在細部的感受上會略有不同，但其實都表示：小明深情地向小華示愛。劇本提供的台詞和動作，其實只要指出這點就足夠了，這三組中，最簡要的就是只有台詞的版本，因此這個情況是只寫台詞即可。

這個原則可以幫助你寫出簡要易懂的劇本，不會寫得落落長。

二、不誤讀原則

戲劇講求**潛台詞**，因此常有台詞、動作跟真實意圖不符的情況：嘴裡說恨，實際是愛，臉上在笑，心裡在哭。如果不明確寫出來，就容易被誤讀。

例如前面感覺受傷的例子，如果我們把指示去掉，變成：

小華：輸了也沒關係啦。

小明：說的也是。

就很有可能被誤讀成小明認同小華，小明釋懷，而不是對小華的無所謂感到難過。這種指示就是需要寫的指示。這種情況大多發生在「台詞或動作與實際意思相反」的時候，例如：

小明：你是我最好的朋友。

△他給了小華一個擁抱，但在她身後翻了個白眼。

值得一提的是，這裡還設計了具體動作，讓小明傳達真實態度，不然演員要怎麼知道如何表現真實態度？你或許也可以寫成：

△小明給了小華一個不情願的擁抱。

這就比較模糊了一點，但至少演員知道劇本是在什麼地方揭露了這個態度，所以不能說錯，只是演技和想像力比較弱的演員，會不知道怎麼做出「不情願的擁抱」。

但若是你自己也想不到怎麼做出「不情願的擁抱」呢？我會給你三個建議：

1不要寫連自己都做不到的事

就像不要寫出「尷尬卻開心又帶點憤怒的笑容」一樣，「既冷酷又溫柔的笑容」是不存在的，只有長相性格冷酷的角色，露出了溫柔的笑容（溫柔的笑容也有點模糊啦，但大家會懂你的意思的）。

2接受自己的極限

截稿日之前，你就是想不到，那就做好被罵的準備，寫了交出去吧。比起接案遲交或比賽錯過截稿日，交出不夠好的東西是比較好的結果。接受自己的不足，這就是我們現階段的極限了。

3讓自己成長

多看有品質的作品多學習，去上不同領域的課程充實自己，成為能想出讓人眼睛一亮的指示的人。

三、創意原則

你想到了一個有趣的情境，一個非常特殊的表現方式，不是一般直覺會想到的動作，可以表現角色的性格或呈現某個資訊，那這個指示就是值得一寫的。

無趣的指示就是**直覺**會想到的指示，就像之前說的扶臉抓頭牽手手，那都是誰來拍誰來演都可能想到，已經被看過無數次的表現方式，你想得到，導演、演員不可能想不到，那有寫等於沒寫（但不是「錯」）。

創意就是陌生、沒見過的安排，通常是從角色性格原生的。例如一個媽媽想告訴孩子，自己不在後，孩子可以如何生存。孩子不聽，她教一句，呼孩子一個巴掌，要他重複，沒重複對，再呼一個巴掌。呼得孩子哭了，她也哭了，但她必須狠著心教下去，因為她馬上，就要去赴死了。

這不是常見的教育方式，是編劇運用情境、性格、台詞和動作，組合起來獨一無二的場景，這裡的指示就**非寫不可**。我下面只保留台詞部分，大家應該看得出巴掌點，但也看得出不打巴掌，這戲也可以正常演下去：

母親：你聽著，有天媽媽不在了……

兒子：媽你在說什麼啊？

母親：聽著！

兒子：……

母親：跟我說一次，有天媽媽不在了，你就往西走，去找你叔叔。

兒子：有天媽媽……為什麼啦！

母親：說！

兒子：有天媽媽不在了，就往西走，去找叔叔。

母親：乖。要守本分，不給人添麻煩。

兒子：要守本分，不給人麻煩。

母親：如果有人問起我，要說不認識。

兒子：如果有人問起您，要說不認識……

母親：都記住了？

兒子：都記住了。

沒巴掌版雖然符合最簡原則，但有巴掌版似乎才能把扎心的情境表現出來。在這種情況下，自然是寫出來更好，這就是創意原則。

或是，有些東西**不易表現**，例如時間的流逝，我們要如何表現「一個人在原地等了很久」呢？這是需要傷點腦筋的事（絕不是安排角色一直看錶），你可能會安排角色嗑瓜子，而旁邊桌上堆滿了瓜子殼。這就是一個**非寫不可**的指示，因為它是一個不寫「大家會苦惱怎麼做」的事。

關鍵是如何引導讀者進入你的故事

藝術總會有原則到不了的地方，如同人生。我盡力把通則和特例都寫出來，努力協助大家抓到那個寫與不寫的原則，就是希望大家不要再為這件事所苦。

不要整天擔心格式怎麼寫才對，不要整天害怕這樣寫不行那樣寫不行，重點真的不是「行」或「不行」，而是如何跟讀者對話，引導他們進入、理解你的故事，並且給予與你合作的人可能性。

06 如何在劇本中使用「鏡頭」與「剪輯」技巧？

編劇初學者有兩個常犯錯誤，一個是不懂使用鏡頭技巧，一個是用太多鏡頭技巧。

影視劇本和舞台劇劇本最不同的地方，便在於舞台劇無法決定觀眾要看什麼。觀眾只能從特定的位置、特定的角度看戲，同時他想看女主角就看女主角，想看天花板就看天花板，這是舞台劇劇本大多更重視語言的原因。

但影視完全不同，你可以特寫拳頭、嘴角，可以決定觀眾的觀察角度：天花板、地底或正面。影視的時間感也很不同。寫影視劇本，你要會運用「鏡頭」與「剪輯」技巧。

在劇本中使用剪輯技巧

技巧一、雜景

第一個很常被初學者忽略的技巧是**「雜景」**，就是電影中常見當主角開始修行時，會快速剪輯許多他鍛鍊的過程，或是主角在找人，利用快速剪輯許多他尋找的場景，來交代那個漫長的找人過程。

這個畫面要怎麼寫在劇本裡呢？我們通常會寫在「景」的地方。一般場景的景只會有一個，客廳、公園、賽車場。但在這種快速剪輯的場景，常常需要複數的場景，這時我們就會標上「雜景」，然後在△中註明場景有哪些，例如：

場次18　雜景　日

△阿漢緊張地在城市中尋找寶寶，公園、警局、巷口菸鋪、附近街道，一路找一路喊寶寶名字，能找的地方都找遍了，能問的人也問遍了，卻一無所獲。

△天色漸漸暗了。

像這樣，透過雜景和場面的描述，我們看到了角色尋找的過程。這個過程是很重要的，尤其當它和角色的情緒有關的時候。我常會讀到學員的劇本裡，想寫角色因為朋友的陪伴漸漸走出了悲傷，但角色上一場才在難過，下一場就在開懷大笑了，相當突兀。原因便是缺乏了中間的**過程**，利用中間穿插一個雜景，就能解決這個問題，例如：

場次5　雜景　夜

△小咪被大華硬拖到街道上，他們逛街、吃小吃、聽街頭藝人演唱，大華沿途努力逗小咪開心，小咪也從一開始的不情願到後來漸漸有了表情。

△他們在夜市玩射水球，兩人意外地合作無間，贏得大獎，小咪開心地歡呼。

△大華欣慰地看著她。

大華：總算像個活人了。

小咪：你說什麼？

大華：沒什麼。

技巧二、對剪

第二個常用技巧是**「對剪」**。我們常見一種情節，男主角在A地忙，女主角在B地忙，兩人跑著跑著，最後在C地會合了。這種雙線的運作很緊密，如果把它們切成好幾個場次會很混亂，這時就會在景的地方寫「A地／B地」，至於C地，則看劇本長短需求，看是併進來還是另開一場。最後，在需要對剪的地方，寫「△以下對剪。」例如：

場次18　百貨公司內／街道　日

△以下對剪。

△大華在街道上奔跑著，邊跑邊給小咪打電話。

△小咪的電話在包中震動，她正與櫃姐開心地聊著天。

大華：搞什麼……

△大華飛奔進百貨公司。

△小咪在等電梯時拿出手機，發現大華的來電。

△叮，電梯門開啟，大華喘著氣出現在電梯內，小咪感到驚訝。

小咪：你怎麼會在這？

有時兩人講電話的場景，我們不需要寫對剪，但一樣可以在景的地方用「A地／B地」的方式把兩人在的位置寫出來，然後用普通對話的方式把它們寫出來就可以了。

技巧三、插入鏡頭

有時我們會需要用到回溯畫面，例如回憶，或之前發生的事。無論用途為何，只要故事進行中需插入另一個時空的畫面，就用「△（ＩＮＳ）」或「△（插入）」來標示。例如：

大華：你是說那個時候……

△（INS）大華從口袋中取出戒指，左右張望，不知它為何會出現在口袋裡。

大華：那戒指是你放的？

當然如果回憶的段落很長，那我們就會另外開一個場次來寫回憶，而我們通常會將「回憶」註明在△內，而不是寫在「場次、景、時間」那裡，例如：

場次21　大華家客廳　日

△大華的回憶場景，三年前那天，他與父親一同坐在家中客廳。

或不註明回憶，直接寫時間。例如：

場次21　大華家客廳　日

△三年前，大華與父親一同坐在家中客廳。

因為有上下文，所以基本上大家都知道你要表達的意思。為什麼我們不會加註在

「場次、景、時間」那裡呢？因為我們在讀劇本時其實很容易跳過那個額外的資訊框，只會把注意力放在△和對白之上，所以你加註在框內的資訊，其實大多時候是會被略過的。把多餘的資訊加在框中，其實反而會干擾閱讀。

以上是幾種常見編劇調動畫面的方式，華人的劇本格式沒有完全統一，所以有時不同劇組會有不同的示意方式，但基本上你用這樣的方式寫，多數劇組都能看得懂。

在劇本中使用鏡頭技巧

什麼叫「用太多鏡頭技巧」？事實上，鏡頭本來就不是編劇應該負責的，那是攝影師與導演的工作。一個畫面要怎麼拍，要拍特寫、中景、遠景，或是平移、上升，這些都是鏡頭語言，會創造出風格，所以應該是由導演來設計分鏡才對（如果你看過一些電影鏡頭解析的影片，你就會知道那有多複雜）。

故事和文字是編劇的工作，畫面是導演的工作，表演則是演員的工作，你不喜歡別人來插手你的專業，同樣地，我們也不會去插手別人的專業。

通常編劇不會寫任何與攝影機位置有關的設定，頂多寫淡出、淡入、畫面瞬黑這種效果。如果把三角形拿掉，其實劇本讀起來應是流暢的故事，而不是一份技術說明書。

但這並不表示編劇不能針對畫面有所規劃。我們通常會藉由適當的描述來傳達應有的鏡位。例如一個人在讀牆上的公告，許多新手編劇都會習慣寫：

△特寫牆上的公告，公告上寫著：「……」

但其實你只要寫：

△公告上寫著：「……」

當你這樣寫的時候，難不成導演會給這張公告遠景嗎？他當然會**特寫**。請尊重導演的智商，說不定他喜歡超特寫，用移動鏡頭把公告上的字一個一個拍出來，來傳達角色讀公告的感覺，你又有必要「規定」他嗎？同樣，當你寫：

△他的額頭上冒著冷汗。

其實也會創造**特寫**的效果。而當你寫：

△一座被濕氣包圍的城市，街道上的轟鳴聲像在泳池內吶喊，震耳卻模糊。

你也同樣提供了一個**大遠景**的線索。但這個氛圍導演可能有更多想法與畫面來呈現它，比你想像的更專業。他可能除了大遠景，還想多幾個街景，說不定他想拍雨景和地上的水漥，說不定他想拍清晨的霧。當你寫：

△他們之間氣氛緊繃。

這可能會是一個略略仰視的中景，逆光，把兩個人都拍進去；也可能是個越過他們頭頂的鏡頭；也可能是他們眼睛的特寫。但到底是用哪一個，有沒有和你腦中的一樣，重要嗎？重要的是那**氣氛**，對吧？你腦中的畫面，其實明天說不定就不同了。

我們必須要接受一件事，百分之百拍出你腦中的畫面是不可能的，而且也不一定是最好的。我常說，影視是團隊合作，你需要的是拿出一百分的實力去與別人的一百分相互碰撞，擦出大於一百分的火花，而不是希望別人來滿足你的想像。

有時寫劇本就像寫小說，重點是經營那個氛圍，那個在角色之間流動的慾望，那個彼此之間的攻防與內心情感。但劇本只能寫可被拍攝、可表演、看得到的部分。我們不會探入角色的內心書寫他內心的想法與思維，也不會遠離角色去進行邏輯思辨，我們運用的是角色的**行為**、**眼神**和**語言**，來傳達那些沒有被說出來的，如同我們的日常生活。

鏡位不是你的武器，那些東西寫在紙上不會感動人。**情節**、**事件**與**角色**才是你應該聚焦的部分。

插入鏡頭的寫法與使用時機

前面講到，當我們需要回溯畫面時，就會使用**插入鏡頭**。但詳細來說，插入鏡頭怎麼寫比較好懂？電視劇中常見兩人深情對望，中間會閃現很多回顧畫面，像這樣的插入鏡頭，我們有幾種寫法選擇：

1 △插入第1集第5場兩人初見面、第2集第8場兩人擁抱的回憶。

2 △插入第1集第5場：

△男女主角撞在一起。

男：xxxxx！

女：xxxxxXXXX！

△插入第2集第8場：

△他們喘著氣，注視著彼此。

△一個深深的擁抱。

3 △插入他們初見面、深擁的回憶。

4 △第一次的相遇、那次的深情擁抱……回憶浮現在他們腦海中。

我個人是比較喜歡第3和第4種寫法，因

為第1種寫法很像說明書，還會誘使人中斷讀本，回頭去找第1集第5場是什麼東西。而第2種寫法則有種控制欲很強的感覺。

事實上，就算你完全不寫，戲到了兩人深情對望時，要不要回顧畫面，導演自己會決定，回顧畫面要從哪句話剪到哪句話，後製會決定。

所以多數情況我是不會寫插入鏡頭的，因為那根本不是故事的一部分，而且不用我寫其他人也知道該怎麼做。通常會寫的，是有**伏筆**與**翻轉**功能的，但寫法也是第3或第4種，例如：

△他意識到當時窗戶其實沒有打開。

偵探：錯了……我們都搞錯了！

類似這種就是前面可能有帶到，但不寫出來無法表現轉折，或劇組的人不會明白你的設計的部分。

有時**極短暫的回憶鏡頭**，也會用插入鏡頭處理，而不是另外拉一場，例如：

△他想起小時候，姊姊也是這樣溫柔地摸著他的頭。

故事可能到這裡都沒進入過他小時候的場景，但少了這個三角形，又好像會少了**支撐戲**。這時副導會替你把它圈出來，提醒導演和選角這裡有一個隱藏場景，記得要找個小正太來拍攝。

劇本寫法沒有標準答案，希望這些說明，能夠幫助大家更理解什麼叫「劇本的易懂性」、「作品不要寫成說明書」、還有不要太有控制欲，交給專業的去處理。

後記

創作是無止盡的提問與解答

這本書收錄了我自二〇一二年至今，在網路上撰寫的教學文章。感謝原點出版社的編輯雅蘭願意邀請我出書，讓我能透過重溫過往寫過的內容，成為最先受惠的人。有許多被我淡忘的靈光和聰慧的表達，都透過這趟旅程重拾回來。

感謝編輯鈞倫花了近半年的時間閱讀、梳理了我幾百篇總字數超過數十萬字的稿件，再經由我們反覆的討論、篩選、改寫後，完成了這七十篇精選的問答集。這些都是我在第一線創作與教學現場，經常被學員們問到的，有些文章甚至在粉專做重發時，都還是能獲得不錯的讚數和分享，可見這些內容是無數創作者會遇上的煩惱。

創作是漫長且孤獨的旅程，在過去，我們經常把這過程中的難關歸咎於天賦與能力的極限，寫得不夠好、寫不下去，似乎都是我們「不夠格」。但如果我們能不甘心於「只能這樣」，而願意好好提問、好好解答，作品就會一點一點地長大，我們也會一點一點地進步。

無數問題的解答者，並不是只有我一人。這些答案是幾千年來人們反覆提問「故事是什麼」、「可以是什麼」、「為什麼要這樣」的不斷累積，而我有幸在其中擔任一個傳遞者與參與者，每個創作案與學員提問對我來說，都是對於這些難題的再次思考，我樂此不疲。

當我在某些活動上，聽到有人跟我分享說「老師，我看你文章超過十年了」時，我才驚覺自己已經走了這麼遠。從一開始只是在部落格上寫文章做分享，到後來開課、成立公司、架設官網，最後享有「台灣編劇最大教學平台」的虛名，這一路上的成長茁壯，要感謝許多深具才華甚至早享盛名的創作者來到我的課堂上，願意將這些星星點點的知識，傳播出去。

這本書有許多未竟之處，歡迎你到我們官網做更多深入的學習，提出你的問題，讓我有機會為你做出解答。

最後要感謝我的太太珮君，作為我的老闆、知己、情人、導師與玩伴，沒有妳不可能有東默農，不可能有這本書，謝謝妳始終溫柔且堅定，始終比我更相信我可以。

我也會相信每個閱讀這本書的你，你比自己想像的更行。

國家圖書館出版品預行編目資料

故事劇本診療室：無論新手老手都想知道的70個寫作解方/東默農著.
-- 一版 . -- 新北市：原點出版：大雁出版基地發行, 2025.04
384 面；14.8×21 公分
ISBN 978-626-7669-28-0（平裝）

1. CST：劇本　2. CST：寫作法

812.31　114003847

故事劇本診療室：
無論新手老手都想知道的 70 個寫作解方

作　　者　東默農
設　　計　白日設計
排　　版　黃雅藍
執行編輯　劉鈞倫
責任編輯　詹雅蘭

總 編 輯　葛雅茜
副總編輯　詹雅蘭
主　　編　柯欣妤
業務發行　王綬晨、邱紹溢、劉文雅
行銷企畫　蔡佳妘

發 行 人　蘇拾平
出　　版　原點出版 Uni-Books
Email　uni-books@andbooks.com.tw
電話：（02）8913-1005
傳真：（02）8913-1056
發　　行　大雁出版基地
新北市新店區北新路三段 207-3 號 5 樓
www.andbooks.com.tw
24 小時傳真服務（02）8913-1056
讀者服務信箱 Email: andbooks@andbooks.com.tw
劃撥帳號：19983379
戶名：大雁文化事業股份有限公司

ISBN　978-626-7669-28-0（平裝）
ISBN　978-626-7669-27-3（EPUB）
一版一刷　2025 年 4 月
定　　價　550 元